吕 新作品系列

圆寂的天

吕 新/著

山西出版传媒集团 北岳文艺出版社
BEIYUE LITERATURE & ART PUBLISHING HOUSE
·太原·

图书在版编目(CIP)数据

圆寂的天 / 吕新著. —太原 : 北岳文艺出版社,2018.1
(吕新作品系列)
ISBN 978-7-5378-5426-9

Ⅰ. ①圆… Ⅱ. ①吕… Ⅲ. ①短篇小说—小说集—中国—当代 Ⅳ. ①I247.7

中国版本图书馆CIP数据核字(2017)第269269号

书名:圆寂的天
著者:吕　新

策　　划:续小强
责任编辑:关志英

项目统筹:马　峻
装帧设计:张永文
印装监制:巩　播

出版发行:山西出版传媒集团·北岳文艺出版社
地址:山西省太原市并州南路57号
邮编:030012
电话:0351-5628696(发行部)　0351-5628688(总编室)
传真:0351-5628680
网址:http://www.bywy.com　E－mail:bywycbs@163.com
经销商:新华书店　印刷装订:山西人民印刷有限责任公司

开本:890mm×1240mm　1/32　字数:185千字
印张:8.5　版次:2018年1月第1版　印次:2018年1月山西第1次印刷
书号:ISBN 978-7-5378-5426-9
定价:38.00元

目录

瓦楞上的青草

这一年过得极慢。

原先的那些挺拔的树，在春天刚过后不久，便都被纷纷砍倒了。有人要盖房子。

树们被砍倒后，横七竖八地胡乱躺在林子里，像一群劳累许久的兄弟，你枕着我，他压着你。因为它们都还很小，便继续做着粗大而茂盛的梦。

树们梦见它们一个个被送回老家，高高地长在老家红色的土地上。

西边的风顺着山谷刮来。林子里只听见刺啦刺啦的一片脆响。

那是树叶。

树叶经过整整一个夏天，都被太阳晒得又黄又干。一遇上风，便都极亮地响，宛如坚挺清脆的硬币。

等躺在林间的那些安安静静的树们都一个一个地被唤醒，坐上车走远，上到人家的屋梁上后，林子里便显得空旷多了，更加安静。林子里的天也宽多了。又宽又蓝的天空下，是那些黄白的、发红的安详的树墩。

因为经常有人坐在上面。日子一久，那些树墩便都被磨得又光又圆，滑溜溜的了。

坐在矮墙下的女人们都看见云姑了。云姑提着两个大包，有一些细密的碎汗从云鬓间渗出来。

第一个看到云姑的，极有可能是狗。当时，狗正卧在黄白的土墙下。狗远远地看见有人过来，便抬起头，伸长脖子，响亮地叫了几声。狗的意思是想告诉它身边的女人们，有人来了，最起码也是一个生人，要注意点。

所以，女人们是听到狗叫后，才各自先后抬起头的。当时，她们都在各自低头做着手里的活儿，或者相互只顾说着话。在狗叫的过程中，女人们都纷纷抬起了头。也就是说，在女人们抬起头以后，狗还在叫。

所以，云姑进村后的第一个印象便是一只狗卧在黄白的土墙下，向她叫。

女人们见是云姑，便纷纷向她说话。这时候，狗才知道它刚才纯粹是咬错了。此时，它又知道这不能叫，便重新趴下去，瞪着眼睛看着云姑手里的两个黑包。狗还努力地做出了一种表情，即把两边的两只白而长的牙向外伸了一下，算是一个歉意的笑。狗这是做给云姑看的。只是云姑只顾和女人们说话，并没有看见。

云姑穿了一条黑色的裤子。极有可能是毛料的。因为女人们大都没穿过，放在眼前便也认不出来，只是看上去觉得顺眼。云姑比年轻那时丰腴多了。三十七八岁，白净而丰满的脸庞十分光洁，只有稀疏的几条皱纹。女人们纷纷称赞云姑活得年轻、舒展、顺心。一双双眼睛不时地从云姑的头发上、脸上、胸脯上、腰上、腿上、脚上掠过来又掠过去。

在云姑站着和女人们说话的时候，她手里的两个包还始终提在手里。没有放到地下。其实地下也不脏。黄白的土，至多有几片发黄的叶子，几根发白的芨芨草。蚂蚁是没有了。因为是冬天，更不会有长腿细胳膊的蚂蚱。

很有可能是云姑和女人们说着话说得愉快忘了沉重，忘了放。女人们也忘了提醒她放。

说实话，云姑要走了。云姑把脸转向狗，看了看，说这狗可真厉害。

女人们全吃吃地笑，纷纷告诉她，住几天，你就知道了。

云姑又看了看狗，问这是谁家的狗，怎么从来没见过。

女人们又纷纷告诉她，说这狗是李四毛家的。正月里刚从后山的亲戚家抱回来的。

后山，其实也并不太靠后，就是内蒙古、山西和陕西相连的一些地方。

后山的村子极多，多是自然村。三五户，七八十来户，都悄悄地夹在深深的山坳里。一年四季不出来，没有人发现他们。没有人来惊动他们。他们也十分乖，也从不去惊动别人。上了登记表的村子经常有出入。一会儿多冒出了五个，第二天又发现少了两个。公社书记绝对搞不清他手下到底有多少村子，多少臣民。至于县委书记、地委书记那就更不行了。

有时，待在老婆身边久了，公社书记便豁出去了。带一帮人马，一个山头一个山头地转。这样一次下来，竟能转出许多户口登记簿上从来没有过的村子和人。有的老汉六七十岁了，却从来也没有上过一次户口。还有女人和孩子。当然，最主要的还是那些男人，是他们带着女人和孩子跑到这些地方来的。

公社书记恨得咬牙切齿，真他妈的王八！外面那么宽大的天地哪儿你不能去，非要跑到这么个脚缝子里。而且，最主要的还是这中间有极俊秀的女人，这些女人们都极温顺，会体贴人。不像外面的那些女人们紧盯着男人不放，狐狸似的。

这以后，有俊秀女人的村子便不断有人来。要是碰上路远的，道又不好走的，男人又极多事的，便干脆一道命令下去，将这女人一下子弄到公社去，管电话，或者管报纸。

村不在偏，有女人则灵。

那真是一些天高皇帝远的地方啊。

好一个去处。

李四毛家的狗，刚从后山抱回来的时候，只有兔子那么大。肉乎乎、傻乎乎的。小尾巴毛茸茸的，极短，像是小动物的耳朵。狗每天被孩子们抱着玩来玩去。那时，狗太小，还不懂得咬人，或许根本就不会咬。有时，狗被孩子们弄得急了，只会发出尖细的微弱的声音，叫声吱吱的，像一只耗子。

狗被从后山抱回来的那天，李四毛正在家里给客人倒酒，也可能是点烟。县里、地区的人来他家参观了。大汽车小汽车都停在外面。挎着照相机的记者一个又一个地轮流为李四毛拍照。李四毛跑单帮，发财了。

那时，李四毛的弟弟去世已经好几年了。

李四毛的老婆穿着大红毛衣，耸动着丰肥的胸脯在客人面前走来走去，胳膊和腿都滚圆滚圆。

狗是李四毛的小儿子上午从后山抱回来的。因为前几十天，雪就停住不下了。

李四毛和他的老婆是在将客人全部打发走以后才看到那只狗的。

当时，地上的雪很厚。狗走起来，雪能纷纷地漫过它的肚皮。

这雪还是去年冬天里下的，下了老厚。以后就再没下。因为地方冷，而且每天太阳只点卯似的出来应付一小会儿后，就很快又回去了。雪便老也消不了。让人看上去觉得这地方老下雪。其实，每年冬天最多下三场雪，那就厚得不行啦。有时，每年则只下一场，以后就再也不下了。这或许是因为天冷消不了的缘故，才下得少一些。

这地方不像别的地方。土干，需要不少的水。虽然下了雪消不了，但还是盼望能多下一些。而偏偏就因为消不了。这地方的雪又下得极少。所以，这样一来，每年的庄稼总是长不好。即使是在很暖和的夏天里，地里的庄稼也老是黄黄的、瘦瘦的，像是一群又一群的病人。

云姑是回娘家来的。

虽然她妈在几年前就已经死了，但还有爹和弟弟在。

云姑出嫁已多年了。嫁到很远的一个煤矿上。她男人在煤矿上当工人。云姑的男人极有可能是陕西人，他的面目极其模糊不清。他们结婚后，他来了几次村里，都没能给村里的人留下深刻而清晰的印象。不像村里其他人家的女婿。村里的女人们爱对每家的女婿都品头论足。虽然她们也常对云姑的男人下一些评语，那都是在他来了云姑家的时候。而他一走，女人们即使再想说长道短，无奈却再也想不起他的模样了。至今这么多年了，云姑的男人留给人的还是一个大致的模糊的轮廓：一个灰不溜秋的面目不清的人。就说云姑，有时在娘家住得久了，也便很难想起自己的男人真正的面目是什么样了。眼前只是白蒙蒙的一片。至于清晰而具体的印象，无论如何是不会有的。

有时，在家里睡下的时候，云姑也曾长久地盯着自己的男人看。云姑是想把他的形象深深地刻在心里，因为他是她的男人。但这样试了几次。都无济于事。记不住还是记不住。只要双方分开一段时间，云姑便再也很难想起男人的真正模样了。

这事也只怪云姑的男人。他和别人见过几次面，纵使在一起很热烈地喝酒、讲义气，但下一次见面的时候，别人也还是记不得他，以为又是一个生人。他倒能很仔细地记住别人。

村里谣传，云姑的男人有一次半夜回到老家。他妈问，你是谁，怎么半夜三更跑进我们家里来了！云姑的男人说，我是你们的儿子呀，刚从矿上回来。后来，还是他爹亲自将灯举至他的脸前，仔细端详了半天，才认出这的的确确是他们的儿子。他妈难过地说，儿呀，你长得太……太什么呢？说太模糊也似乎不恰当。总之，是太让人记不住了。

村里的中学生们说，云姑的男人当煤矿工人是屈才了，应该去搞侦察，当特工人员。起码也得在煤矿上给个保卫科长的干干。他先天的条件要比任何人都好。

七二年冬天，北山上搞千里梯田大会战，规定每家至少出两个劳力。云姑家只有云姑一个年轻人。那时她弟弟还小，父母都有病。云姑那时已经订婚了，她男人就来帮忙，每天在地里吃饭。逢有上面的人来检查，工地上就改善生活。每人一碗猪肉，两个馒头。云姑的男人饭量大，匆匆地将自己的一份吃下去后，从地里抓了一把湿土，将碗擦干净，起身又去领饭。掌勺的人见他来，埋怨他来得迟，说人家都快吃完了，你怎么才来？尽当大头。其实，云姑的男人已经吃了四碗了。只因他面目不清，给人的印象几乎没有，掌勺的人根本记不住他，便又给他打了饭，以为又是一个还没吃的人。掌勺的人还直夸他忠厚老实，见困难上见饭菜让，不像别的人狼一样。

听见问话，门响后，有一个身影慢慢地挪动过来。

云姑看见是爹。

爹比上次她来时老多了，走一步都费很大的劲。

云姑忙随手把门关上。

屋里很冷。没生火。爹看见是云姑，怔怔地望着她，半天没说话。

云姑把东西放下。一抬头，看见爹的两只眼睛里湿漉漉的，一颗泪珠正挂在爹的鼻尖上。

她已经一年多没有回来过了。

那年她走时，爹替她抱着孩子，拿着东西，一直把她送到离村子很远的一个山坡下。云姑几次让爹回去，爹就是不回。

她走了很远。回过头。看见爹还一个人站在山坡下远远地望着她。

爹说，天冷吧，快上炕吧。

爹已经七十六岁了。走路、说话都颤颤巍巍的，一副摇摇欲坠的样子。又像一盏昏暗的油灯，一口气就可以被吹灭。

云姑看见爹的后背上有许多土，便仔细地用手拍打，抚弄了许久。

云姑看见爹的手黑得厉害，弄来一盆水，让爹把双手放进水里，她边搓边洗。

爹的手又干又黑，硬得厉害。云姑在屋里翻了半天也没有找到肥皂。爹说，没有。我不用，你弟弟也不用。云姑就打开自己的包，将她随身带来的肥皂和毛巾拿出来，开始仔细地为爹洗手。

水盆里的两双手，一双干瘦发黑，一双白嫩丰润。

爹说，快了，手都变颜色了。一黑了，就快了。

云姑半天没见弟弟。爹说，他在草房里给牛切草，大概完了。说着，欠起身朝窗户外看。

房门又响了一下，云姑看见弟弟回来了。弟弟满脸灰尘，头发上、胡须上、身上尽是草末子。云姑看见，弟弟原先光滑滑的脸上如今胡子长得密密的了，黑乎乎的一片。看上去十分苍老。

弟弟站在门口，看见她，笑了。一边搓着手，说，姐，你来了。

云姑忙把脸背过去。

云姑看见炕上有一把刷子，便顺手拿起来，对弟弟说，看你这身上尽是灰，到院里给你扫扫。弟弟听话地在前面走着出了门。云姑跟在弟弟的后面，低头看着弟弟的穿着单薄布鞋的一双大脚。

弟弟默默地站在屋檐下，不说话。云姑仔细地为他扫了头发、脖子、后背、前胸和下身。

弟弟说，姐，行了，天这么冷。今天扫了，睡一觉明天就又有了，没用。

云姑住了手。

云姑和弟弟一前一后进了屋里。

里屋因为住着人，要比外屋暖和些。外屋更冷，又黑。云姑走到外屋，看见正面灰黑的墙上供着妈的牌位。弟弟连看也没看便低头进里屋去了。一个红漆剥落的小木牌子，上写“张门李氏”。妈姓李，上面没有妈的名字，李氏就是妈。小红木牌子下放着一个又干又硬的发黑的馒头，还有一双筷子。

弟弟问，姐夫怎么没来？云姑说他上班忙走不开，还得看家给几个孩子做饭。弟弟说，该让孩子们来。云姑说，我来看看爹和你就行了。天冷，他们就不来了。爹在炕上听见了，问，不多住些天，就要回去？云姑看见爹一副失落的样子，就说，多住些天，今年就再不来了。

弟弟要生火，云姑把他推到了炕上。云姑匆匆生了火，啪哒啪哒地拉起了风箱。

弟弟坐在炕上，头也没抬，问，吃啥？

弟弟是在问爹。爹说，吃饸饹吧，你姐爱吃。

弟弟起身点灯，灯里没油了。弟弟说，前一些日子，村里的供销社让贼偷了，正在清理，有一个多月没开门了。眼下家家都快没油了。

云姑看见爹把另一个灶的灶盖打开，火光便忽明忽暗地在黑暗的屋子里跳动、摇曳。

云姑拉着风箱，看见黑暗的炕上坐着爹和弟弟。黑黑的，像两截木头。

一边一个，谁也不说话。

那年冬天极冷。

李四毛的弟弟是在晚饭后死的。

当时，李四毛因为分祖上的家产，刚和他弟弟打完架不久。李四毛的弟弟在公社的农田工地上干。打完架，李四毛的弟弟便卷了铺盖，搬到工地上的工棚里去住。

村里的人夜饭吃得迟，尤其是冬天，有的人家干脆就不吃，认为那是浪费。而浪费是不应该的。

村里的人都闻到了，当他们往各自的家里走的时候，一阵又一阵饭菜的香味顺着北风直往他们的鼻子里灌。当时，支书家已经开饭了。

李四毛当时正犯头疼，躺在自己的炕上不住地哼哼。李四毛不知道他弟弟这时其实已经不在工地上，而是回到村里来了。

支书家盖房子，需要石头。支书便去了工地上叫了几个本村的劳力，嘱咐他们上山去采石，晚上回来后喝酒、吃饺子。

饺子，那是北方的好饭食。看一家人活得好不好，要看他吃不吃饺子，尤其是不是经常吃饺子。所以，饺子，这是一个很重要的标志。

当几个人从采石的山上下来，走进支书家时，极有可能是所有的人同时都看到了摆在桌子上的热气升腾的饺子。而与饺子一齐摆在桌子上的酒却谁也没有看到。酒和饺子挨得那么近，几个人都看到了饺子而一点儿也没注意到酒，这不能不算是奇事。这以后，支书一直又琢磨了许多年也还是没有弄明白。

当时，几个人看到饺子后都有点承受不住的样子，摇摇欲坠。先是李四毛的弟弟眼睛直直地望着那些饺子，一边东倒西歪地扶着墙上了炕。接着，其他几个人也都先后上了炕。

李四毛是在他弟弟死后被人叫来的。当时，他弟弟还躺在支书家的炕上。李四毛进来后，端起一盘饺子，随手倒入上衣的一个大口袋里，也全不顾烫，便急急地去给县医院、公安局打电话去了。李四毛是劳模，在县里开过几次会，懂得这规矩。

当时，支书见几个人都先后上炕后，便笑吟吟地为每个人都满满倒了一杯酒。支书让众人喝着酒，慢慢吃。而几个人连眼都没抬一下，都在各自埋头干碗里的饺子，支书的话根本没听见。支书眼见这样，也只好由他们去干，自己一个人边喝边吃。

刚吃了几下，就见李四毛的弟弟头一歪，身子往后一仰躺倒了。几个人这才不再埋头干了，纷纷将各自的头从碗里伸出，急忙过来看。支书把手放到李四毛弟弟的鼻子下、胸口上。一摸冰凉，没气了。

死了。

从开始吃到现在，支书没有听见过李四毛的弟弟的牙齿响动。李四毛的弟弟不用牙，将整个儿的饺子一个接一个地往下吞。

对弟弟的这一点做法，李四毛自己是能够理解的。他也曾这样干过。这样吃的好处是吃的频率快，同样的时间要比别的人多吃许多。

后来，县医院里的人来了，公安局的人来了。李四毛坚持说饭里放了毒药，要求化验。化验的结果是：饺子面无毒，饺子馅无毒，煮饺子的水无毒，盛水的锅无毒，菜无毒，酒无毒。更何况，李四毛的弟弟等人根本连酒和菜都没有看见，就是说根本未曾动过。倒是支书喝了酒，吃了菜也吃了饺子。

这件事一直闹腾了许久。最后的结果是，几个人（包括李四毛）把李四毛的弟弟定为重感冒，重感冒又发展为伤寒。事情完了，支书让人去林子里砍了树，给李四毛的弟弟打了一副四寸厚材板的大棺材。埋葬的那天，由十六个人抬着，浩浩荡荡地向村外的山峁上走去。

有一天，李四毛一个人坐在院子里看几只鸡争夺一批谷物。心里突然大亮。他明白了，弟弟十有八九，不，纯粹是给香死了。

有一件事，李四毛一直瞒着所有的人。弟弟正好三十六岁。从十二岁以后至今二十四年，弟弟再没有吃过一次饺子。李四毛要比弟弟好些。有两次在县里开劳模会都吃饺子只是一次是在夏天，饺子馅都已馊了，这不能算是吃。另一次的饺子倒是没坏，只是刚吃几口，便被叫去开会。起码是没吃好。

李四毛常听人说，这东西太香了，简直香死了。这都是随便说说，不免有些夸张。而今，他是真真切切看到有人真的被香死了，这不能不说是奇事。更重要的是，被香死的人是他的亲弟弟。

为此，李四毛惊愕得几天说不出话来。

那时，李四毛的孩子们都还小。李四毛和他的老婆都记得这一个奇特的日子：

一九七五年十二月四日。

李四毛的老婆也死了。

尸体停在院子里整整停了十二天。鲜红的棺材散发出一种奇怪的气味，像植物的根部。那气味散得很远，散到村子的各个角落里，散到大路上过往行人和牲畜的鼻子里。

李四毛家的狗每天夜里都围着支书家的院子转悠许久。

转过几圈之后，那狗便蹲在支书家对面的土台上，不停地朝着支书家叫。

云姑有一天半夜陪爹从村里的医生家出来，远远地看见那狗蹲在支书家对面的土台上，叫一阵，朝对面看一阵，接着再叫。

半夜，人们都睡得死沉。

云姑觉得身上一阵阵发冷，不由得往爹的身边紧紧靠了靠。

村里有不少的旧瓦房，都是四五十年代盖起来的，至今没拆。瓦缝里的草很早就干了。白天看上去是黄的，古铜色的。有的一根根直立。有的长成一片，密密的分也分不清，都细如发丝。这时，那些高高的长在房顶上的草都被风刮得唰唰的。

云姑低着头扶着爹走。她不敢抬头。她知道那些老房子上的瓦的上面都刻满了许多猫的头像。

月亮很圆。天地间一片青色。

只有房顶上，墙头下，有一些黑暗的地方。

爹告诉云姑，说近来家里有一件十分奇怪的事。那牛每天晚上睡前都拴得好好的，牛槽里的草料也很足，弟弟还将拴牛的缀绳检查了几遍，一切都好好的。可只要第二天早上一醒来，便准看见牛在院子里走来走去。

好多天了，都是这样。

云姑知道那牛。又高又大，长得十分健壮。棕黄的毛油亮亮的。那是云姑的男人从陕西老家买来的。

那是一头秦川牛。

好牛。

李四毛的老婆就是从后山的一个公社娶回来的。当时，她在那里管电话。她的肚里怀着公社书记的孩子，而公社书记马上就要上调，于是，公社书记便将这女人托人介绍给了李四毛。李四毛在发家的过程中，那位公社书记已成了县委副书记，给了李四毛不少帮助。那次在李四毛家里参观，他也在场。

李四毛有一次深夜回家，从窗户缝里看见屋里温暖如春。李四毛的老婆只穿着背心、短裤，四仰八叉地躺在沙发上看电视。乡里的治安员就坐在她的身边，两只手在女人白净柔软的身躯上摸上摸下。

治安员是前几年从省政法学校毕业回来的。

可是，自他的老婆死后，家里的狗为什么老围着支书家的房子转？李四毛苦苦地想了许多，还是弄不明白。

近来，李四毛发现他的狗瘦了。

早上一醒来，便发现院子里没牛，到牛圈里去看，也没有。

牛跑了。

弟弟一早就出去了，寻牛。半天没回来。

云姑说，弟弟倒是怪勤快的，又听话。

爹告诉云姑，说家里就剩下他们父子俩时，弟弟从不和爹说话。唉。人大了，心就变了。爹叹息道。

云姑想了想说，他也有他的苦处，人老实，不会说话。

爹说，唉，我真是瞎活，我不该活这么老，害得你大冬天跑来看我，娃娃们在家受苦了。

云姑说，尽说胡话。我出去看看弟弟，牛不知寻着没有。

爹说，你不知道，这回八成真跑了。先到咱家地里看看，我跟你去。

云姑和爹慢慢走着，到了他们家的地里。却见那头牛静静地卧在地头。

云姑试着往前走了几步，那牛便要往起站。云姑不走了，那牛又重新卧下了。云姑想，它是怕人呢。

云姑又四下看看，却见弟弟一个人坐在山坡中，呆呆地望着下面，山坡下面是一条发白的小路，走着几个穿得花花绿绿的走亲戚的女人

爹也看见弟弟了。

好半天，谁也没说话。

山坡上的草试图努力想在风中挺直身子，但最终也还是徒劳。

许久，云姑说。爹，该给弟弟说个对象了。

爹说，他那样，谁寻？再说，钱也不够。

云姑说，钱不够可以想办法，我来想。好歹给他寻下一个，能过日子的就行。他身边缺个人过几年，您一去了，他一个人就更苦了。

村里来了一个沿村串户卖电子表的，是从后山转过来的。住在后山的亲戚托他给李四毛捎话来了，说那里的一只母狗生下了十几只小崽子，说李四毛如果还要，就再到后山去抱。

黑暗中，爹和弟弟睡得沉沉的。

云姑忽然记起了她进村的那天见到的那只狗。那些女人们纷纷告诉她，住得久了，你就知道了，可是，她住了这么久，只住得一片糊涂。倒是越来越怕那狗了。

云姑决定明天就要走了。爹老是嫌她住的日子短。云姑知

道，再住多久也不会有结果的。

云姑两眼愣愣地望着窗外，冬天的月亮又圆又白，天地间一片青色。

只有房顶上、墙头下，有一些黑暗的地方。

一九八七年十一月十一日

农　眼

越过一片又一片的胡萝卜地，上坟的人戴着帽子，彬彬有礼地于浑圆的黄土丘后面时起时伏。天空中飘满拳曲的长满牙齿的标语口号，大家深深的脑后拖着细细的猪尾巴甩来甩去围着桌子开会至深夜。喝酒，嫁闺女。无数苍黄的晋北山区的烟囱高高地直立在辽阔无边的房顶上。以前的那些年，大家为了预防深夜从长城以北扑过来的举着火把的土匪，都纷纷卷起铺盖，携带着妻儿老小流落到高高的屋顶上睡觉。长城以北深色的山谷里长满枯红色的叶片，嘴唇鲜艳的女人深居简出，隔着一些窗户，眺望马的高耸的背部。

河东的红杨树附近，有跳舞的影子。

当深色的夜溢满整个瓦缝的时候，木轮车吱吱呀呀地进入了一些小院里面，大家开始在巨人的黑色翅膀下频频活动。有时，刚刚点亮不久的灯便会被房顶上的高高的吆喝声弄得四下漆黑一片。每天吃过晚饭后便都去开会，大家随随便便地端着饭碗，互相走动，远远地听见无数的牛在泥草搭起的棚子里津津有味地吃草。牛吃草的声音、吆喝的声音将它胯下的一片茂盛如林的毛发惊得一起一伏。人还没有到齐吗？支书敞着怀，披着衣衫，从一些有灯的人家前走过。黑暗中的女人们都端着饭碗嘻嘻地冲他笑。桃林，寻男人的事要多想想。平原上的人虽有钱，可那身子瘦得像排骨，不如咱山区的男人有力气。好好考虑考虑，嫁过去你会后悔的，那些男的不行。女人们在黑暗中全都吃吃地笑，露出一些雪白的牙。让支书试试，试过了就不想走了。一群宽大的蝙蝠从南边的房顶上飞来，纷纷落到树丛上，像一些破旧的雨伞。话怎么能这么说？要注意影响。支书严肃地说。

大家陆陆续续地走到开会的地方，远远地看见几个下乡干部早已吃过了饭，一个个都像土豆似的躺在里面的炕上，或挑牙，或挖耳朵。有的干部将裤带松开，伸进去一只手在里面挠来挠去，粗人的鼻孔里呼呼地冒着不新鲜的气息。看看人来得差不多了，干部们把裤带系好，从炕上坐起来。一些软塌塌的帽子被压在身体下面。党员都来了？下乡干部一边从另一个人的身子下面用力扯他的帽子，一边问。支书朝人群看了又看，说只差妇联主任了。去叫妇联主任！那干部厉声说。谁是妇联主任？没听说过，有人刚想走，却不知该去叫谁。支书说，就是喜梅，兴旺老婆。大家纷纷嚷道，喜梅什么时候当妇联主任了，诡诡秘秘的，都不知道。支书冷笑一声，党内的事，你算老几？党内的事也能告你？正说着，喜梅进来了，一身肥肉不停地抖动。大家纷纷围上去说她可真是只母狼眼见得把兴旺折腾得越来越瘦了还不满足。喜梅理直气壮地说，瘦了？瘦了才叫爱情，你们想瘦还瘦不了呢。大家便一哄而上将她围在中间纷纷伸出手来拧她。折腾了半天，众人又发一声喊将喜梅横掼到炕上，一群人纷纷互不相让地压了上去。闹了许久，支书在旁边喝了一声：差不多行了！众人这才纷纷起来。喜梅站起来扣好衣服扣子，系好裤带，骂道：一群牲口！一辈子别想讨到女人！

大家清楚楚地记得多年以前的那些成群结队的马车曾在一个中秋之夜浩浩荡荡地进入晋北山区以后的一些年，马车又陆续离去。山区的公路边，土崖下经常可以看到一些废弃的马鞍和曾经装过草料的灰色帆布口袋，扎口袋用的一些红头绳使人家想起了那些早已嫁出去的姑娘。到如今，那些红头绳和她们一样都渐渐褪色了，变得不新鲜了，显出一副久远的老气横秋的憔悴样子。看了一阵，想了一阵，但大家都未曾落泪。支书让妇联主任喜梅将姑娘们组织起来，弄一个类似像大寨那样的铁姑娘战斗队。妇联主任喜梅面对工作队干部不禁叫苦连天，说十六七岁以上的姑娘都嫁走了，哪还有人？剩下十多岁的小女子应该让学校里的老师去办。支书搔着头皮想了半天说，妈的，那就算了。

关于推选劳模去县里开会的事，人家整整讨论了一个秋天。夜夜都有虫子在草丛里跑来跑去，吵闹不休。人家的心都像挂在潮湿的草尖上一样。月亮冷冷清清的，高高的草垛的黑影下坐着看场的人，静静地回忆以前那些年的时光。最初的劳模选上了二小队队长叶贵山。下乡干部说了一大通劳模会的伙食问题，吃猪肉、粉条，喝酒，还能白看电影。本来二小队队长叶贵山已经动心了，但当下乡干部说每人都要象征性地交四角钱、一斤粮票的伙食费时，叶贵山忽地瞪圆了眼睛。叶贵山问开会让不让自己从家里带干粮，如果让带干粮他就去，那样就可以每天净赚四角钱和一斤粮票。如果不让带，那就另找别人吧。下乡干部愤怒地看着叶贵山，又看看支书，对支书说没想到你们这里党员的素质太差了，连一点起码的觉悟都没有。

劳模会是隆重的会，严肃的会，光荣的会，怎么能允许你像讨饭的花子一样带着干粮去，这不是成心给党的脸上、胳膊上抹黑吗？最后的结果是，叶贵山彻底不去了，死活不答应。支书又点了许多人的名，大家都不去，纷纷说家里忙走不开。前排坐了一些十三四岁的女孩子，一些男人就往她们的身边靠，伸出两手抱住那些女的。时令快到冬天的时候，从北部的草地上吹来一阵夹带着中草药气味的风。大家依旧每夜顶着清冷的月色去开会，继续推选赴县里的劳模。妇联主任喜梅一拍那肥腿说老娘去了，好歹还能风光风光。大家一听纷纷又往喜梅身边靠，说喜梅你去了是不会赔钱的，肯定能赚回来。支书骂道：眼红了？谁眼红把你的老婆贡献出来，下乡干部也在，我批准她出去赚，赚回的越多越好。

那大的风刮得无边无际，天地间被涂染得一片苍黄。无数过去的日子纷乱地重叠在一起，显出一种极其陈旧的颜色。人家观望着这暗黄的印象，支书听到一些异样的响动。仔细看时，那些灰色的男人正把一些颜色发青的手伸进他们面前的女的衣襟里。赤裸着身子的细柳在风中发出无边的呻吟。每天清晨，晋北山区的大大小小的公路上都挤满了驮炭的队伍。多是内蒙古人，也有河北一带的。黑色的炭长虫一般浮动在晋北山区曲折不平的公路上。看到这些，大家又都会想起那些早已嫁走了的姑娘，多年来她们的黑亮黑亮的辫子一直像那些细长柔软的鞭子一样舞动在大家的心头，将晋北山区抽打得万里碧空，一尘不染。夜晚的月亮永远像乖巧柔媚的妖女子一样悄悄攀上墙头，红色的软缎鞋在高高的野台子上面舞动多年。从内蒙古河套地区刮来的北风将野台子上灰色的帆布掀起又落下，哗哗啦啦的声音如同晋北山区湍急的蓝色河流。许多年来，大家每天从那些密密的红杨树下出发，久久眺望摇摆无度的无边无际的玉米林，通体上下晶莹透明的水珠摇摇欲坠，阳光普照，每一粒水珠的里面都极其清晰醒目地映着一些过去的遥远地方，以及颜色泛黄的故事和人群，绿头鸟日夜不遗余力地在头顶上方驱赶那些缓慢地爬行在山区公路上的驮炭队伍。在那平静无风的日子里。大家看到一些红色的类似玉米穗子一样的东西漫无目的地在山区出没不定。一生中的每夜我们都在义无反顾兢兢业业地开会。妇联主任喜梅在县里开会已多日未归了。她是一个极其出色的女人，一头金色的卷发记载着她母亲的一段生动的风流岁月。她的皮肤呈粉质，眼睛微蓝。晋北山区有不少这样的混血儿。她们是中国人、日本人和苏联人通力合作的结果。艳丽而动人的半老徐娘喜梅之所以没有嫁到外地而是嫁给了晋北山区的忠实汉子兴旺并与兴旺共枕二十余年，是因为她在还不满十八岁的时候便入了党，多年来一直披星戴月早出晚归一遍又一遍地当劳模一个一个地生孩子。所生的儿女全是与她一脉相承的混血人种。在她的肚子渐渐隆起的那些日子里，晋北山区涌进了黄河边的夹带着鱼腥、草根和树枝气味的风，日夜于那些高矮不平的房顶上穿行不止。提着色彩艳丽的走私包的福建人拐走了喜梅的大女儿。每天的清晨，都能看到那些划动着鼓鼓的羊皮筏子的宁夏回民唱着歌儿顺黄河逆流而上。支书，难道我们能就这样天天开会？山区公路上驮炭的队伍行动缓慢，乌黑明亮的炭在太阳下显得形影幢幢。那天大家都没吃饭，支书一声低唱，让人开了仓库炒黄豆充饥。吱吱呀呀的开门声在寂静漆黑的山区之夜传得十分遥远，动人。大家围坐在昏暗的灯光下，鼓动硕大的嘴巴一阵猛嚼。那些无声地游动在山区的黑影如鸟如神，红杨树枝啪啪地响，土里土外热烈地泛着一种血腥气。有如铜钱大小的阳光，迷蒙而灿烂。开会有什么不好？而不开会你又能做什么？支书静静地望着早先还活泼地跳来跳去的眼下已沉静如沙的黄豆，想起了不久以前的一个黄昏，在玉米林和红杨树的丛林里，一个女人向他展现过的色彩缤纷的令人眩晕不止的世界。

转哪转哪，日子就是这样，日复一日，年复一年，那些曾经终日荡漾在晋北山区的漫天尘雾在平息多年之后又在一个冬天来临了。马的嘴里喷出长长的雪白的冰块。多少年来的每个冬天，大家都相约而行，扛起散发着浓郁铁腥味的斧头。携带着大小柳筐去南面一望无际的河川里刨取冰块。晶莹的冰块里是一个田野的季节，无数丰满动人的高粱、玉米、谷物以及晋北山区血红的土豆都赤裸地展示在大家的眼前。从天上窜下来的风扑打着大家的腿部，使大家在辽阔的冰面上难以落脚，四下无门。似乎从来没有见过你们那里的麦子，从来没有听说过那些犁的故事。冬天年年都有，冬天你们干什么？苍白的太阳像一个出门不久的病人孤零零颤巍巍地拄着手杖站在大门口，一遍又一遍地遥望久出未归的亲人，一遍又一遍地想象血红的高耸的鸡冠和路上的漫天尘土。临近年关时，山区的公路上挤满了贩卖北路胡油的队伍。永远动人的北路胡油的气味弯弯曲曲地飘满辽阔的天空，流油不止的晋北山区啊，热烈无度的晋北山区，夜夜都有人梦见蓝色的北路胡麻花开遍了原野，柔软的花瓣如同大家多年来流散不止的目光均匀重叠地撒满了山区的每一个角落。

那年的麦子长得出奇的茁壮，一支支麦穗像太阳金黄的光芒。夜里，大家听到天上的雨唰唰地洒向晋北山区，窗外的世界一片白雾茫茫。屋檐下的滴水咚咚的，像是有一些人在山区的公路上逃命，另一些人在拼命追赶他们。小河里涨满了水，羊晃动着雪白的身体到处跑来跑去。喜梅她可真是个好女人啊，在我最艰难的时候，难道不是她挺身而出挽救了我吗？她的胸脯永远挺得那么迷人，如梦中的高原。每次的夜里，她都顶着银色的月光乘兴而归，穿越那一片又一片的金色丛林。支书在恍惚中看见他老婆的肥大的胯部正如一座山丘似的向他的头顶上方压来，他不由得厉声怒吼：混蛋！要注意影响！快刨土豆去吧。经常有一些身份不明的狗在夜深人静时把家家户户过年时贴的红对联撕得精光、粉碎，然后它们便一齐踏上长城，与内蒙古一带的狗互相混战。山货收购站的秃头将皮毛的价格一再压到最低。从门口轰隆隆涌过的牛群如同电影里一泻千里的溃退的军队。在一些夜晚的天空下，马蹄得得地穿过晋北山区的公路，山区里晃动着如水的马的脊背。马蹄越过晋北山区大片荒凉贫瘠的坟地，一直向长城以北的方向响去。无数密集的红色花朵在萧疏的马蹄声里慢慢地一瓣一瓣地展开，如同一启一合的杨木风门。支书，你不能这样，我们都是党员。

那年的夏天经常下雨。暖风吹动田野里绿油油的麦秆荡起如水的千里波纹，好似浩瀚无际的绿色湖面。多年以来一直生活在窑洞里的他们，虽然早已失去了祖先的面孔，但仍有缥缈而神奇的烟柱从那些黄土包四周升起而化入蓝天。圆圆的黄土包静静地卧在一些无草无树的梁峁上。那一夜，他们换上干净的衣服，破例穿上令人欲望丛生的奇特内衣，披着银色的月光相约而行。他们不时地停下欢欣的脚步，听到有人正渴望与他们交谈，或者窃窃私语。

那是密集的玉米林。

四周的玉米林哗哗地响。

在玉米林即将成熟的那些日子里，早先堆积如山的黄豆已快吃完了，剩下一些类似野鸽子羽毛一类的东西。大家倦慵地拍拍手，从耳朵后面取下一支支烟，等待雪白的月亮从墙头上一遍一遍地爬上来。墙头上轻轻移动的草似有人在后面努力推动，有时还隐隐可见那些手的影子在墙壁上舞来舞去。路边的树叶哗哗地响，舒卷的成熟的叶片散发出一种撩人情怀的强烈气息，如同生长在大片泥淖里的红色花朵。从北部的草地上飞奔鸣响的马蹄声将山区的花瓣越踩越红。山区女人乌黑的头发里深藏着火焰般的情怀，她们在山区深深的玉米地里放浪不羁，颠鸾倒凤。雪白的汁液日夜滋养山区的郁郁林木。黎明时四起不息的鸡声将山区丰盈的天空划开一道道血红的口子，如同那些潮湿丰满的充满无限激情的鲜艳之唇。在脊梁般枯瘦的季节里，光秃秃的林木，叶子无声而落，世界显得很轻。在万念俱灰的冬夜，大家不约而同地梦见了金黄颜色的秋天，玉米林吐出血红的胡须般的穗子，很像一些脸色红润的汉子。在那些健壮的颜色纷乱的树上，挂满了乳房般饱满成熟的果实。叮叮当当，将山区的天空擦拭得亮如明镜。支书，我们不想活了，我们实在没法活。喜梅，告诉公社，不能随便给女子们开结婚证明，绝对不能。支书站在太阳下，身子笔挺，他觉得有几头小牛在大腿根内部不住滚动、嚎叫。

那年，大家看到未婚的女子们在天亮前都悄悄地挟着包裹离开家里纷纷外流的时候，大家都彬彬有礼地站在村口一直目送到看不见她们时为止。那些锈在土地上的河流像大家僵直的目光和风干的躯体。

那年，大家听到渴望与他们交谈的密集的玉米林唰唰地响。

在红杨树附近的坟地里，他们看见了跳舞的影子。

那些身影是多么的轻盈动人啊，如歌如柳。冬天的河面上结满厚厚的平滑如镜的冰。大家聚集在村口的一些年久发黑的屋檐下，袖着手，嘴里哈着团团雪白的气，津津有味地观看来往在山区公路上的男人和女人在洁白的冰面上滑行、舞动。大家的目光像一根结实的牛皮绳子一样紧紧地拽住那些女人的撩人情欲的身姿穷追不舍。一片喝彩声中，公路上骑自行车的人一个个棒槌似的滑倒在冰面上，一片片鲜红的霞光从那些女人的脸上升起。那一瞬，大家都有些支持不住了。他们受到了一种从未有过的冲动和撞击，摇摇欲坠。马老五，有媒人去你家了，给你女子提亲。马老五匆匆往回走，他的十三岁的女儿还不大懂事。马老五在前边走，大家在后面用复杂的丧心病狂的灭绝人伦的目光看着他。他们的身体变得像木材一样坚硬、粗糙。巨大的柱状气流有力地回旋在他们的身体内部，四下冲撞，找不到出去的路。天黑了，头顶上方的天空中不见了那些缓缓浮动的黑翅膀的鸟群。灯光昏暗的山区的房屋在北风中飘曳、晃动。在那些空空荡荡无情无义的白日里，他们终日挺着被巨大的欲火烤得沉重如铅的身躯走来走去。溜门子，爬窗户。他们终日聚集在一起，一次又一次地打赌。一块硕大的石头被扛在粗糙火热的皮肤上，在太阳下在墙壁之间来回走动，走的时间越长，赢到的东西越多。石头如门板，石头上的道路纷纷扰扰。后来的一些年，他们被弄到土地上不停地挖土，填土。夕阳照在金色的林子里，有人背着巨大的草垛缓缓移动。从后面看上去，只见那巨大的草垛慢慢向前移动，看不见那人的身体，夕阳把山区的墙头涂染得一片血红。

多少年来，经常有一些人悄悄地从土里来，以后又悄悄地回土里去。老天呵，你不能这样，多年来轮来轮去总是我们这些人，老婆糊糊涂涂地和我睡了这么多年，到死连个正式的名字都没有。

月亮一遍一遍地爬上墙头，眼看着以前的那些马蹄从山区的公路上消失得无影无踪。

支书，能看看我们的户口吗？只看一眼也行。

夜里，山区的房顶上一片平静。大家顶着银色的月光去开会的时候，看见山区公路上的那些花瓣像家中的风门一样时启时合。

一九八八年五月

圆寂的天

上

有人用手向东边指点，说那一大片沙滩上灰砖的院子，就是乡政府。

一匹白马驮着一顶黑草帽，往东边去了。

仔细又看，才发现在白马与黑草帽之间还有东西，是一截灰褐色的后背，是一个人的上半身，稀泥一样很是涣散地浮垒在马背上，两只脚垂在——确切地说藏在马肚子下，马走得稍微快一点，看得再马虎一点儿，就会以为马背上没有人。

瞿小年笑了一下，马背上那么一个大活人，摇摇晃晃地从他的眼前过去，竟然都没有被发现，他眼里看到的却只是一顶草帽。母亲一直说他总也改不了粗心的毛病，他还一直不以为然，从来没有往心里去过。

风从地上卷了一些土，紧紧地夹着、兜着，想从乡政府的那个大门口越过，却不料其中有一些碎石头并没有被夹牢，叮叮当当地落到了大门口的铁栏杆上，有一种事情败露后的惊慌，余音到了他的耳边只剩下一些日——日的响声。

风出了大门以后就跑得无影无踪了，不再管那些让它惊慌的东西。

院子里没有人，两边是几排青砖的房子，中间一条土路，被风刮得十分干净。路两边栽着一些白杨树。

正犯愁，忽然见一个十六七岁的孩子提着一只大水桶，正吃力地由后排走来，看样子像是乡里的通讯员。

走过去一问，果然。

年少的通讯员把手里的水桶放到地上，用手抹了一下已经拖到上唇上的一缕清凌凌的鼻涕，又抬起手在额上抹了一把汗。瞿小年问乡长在哪里。通讯员上下打量着瞿小年，看见他也是一副娃娃脸，大概觉得没有资格由乡长出面召见，想了想，便自作主张地说应该找秘书。瞿小年问秘书在哪。通讯员便跑到后面一排，推开一个门进去了。不一会儿，又出来了，唰唰地走到瞿小年的跟前，却并不是来告诉他什么的，也没有理会他，而是径自提起刚才放在地上的水桶，走了。瞿小年看着他的后背，正想叫住他，问个究竟，却看见通讯员适才进去过的那间房子的门开了，里面走出一个三十七八岁的瘦男人。

瘦男人一身灰衣灰裤，好像连皮肤也是灰的。那人站在门口，慢慢地朝四下张望，终于望见了站在路中间的瞿小年，便不再望了，慢慢地走过来，一边用一根火柴棍不屈不挠地剔着牙。及至到了眼前，才看见他的眉毛很长，像两把刷子，一边一把，一副时刻要清扫什么的样子。

瞿小年往前跨了一步说，您是秘书？

瘦男人点点头。

瞿小年赶忙从挎包里取出介绍信，递上去。

秘书把介绍信举至脸前，将整个脸遮挡得严严实实。站在对面，只能看见他的帽子，有一段时间没有洗过了，有油污，还有汗渍的气味淡淡地飘过来。

瞿小年耐心地等他看着介绍信。

看着看着，秘书忽然把介绍信从脸前移开，仿佛有预感似的，东边一间房子的门就在那个时候开了，从里面闪出一个年轻女子，站在门口叫道：

曹秘书，电话。

秘书当即板正脸，将手里的介绍信重新塞给瞿小年，急急地接电话去了。一走，腰下极显眼地露出一截红线的裤带，一摆一摆，小尾巴似的。

喊话的那女子并没有马上进去，站在门口的台阶上朝这边看，看见一个生人站在院子里，便下意识地转身对着一扇门上的玻璃理了理鬓发，然后又转身朝着瞿小年看。见瞿小年也正直盯盯地朝门口看，便又低下头去，伸出两只手在那笔直的很是干净的裤子上一阵轻轻的拍打，也并没见有灰尘被拍打下来。听见那个秘书在里面大声地打电话，阳光渐渐地变得黄亮鲜艳起来。

年轻女子站在门口，两条腿笔直挺拔。

稍后，秘书打完电话，从里面出来，先对站在门口的年轻女子说，椅子上怎么全是水？

听见这话，年轻的女子先是愣了一下，转身便进了屋里。不一会儿，又跑出来，站在门口大声地说：

哪有水？哪有水？

年轻的女子是在问秘书，又等于是在告诉他一个结果，瞿小年听见了，但秘书却似乎并没有听见。秘书那时已经走到瞿小年的面前，又把介绍信重新要过来，又像最初那样重新举到脸前，看了足足有好几分钟。

文化馆的？

秘书看完介绍信，看着瞿小年。

瞿小年点点头。

先休息休息。秘书说着，把介绍信折起来，捏在手里。

过几天，有一些标语要写。秘书对瞿小年说。

瞿小年又点点头。

秘书走在前头，瞿小年跟在后面，那一截红裤带忽然又跑出来，在他的眼前摆动。想象中，瞿小年觉得自己已经伸手抓住了它，很快就要将它连根拔出。回过神，看见秘书依然稳稳当当地走在他的前面，什么也并没有发生。他们一前一后进了后排的一间房子里，瞿小年掏出烟，抽出一支递上。秘书接过烟，看看，没抽，一抬手夹到了耳朵上。

瞿小年又递上一支。

不用啦。秘书说着，接过烟，点着了，吸了一口，然后就关上门走了，将一大团灰乌乌的烟留在了屋里。像是从来都没见过似的，瞿小年盯着那一大团灰乌乌的烟雾仔细地看了一阵。

屋里很昏暗，一回头，见旁边的桌子上堆着一些书，上面落了一层灰，不禁有些喜出望外。一本一本地拿起来看，却又见尽是些《理论建设》《林业经济》《计划生育》一类的东西，心里立即又凉了一大片。

擦了一下椅子上的灰，坐下，抽出一本薄薄的《鸡瘟防治》。

刚翻了两页，就听见门外有踢踢踏踏的脚步声传来，由远而近。遂将书放下，正襟危坐。门开后，进来一个三十出头的人，个子不高，脸上有很多粉刺。一看，认得，是乡政府文化站的辅导员李云，在一起开过不少次会。在瞿小年的印象里，乡政府的文化站，很有点儿他们下级部门的意思，不过，也仅仅就只是那么一点很是虚无的意思，真正要论人权财权，都与他们无关，他们根本管不着，一切都由乡里说了算。进了屋里，李云脚上的一双布鞋还在不断地冒着烟一样的土，想必是刚在噗噗的厚土里走过。

李云直挺挺地站在地上。

刚到?

刚到。

李云笑笑，一笑，两眼笑成一条不粗不细的线，韭菜叶儿一般。

见到李云，瞿小年有一种感觉，觉得像是历经千难万险，终于接上了头，见到了一位多年埋伏在乡下的同志。

可是李云，人家实实在在是乡里的人呢，无论工作还是工资，都与除了乡里以外的任何地方任何部门无关，并非是在埋伏。

看看天色已晚，李云执意要拉瞿小年去他家里吃饭，瞿小年费了很大的劲，推脱了半天推脱不过，还差一点把衣服的袖子撕破了，只好关了门，一同出来，离了乡政府的院子，沿着一条大路，往村里走。

至一土院前停下。

到了。李云用手一指。

进了院子，见一老汉，脸色黧黑如马背，李云说是他父亲，也并不打招呼，只顾往里走。老汉的身边还有一只羊，四只眼睛默默地朝这边看，都没有一点声音。

屋门一开，一阵浓烈的酸菜的气味浩浩荡荡地从里面流出，扑面而来。瞿小年受到这突然的冲击，没有提防，不由得后退了几步。

两个土豆一样的孩子正在屋里的地上滚来滚去，不知在干什么。

出去。

李云伸手在其中一个的后脑勺上拍了一下，两个土豆一样的孩子便一起弹着蹦着，稀里哗啦地从门里出去了。

瞿小年问李云，两个孩子？

两个。李云说。小的那个，至今还是个“黑人”。

瞿小年说，黑人？

没户口。李云说。多生下的。

刚在炕沿上坐下，忽听外面有骂声传进来：

日你妈，死人！眼瞎了？

一个女人的声音，泼辣，坚硬。

李云脸一红，偷看瞿小年一眼，忙跳下地撩起门上的帘子。

一个女人挑着一担水进来了，女人怒气冲冲地放下水，正要又发作，忽然看见屋里有生人，立即不骂了，冲瞿小年笑笑。

李云慌忙地将水倒进一个很粗很大的水瓮里，很快又坐在一个黑黑的小板凳上，啪嗒啪嗒地拉起风箱，锅灶前顿时飘起一片又黄又灰的烟雾。

女人在烟雾里出没，里里外外地穿梭。偶尔，可以看见她脸上的雀斑，似乎还有一颗金牙一闪一闪的。

慢点儿，呛着客人！

女人在烟雾里向李云喝一声。

听见女人的喊声，李云拉风箱的速度明显地放慢了。

天黑了，开始吃饭，两个孩子躲在灯影的暗处，看不大清楚眉眼。

李云将一碗堆得老高老高的面条递给瞿小年。瞿小年接过，刚吃了一口，一股浓烈的羊油味就让他很快败下阵来。望着眼前高高的小山丘似的一碗饭，心里不禁犯起愁来，不知如何，更不知何时能够把这一碗东西消灭干净。看李云，狼吞虎咽地吃得正香，满头大汗。两个孩子也像两只小猪仔一样，呼噜呼噜地吃着。看了一会儿，或许是受到了别人的感染，便也开始慢慢地吃起来。吃了不知多久，见才把高出碗边的那一冒尖的部分吃下去，还有平平的一碗分毫未动，心里愈发麻烦，犯愁。想了一下，装着身上不舒服的样子，李云忙放下饭碗，很是关切地询问了几句，又递上一支烟。瞿小年学李云的样子，也趁机放下那一碗饭，抽了一支烟。为了避免再次端起碗，又抽了一支。后来看看天色已不早，说要回去。

李云送出门。

一个人摸黑回到了乡政府。

一进院子，见一群人正围成一堆看电视，有几个抬头朝瞿小年望望，很快又接着望电视去了。瞿小年匆匆地扫了一眼电视，黑白的画面，好像有一个女人正在跳舞，芭蕾舞。他原以为是白毛女或者是万泉河边的吴清华，后来才明白是《沂蒙颂》里的红嫂。

离开那堆人，往后排的住处走，院子里没有风，却黑暗极了。

夜里睡下后，听见隔壁的屋里有人低低地唱，音色很好，但是调子似乎不太准。一会儿又传来木柴的声音，斧子的声音，后来好像又加入了锅和勺子的声音，叮叮当当地很是响了一会儿。在那个有些乱七八糟的过程中，那种声音低低的歌声像一条细线一样，一直都在其中缠绕着、飘忽着。

第二天起来才知道，隔壁屋里住着个女的，三十多岁，也是乡里的干部，叫琼英。

吃饭时，见到她。

瞿小年问她昨夜是不是在唱歌，琼英竟说没有。

太阳亮亮的。小通讯员从院子里的铁丝上取下晾晒的被子，往屋里走，他将被子斜裹在身上，像一个披着袈裟的和尚，边走边唱。

一只黄狗箭一般地从大门口越过，浑身的黄毛，风一吹，火焰般地燃烧着。接着，又见大门口闪进一团黑影，细看时，见是李云。

曹秘书把手里的饭碗往地上的树荫下一放，叫一声赖货，告诉从外面走进来的李云，让他赶快换橱窗，今天有上边检查的要来。

总听见曹秘书赖货赖货地叫，以为他是在骂人，却原来并不是骂人，赖货是李云的小名，并不是一句骂人的话。

李云来到瞿小年的身边，蹲下，摸出烟递给瞿小年一支，他自己也叼了一支。

女干部琼英拿着洗净的碗，从他们的面前走过。

李云长长地吸了一口烟，随即将一团烟雾吐出来，朝琼英吹去。

琼英扭了一下腰说，赖货你要小心，小心天黑了回去进不了门。

那正好，去你那里。李云一笑，两眼又笑成一条不宽不细的韭菜叶。

琼英脸上一红，看瞿小年一眼，返回来把李云推坐在地上。曹秘书盯着一棵小杨树出神，眼神杂乱。李云从地上起来，拍拍手上和身上的土，又从兜里摸出一支烟，扔给曹秘书，曹秘书伸出手，却没有接住。

赖货，还有旧画报么，要有时装的。

曹秘书从地上捡起烟，一边点着，一边问李云。

李云说，咋不早说！昨天刚让供销社的王主任拿走几本，说是新做了写字台，要往玻璃板下面压。剩下的几本要往橱窗里换。

曹秘书说，我家里的那个货要，以后再来了留下，不要随便给人。乡里的东西怎么能随便给人呢？那也是花了钱的。

曹秘书说着话，脸上却没有任何表情。

琼英说，赖货，也记得给我留点。

李云说，曹秘书刚才还在说，你又不是没听见。

琼英说，真是个赖货，你什么时候也端起来了？和你要是看得起你，别人管不着。

瞿小年有些吃惊地看看琼英。再去看曹秘书时，发现曹秘书早已不在了，不知溜到什么地方去了。心里像是起了一层雾。

跟着李云走进他那个办公室里，李云打开一个大木柜，从里面拿出几本书。瞿小年一看，这不是画报么，正是他们刚才要的。问李云，李云说他都翻过了，里面并没有曹秘书想要的有关时装的内容，要有，早就给他了。秘书，在领导们面前可能什么也不是，只能点头哈腰，可是在他们这些人面前，那就也算是一个领导呢。

又说，画报虽然不值钱，可要是都让人拿走了，他换橱窗的时候就会没有东西可换。换不了橱窗，到时候就得挨批、挨骂。

问李云在乡里工作多少年了，李云说总有十几年了，以前公社的时候就来了。城头变幻大王旗，先后已经有十几任书记、主任、乡长来来去去地过去了，有的升了，有的死了，还有的像是生了锈，被遗忘了。

瞿小年翻阅着那些画报。一些是东北林区，茫茫林海，戴着大皮帽子的伐木工人正在伐木。还有某某地方发展养猪事业的先进事迹，计划生育，养鱼放蜂，苏州园林，北京四合院和老胡同……有几页是各地名菜，看上去色泽鲜艳、诱人。

李云拿起，斜着眼看了半天，后来一甩手，扔到了一边。

李云说，这些菜村里的人们谁见过？贴到橱窗里，还不把人们害得都得了相思病，害死？真要是有人病了，到时候谁也不怨，又得怨我。

橱窗主要由文化站负责，具体地说就是由李云负责，因为文化站只有李云一个人，再没有别的人。橱窗多长时间换一次也没准，不一定，有时几个月，甚至半年才换一次。不过，上边要是一有检查的来，就得换一次。

瞿小年说，要是上面天天来检查，你可就换不过来了。

李云说，真要是那样，那也就不换了，等他们走了再换。

又说，其实上面来的人根本不看，反倒是村子里的老人们在那里一站就是半天。该看的不看，经常看的倒是一些无关的人。就像你准备了一桌饭，想请的人都不来，回来一看，一些无关紧要的人已经在桌子前坐好了。

那些老人们，都是一些无关紧要的人？确是如此，连他们自己也常常这样认为。

李云把乡政府大门外橱窗里的内容更换一新，立即就招来不少围观的人，果然以老年人居多。有识字的，就边看边大声地念。不识字的，只看，却见嘴唇也一动一动的。还有老人们正在朝这边慢慢地走来。

换完以后，李云又用一把锁子把橱窗锁了。

中午，村里的人都回去吃饭了，乡政府院子里的人也大都睡了觉。太阳热烘烘地照着，瞿小年和隔壁的琼英坐在各自的门口说着话。

琼英洗了头发，很黑、很亮。

各自问了对方家里的一些简单的情况。琼英的丈夫是军人，目前是副营级，等再升到正营级的时候，琼英就可以随军了。瞿小年问琼英，到时候是否真的要去随军，琼英说还没想好。

琼英又问瞿小年，什么时候认识李云的。瞿小年说，开过好多次会。

琼英说，他那个女人，别看表面上厉害，实际却傻得很，根本管不住赖货。

瞿小年说，李云那么老实，还管他干什么，那么老实的人，根本不用管。

琼英笑了笑，却没再说什么。

看见她把裤脚撩起一点，露出一截白亮的小腿，用手在腿上搔了搔，瞿小年觉得眼前被亮亮地晃了一下。

李云要去村里给人画炕围，让瞿小年也跟着他去。

出了乡政府，路过一个学校，看见学校外面的围墙上写着：

院内批发布鞋，牙膏，有意者请找张老师联系!!!

街上有狗，有鸡，还有晒太阳的老人和抱着孩子的妇女。一辆小拖拉机在远处冒着黑烟，声嘶力竭地叫喊着，像一个瘦小的人在发着很大的脾气。

进了一家院子里，一个身材苗条的年轻女人迎出来。

李云问女人，那种松子糕吃了没有？

女人说吃了。

李云说，好吃么？

女人点点头。

抽了一支烟以后，李云开始调颜料了。瞿小年走进屋里，看见家里的围墙并不显得陈旧，相反却像是刚画过没几天的样子，不知为什么又要画。听见李云一会儿要水，一会儿又要一块布。女人不断地出来进去。

李云问女人，想好了没有，这一回要画啥？

女人很干脆地说，桂林山水。

李云说，确定了哇？

女人说，确定了，再也不要那些亭台楼阁了。

李云说，怎么都想起要桂林山水？

听李云这样说，女人吃了一惊，立马追问李云，谁家还画了桂林山水。

李云说，陈桂仙。

女人一听就不高兴了，撅起了嘴，对李云说，我不想和她一样，你去，去给她涂了，画成别的。

女人说，给她画一条臭水沟，最好再画一个坟。

李云说，看你说的，那还不打起来？

女人仍然不高兴，她说，我就是不想和她一样，一想到和她的一样，就觉得恶心。

李云说，别恶心，我好好给你画。

女人说，要画得比她家的好。

李云说，没问题，那是一定的。

瞿小年站在院子里，打量着房子的格局和院子里的东西，东边的一个小的栅栏里有一只山羊，不住地伸出一张雪白的脸看他。

听见屋里的女人问李云，那个人是干啥的？

李云说，来下乡的。

女人说，就跟着你到处乱走？

李云说，本来也没事，他又人生地不熟的。

瞿小年在寂静的院子里慢慢地走着、看着，地上的石磨、墙上挂着的农具、自行车。有一个像学生课桌一样的东西，是黄白的木头本色的东西，但肯定不是学生的课桌，因为它的上面是密封的，只有一条手指宽的缝隙，瞿小年看了半天也没看出是什么。

女人从屋里出来，招呼瞿小年进去喝水。

瞿小年跟着她进去，看见李云正在画，一会儿坐着，一会儿又蹲着。

李云一边画一边头也不回地对瞿小年说，不要乱走，小心让哪个女的看中了拉回去，我就再也见不上你了。

女人倒了一杯水给瞿小年。

半上午，来了一辆汽车，下来几个人。

不一会儿，听见食堂里叮叮当当地忙了起来，甚至连女干部琼英也被叫去帮忙。鼓风机在嗡嗡地响。小通讯员像一只没头的苍蝇一样在院子里到处出没，到处都能看见他的身影，不是在找人，就是在找东西。

曹秘书也不知是从哪里突然蹿出来的，看见瞿小年，一把抓住。

赶快去外面把标语写一写。曹秘书说。

瞿小年问写什么内容。

曹秘书说，现编也来不及了，也不用费事，你看院墙上有以前写过的，只是颜色都褪了，看不清楚了，你只要照着原样再重描一次就行了，重描一次就好看了。

又说，可以让小通讯员帮帮忙。

说完，就又急急忙忙地走了。瞿小年看着他的背影，却没有看见他的那一小截红裤带在腰间下摆动。

来到街上，看见很多墙上果然都有字，就像曹秘书说的一样，只是都褪色了、模糊了，不禁轻松起来。那个小通讯员刚才有一阵子确实在他的身边，可是这会儿再找，却早已又不见人了，不知又去了哪里。

找来颜色与笔，站在那些墙下，开始一笔一画地描，一字一句地描。身后不知什么时候已经围了一群孩子，叽叽喳喳地又看又叫。

歪了。有的说。

长出去了。又有的说。

瞿小年回过身，用手里的那把红色的刷子朝他们晃了晃，一群孩子麻雀一样轰的一声散开了。

连着描完了好几道墙上的字，快描到下一个路口时，看见上午来的那辆汽车摇摇晃晃地从乡政府的大门口出来，带着一股长长的烟尘走了。

瞿小年拿着刷子，站在墙下，回头看看路上的烟尘。这次下来，本来是要下到乡政府所在的村子里去的，可是已经几天过去了，竟没人容他讲清楚这个意思。

晚上，在院子里碰到曹秘书，瞿小年终于把一直想要说的对他说了。

曹秘书有些吃惊地说，咋不早说?

看到他愣愣地站在那里，曹秘书就又说，那你准备什么时候去村里?

瞿小年说，明天吧。

曹秘书说，好。

月亮慢腾腾地浮了上来，走在寂静的空荡荡的院子里，瞿小年有一种走在水里的感觉。无边无际的水，银白中存在着许多黑暗的角落和部分。

下

满满一屋子人，没有一个鲜亮的，个个都灰不溜秋的。瞿小年从外面推门进来，原本吵吵嚷嚷的屋里一下就没有声音了。

瞿小年说，这是大队?

是。

坐在炕头上的一个缺了好几颗牙的老汉看着瞿小年说，你是做什么的?

下乡的。瞿小年说。

找我们掌柜的?

支书、村主任都行。

一屋子的人这会儿全都目不转睛地盯着瞿小年看。

福龙，叫六十五去。

老汉让瞿小年坐下，又捅捅站在他身旁的一个三十多岁的男的，对他说，就说有下乡的来了，找他。

名叫福龙的那个人走了。

去叫他，就说公安局来抓他了。人群中有人朝外高声喊道。

一屋子的人都笑了，那个老汉也笑了。

坐了一会儿，人还没来。

他妈的六十五，这是又钻到哪个窟窿里去了。福龙莫非也让鬼给拽去了？老汉嘴里嘟嘟囔囔地说着，从炕上下来，伸手紧了紧腰带，走到一个大木箱子前，掏出钥匙打开箱子上的锁子，里面原来是一台扩音器。外面的屋顶上装有大喇叭。

扩音器吱吱呜呜地响了一阵。

六十五，下乡的来啦。

老汉趴在话筒上喊。有下乡的找你，六十五。

紧接着又喊道，福龙，好你个狗日的!

屋里众人都笑。

喊完话，老汉关了箱子，又朝炕前走来。

瞿小年问老汉，您贵姓?

吴。老汉先是愣了一下，随即便明白了。

吴?

就是没有的意思，他姓没有，甚也没有，要甚没甚。又一个三十多岁的眼睛好像有一些毛病的人笑嘻嘻地看着瞿小年说。

去你娘的四圪吱！老汉抖动着不多的几根胡子说，要是早几年计划生育，你才是一个真正没有的货。

众人又轰的一阵大笑。有人坐在办公桌上，差一点儿压坏了旁边的电话机，吴老汉狠狠地把一把笤帚朝那人扔过去。

忽然看见有一个人走进院子里，又胖又圆，但是也很高大。

来了。吴老汉对瞿小年指点。

瞿小年猜想这应该就是支书，就站起身等候。

来人进了门。

他就是支书。吴老汉看了一眼支书说。

您贵姓?瞿小年说着，拿出介绍信递上去。

姓王。支书把瞿小年拿着介绍信的手推回去，让瞿小年坐。

王六十五。吴老汉在一旁插话说。

王六十五很不高兴地瞥了吴老汉一眼。

在吴老汉的隔壁，为瞿小年收拾出一间屋子，里面原来堆放着破旧的锣鼓，发黑的红旗，甚至还有一顶像是轿子一样的每年正月里闹红火时才使用的叫“旱船”的东西，常出现在秧歌队的前面或者后面，有人在里面驾着，另有一个人在前面做着划船的动作。帮瞿小年收拾屋子的两个人，一个快四十岁了，是村里的会计，叫徐八斤，身上穿了有四五件衣服，而且每一件衣服都不系扣子，都敞开着，每一件衣服都像一扇大门一样敞开着，层层叠叠，让人，至少让瞿小年看上去觉得很费劲。另一个是保管，姓倪，五十多岁，有哮喘病。

倪保管从裤腰带上拿下一串几十把大大小小的钥匙，从中取下一把给了瞿小年，并嘱咐他拿好，不要丢了。

吴老汉孤身一人，有时会戴一顶灰色的八角帽。瞿小年常给他烟抽，后来他竟不好意思起来。吴老汉说，哎呀，哪能老抽你的烟，你也抽抽我的。说着，把他的旱烟袋和烟锅一起递到瞿小年的手里。瞿小年接过去，装好烟，刚抽了一口，立即呛出了一串眼泪。

吴老汉笑着说，抽不惯哩，新社会长大的，没人抽这。

闲暇之时，瞿小年问吴老汉，支书为什么叫六十五?

吴老汉说，他爷爷六十五岁的时候，他妈生了他。

瞿小年说，就这么简单?

吴老汉说，嗯，就这么简单，你还要多复杂。

看看瞿小年还有些愣怔，就又说，名字还不就是个叫法，就是让人叫的、唤的，不然你叫一个人，若没有那个名字，光秃秃的，怎么叫呢，就像一个东西，没抓的，没握的，想拿也拿不起来呢。从前他们这里出过一个很有本事的人，名字却叫马驴儿，名字不咋样，人却很了不起。也有的人心急火燎，起名叫发财，可是穷了一辈子，还不如叫不发呢，叫不发说不定还能好一点。

吴老汉当过兵，曾经一路南下，后来嫌南方天气热，雨多，就和邻村的一个人一起跑回来了，身上至今还有很多伤疤。

你摸摸，多硬。

说着，把一个干瘦的肩膀露出来，让瞿小年摸。瞿小年伸手摸了一下，果然硬硬的，不像是正常的皮肤。

疼吗？瞿小年问他。

平常倒不疼，就怕天阴下雨。

他的身上被钻了五六个洞，结果却连一个四等残废也没混上。早些年在村里当过小队长，后来老了，就改看电话。有下乡的来，常戏称他是村里的办公室主任。

嘿嘿，主任。有意思。吴老汉一边摇头，一边凄楚地笑着。

瞿小年在村里吃派饭，每天吃完饭回来，吴老汉都要详细地问他在谁家吃饭，吃的又是什么。知道瞿小年不大能吃莜面，每次瞿小年吃完饭一回来，就问，今天吃什么来，不会又是莜面吧。见瞿小年苦着一张脸，在点头，就嘿嘿地笑。又说瞿小年说不定是在村里得罪了什么人，要不然为什么无论到哪儿都吃的一样呢。

说了半天玩笑的话，最后才说，没办法呀，你得多担待着点儿，咱们这地方的人，一年四季都吃着一样的饭。

瞿小年说，我没问题，习惯了就好了。

支书王六十五有时也来瞿小年住的屋里来看看，不管什么时候见他，嘴里总是叼着半支烟。有时说起隔壁的吴老汉，瞿小年就觉得一个从前打过仗的老兵，晚年多少有些凄凉。听到瞿小年这样说，王六十五就说，别听他瞎说，他哪是什么老兵。

瞿小年说，身上有那么多伤疤，还不是老兵？

王六十五说，当然不是。

瞿小年吃惊地说，那他是什么？

看看屋里再没有别人，门口也没有人，支书王六十五就说，他是俘虏，知道了吧？

俘虏？瞿小年吃惊得张大了嘴。

王六十五说，你说说，这样的人，还能有啥待遇。

瞿小年说，那也是老兵呢。

王六十五说，那咋能一样了，那差别可就大了去了。民政上有补贴，那是明文规定给革命军人和残废军人的，轮上八十回也轮不到他。就算他是一名老兵，那也是敌人那边的老兵，想要待遇得到那边去要。

瞿小年说，那怎么可能。

王六十五说，其实照我看，他也算是不错的了，村里人谁也没把他当俘虏看，大多数的人根本不知道这回事。他能混到今天这样，我觉得也很好了。看电话，接电话，那是谁想接就能接的么。

不过，瞿小年觉得，看吴老汉现在的那个样子，或许他也早已忘了他自己从前的那个身份，说话没遮拦，那就是一个最好的证明。

看到瞿小年的面前放着一碗东西，王六十五吃惊地问，你在吃什么？

瞿小年就告诉他说是一种速食面。

王六十五说，好吃？

瞿小年说，还行。

支书听了，便将脸凑近碗前，看了半天。

像虫子。又看了一会儿，说，像芨芨棍。

看他很有兴趣，瞿小年就问他吃不吃。

能吃？他立即睁大了眼。

瞿小年说，我不是正在吃么。

挺贵吧？

不算贵。

瞿小年泡了一碗给他。一开始，他只是像吃药似的一点一点地吃，吃一下，抬起头看一眼瞿小年，仿佛做错了什么事似的。吃到后来，便将碗端起，稀里呼噜地全吃下去了。

瞿小年说，怎么样？

回答说，有一种怪味儿。

什么怪味儿？

说不上来。

从此经常来，一来了，瞿小年就泡一碗给他。

来到村里的头一天，瞿小年就向支书讲了来下乡的任务。

他一听就说，好说。

又问瞿小年要住多久，瞿小年说了时间。就对瞿小年说，有什么别的的事，就尽管办你的，任务的事不用愁，等走的时候，保你回去好交代。

有一天，支书又来，手里提了一个布袋子，进了屋里才掏出来，里面竟然是两袋奶粉。

对瞿小年说，我吃了你那么多面，你胃不好，这些奶粉给你。往后，不要去吃派饭了，雇一个人给你做饭。

临走前，又回过头说，有人问起时，就说这是你自己买的。

事后，瞿小年不得不佩服支书的精明和周全。那天，倪保管进来以后，一眼就发现了桌子上的奶粉。

这是啥？倪保管的两只眼睛锥子一样。

奶粉。瞿小年说。

你买的？

忽然想起六十五的嘱咐，就说，嗯。

倪保管唉声叹气地说，哎呀，你们真有钱，不像我，连烟都抽不起了。

瞿小年急忙拿烟给他，他拿了一支，叼到嘴上。

他用黑黑的大手抚摸着那袋奶粉，说，这两天身上难受，啥东西也吃不下。我能喝点儿这个么？

瞿小年点点头，很快就给他冲了一杯。

他咕咚咕咚地喝完后，抹抹嘴，要走了。临出门，忽然说，你是个好人。

瞿小年吓了一跳，以为倪保管又有什么别的的事，却并没有。说完话，关上门，就走了。

从村子里往北，经过一片庄稼地，便是与邻省之间的分界线了。闲暇之时，瞿小年经常一个人来到这个泥土斑驳、草木萧萧的地方，往北，是海浪般起伏连绵的群山，有几百座、几千座，更远处的高山上披着皑皑的白雪。下过雨以后，站在村外看远山，是透明的蓝色，清凉，纯净。一个人站在这远离人烟的地方，脑子里常听得人喊马嘶，旌旗猎猎。邻省的一些村庄，一个个像手掌一样，有的平放着，有的弯曲在山上。因为人烟稀少，那一带的狗便显得很多。听说瞿小年是下乡的，那边的一个类似于队长身份的人说，他们已经有很多年没有见过一个干部了。言语中颇有几分落寞和消沉。阳光很好的上午，黄黄的地里，有人赶着牛犁地，远远地看上去，很小，很黑，剪影一般。沟那边有一个小村子，土台上是一所小学校。经常设想，那里一定有一个很好看的女教师，女教师一定有一个不为人知的故事。

瞿小年住的是一间正房，属于最西边，挨过来就是吴老汉看电话的地方，东边靠墙的地方有一间很大的房子，村里一些年轻的姑娘每天在那里面织地毯。有一个二十多岁的姑娘长得很漂亮，瞿小年每次进去看她们织地毯，都会看见她坐在地上，低着头，安安静静地织着。可是，瞿小年还没有来得及知道她叫什么名字，人就已经不再来了。问别的姑娘，才知道她出嫁了，嫁到了距离他们这里七十多里以外的一个地方。以后再去看她们织地毯，眼睛总是会不由自主地落到她曾经每天坐着的那个地方。

看一会儿以后，便出来，站在空荡荡的院子里，觉得心里有一种遗恨。

院子门口是孙有财开的一个小卖部，除了卖烟酒和日用品，还卖化肥。一到了夜里，几个灰不溜秋的光棍便聚在那里。老光棍喜顺每天给队里打扫院子，挑粪，一天两块钱。年轻时，也曾精神过，一天洗好几遍脸。

吴老汉说，这会儿他不行了，很可能几十天也不洗一回。

又说，人，要是没了心里那股精神，那就等于什么也没有了。

众人正说着话，福龙——就是瞿小年刚来时被吴老汉打发去叫支书的那个人——走进屋里，抹了把脸上的汗，什么事把他激动得浑身打战，嘴里也不由自主地流出了口水。他对众人说了两个很是陌生的名字，又说夜里一定有好戏看。

讨吃鬼。吴老汉骂了一句。

问及，才知道那两个陌生的名字都在很远的地方当工人，不常回来。

几个人蠢蠢欲动，认真合计一番，便开始摸黑行动。他们邀请吴老汉也一起去，吴老汉不去。

他们说，这老汉，真是愣死了，好赖事都分不清。

还想多活几天人呢，脸没地方搁。吴老汉咕咕哝哝地说着，一边拿起门后的一把扫帚，把几个人撵了出去。

黑漆漆的夜，听见他们刚一出去，便引来一片狗叫声。

一觉睡到天亮，醒来时，听见院子里人声嘈杂。起来出门一看，见隔壁吴老汉的屋里全是人。问时，才知道老汉早上出去，被一根从高处落下的电线打了一下。吴老汉触了电，在地上连翻了几个跟头，头碰到了石头上。

瞿小年进去的时候，吴老汉正闭着眼睛哼哼。

支书王六十五恼怒地走进来，问他什么事，支书说有个五保户老太婆说要死了，打发人来告诉他。可是等到他去了以后，却发现并没有死，也根本不像要死的样子，正坐在炕上补衣服呢。

妈的，老说要死，光今年就死过六七回了。支书愤愤地骂道。

躺在炕上的吴老汉闭着眼睛，对支书说，这么点儿事还用生气，她不死就让她活着么。

支书说，谁不让她活着了？一趟一趟地折腾。

又过了几天，院子里来了两个木匠，叮叮当当地干了两天，到天黑的时候，一具白木头的棺材就出现在了院子里。问时，才知道是给那个老太婆准备的。可以后，再也没听说过那个老太婆又死。

土路上立着一根木头杆子，便算是汽车站了，没事的时候，瞿小年一个人走着走着，便不知怎么就走到这里来了。他站在那里，看汽车从远处开来，在木杆子前停一阵后，又匆匆地开走。看一群一群的人从车上下来，各自散去，又有人纷纷上去，去往远处，心里不禁有些怅然。脑子里空空的，有时出现一匹孤零零的白马，有时出现一座圆形的房子，还有的时候是一轮黄色的月亮，周围全是黑布一样的背景。

有一天，正在这一带站着发愣，忽然看见乡里的女干部琼英手里捏了一束有些凌乱的野花，正从东边的一条路上过来，便赶忙迎过去。

猛一看见瞿小年，琼英竟然也有些吃惊。

你还没走?

琼英大老远就和他打招呼，“还”字拖得极长。

瞿小年说，快了。

问她这些日子干什么，老也没见，琼英竟说什么也没做。

腿好像越来越粗了。

琼英说着话，轻轻地叹了一口气，抬起一条修长的腿晃了晃，像是在向瞿小年通报一个消息，又像是在等待他的一个鉴定或评价。

瞿小年看着琼英，他倒没觉得她有什么明显的变化。

琼英说瞿小年，一到了村里，就好像钻进了沙子里，再也不出来了。又说，是村里的人们给你吃什么好吃的了吧。

瞿小年说，村里的人们吃什么，你又不是不知道。

他们站在路边，琼英手里的那束野花正在一片一片地往下掉。

黑漆漆的夜，一束没有来历的白花无缘无故地开着。

一片圆圆的天空，天空下静极了。

黑色的山上，棱角处都镶着黄澄澄的金边，听见有脚步声渐渐地传来，原先的黑颜色忽然一下都褪尽。

听见有嚯嚯的吹哨子的声音。

又看见有人举起一面杏黄旗在摇摆，不知什么意思。

一个人正在滔滔不绝地对琼英说话，说了很多很久，却始终听不清说的是什么。

心里一急，从床上坐了起来。

看看外面天色已微明，忽然想起今天要跟随支书和倪保管去北边买牛，顺便了却一笔旧债。他们怕他睡过了，早早地来叫他。

开门出来，看见支书叼着半支烟已站在门外，倪保管弯着腰，正在一边咳嗽，咳得脸红脖子粗，像是要把五脏六腑都翻腾出来。

支书看看倪保管，说，咳嗽成这样，要不你别去了。

倪保管依旧弯着腰，侧过脸，对支书说，走路是用腿走，又不是用嗓子走。

那时候，天上还有残余的星星，还有半个浅白的月亮。

原载于《山西文学》一九八九年第二期

社员都是向阳花

午后，在沙枣树和白杨树混合摇晃出的明暗不匀的光线里，他看见外面的天色苍黄、陈旧，像是从前岁月里的一个时代。他先后好几次走出家门，但都在半路上又折了回来。后来，一直到整个晚上，他都被一种说不清道不明的东西搅得坐卧不安，在家里坐一会儿，然后又到屋檐下的台阶上站一会儿。一间堆放杂物的房子的窗户啪啪地在风里响着，几处破烂的窗纸表现得尤其激烈，翅膀一样地扇动着，一副急切的想要远走高飞的样子。

天快黑的时候，在外面游荡了一天的羊群在村口出现了，四周荡起了漫天的尘土。那时候他看见羊倌把脸紧紧地藏在皮袄的领子里，露出一种冷漠的神情。他听别人说这羊倌刚从口外那边来的时候还是十分的老实，大话也不敢说，看见人就急急忙忙地走开，实在走不开就脸红脖子粗地低着头，吭哧半天也说不出一句话来。而现在，据说已经越来越不像话了，经常在背后偷看人家女人。这才几天呀，那么一个人就变成了这样？是地方的问题还是人本身的问题，他不知道。他只知道有些地方像染缸，人进去以后，在里面混上几年，等到再出来的时候就已经面目全非了，变得谁都不再认识。三先生就曾经说过，说北京就是那样的一个地方，好人在那里混上几年几十年，终于也会变成坏人。那么，那个羊倌呢，本身没问题？他的变化纯粹是他们这个村子的问题？是他们这个村子把他彻底染出来了？他冷冷地笑了一下，把并拢着的十指分开，认真地将脸上的灰尘抹去。

他看见一些脸纸一样地在风中飘过，一些身体扭曲着，麻花一样窜上去，又掉下来，随即便传来阵阵扑通扑通的声响。

房后有黏糊糊的笑声，还有低低的说话声。

不知过了多久，连那个羊倌慌慌张张地从他的大门口走过时他也没有察觉。有一次，他回家很晚了，见对面的墙头上趴着一个人，那人垂吊着的腿哆哆嗦嗦地抖动不止，他忍不住喊了一声，喊声顿时就把那个人从墙上震落了下来，扑通一声掉到了地上。他隐约记得那个人好像就应该是那个从口外来的羊倌。他和羊倌，本来是两个很可能永远都无法交集的人，就这样偶然地交集了一下，双方无论谁都没有想到。自从那次坠落事件以后，羊倌再很少从他的大门口经过了，有时实在绕不开，就低着头小跑着经过，装着什么也没看见。当然，也就更怕面对面地和他碰上，远远地一看见，就赶快绕开，甚至有可能还会暂时藏起来，等他过去了，再慢慢地出来，有点儿像是避风或者是躲雨。那家伙其实也不傻呢，别看是个放羊的，也懂得个一二三四，明白一些利害，知道他是干部，手里有权，而且还是坐地户。而他本人只是一个放羊的，四处为家，明显低人一等，今年在这个村里放，就算是半个这个村里的人，明年到了另一个村里，就又成了另一个村里的半个人，所以只能事事忍让，低头做人，任何时候，只要不到万不得已，没到被逼到墙角的那一步，就永远不会发作，甚至爆发。像羊倌这样的人，只有觉得真的彻底活不下去了，才会怒吼着跳起来反扑一下。

郭四窑的一个人被猫咬断了脚筋，很可能就属于这种情况，猫可能也是实在没办法了。

饭好了，能吃了。

他听见屋里在叫他，声音像二人台那样转了几个弯，从门口传了出来。他机械地想了想，好像是想与他商量一件什么事情。

他想，可不能让孤魂野鬼般的羊倌也变成那只咬人的猫。

仅仅一个傍晚的时间，他看见风就把大门上暗红的对联撕扯得精光，居然连细小的一条也没给他们留下，都卷上走了。好，不留就不留，想拿就拿去吧，拿回去愿意做什么就做什么，衣服、小孩的书包，看看还能派上些什么用场。我们已经不再需要这些了，拿去吧都拿去吧，不要怕斗争也不要有顾虑，胆子再大一点，步子再快一点，我们今后再也不搞运动了。

他在心里一遍又一遍地反复地讲述着，他看见山区一望无际的莜麦地里飘满了人影，有些他一眼就能认出是谁，但另外还有一些则完全无法辨认。头巾上蒙着土，身上流着黄色的汗，谁能告诉他他们是谁？他们在高音喇叭下面嗡嗡，在黑豆地里跌倒，在通往回家的路上流出黑色的血，整个山区里满是他们的气味。大掌柜的……他听见有人在怯生生地叫他，声音低远而朦胧，像是在一个梦里，却又像是在谁家的墙外。他抬起头，看见是二小队的几个社员，在二小队队长的带领下，高低不齐地站在他的面前，眼神却是齐刷刷的，正在眼巴巴地看着他。几个社员都像一棵棵的向日葵一样，把一张张热情洋溢的脸朝向他。

那是哪一年？发大水的那一年，还是打洞的那一年？他记不太清了，他只记得二小队的那几个人脸上的金黄色的向日葵小叶子很热很烫，灼灼地对着他，烤得他身上和脸上也不由自主地流油，就像坐在火上。

他警告过他们，要是上面有人来了，当着上面人的面，无论如何也不能管他叫大掌柜的，让别人听了，那成了什么？平时那么叫叫也就算了，只要没有外人在场就行，谁让他是村里的当家人呢。从心里来讲，这个称呼他还是觉得挺好的，叫的人顺口，听的人也妥帖，还很难说明一些问题。不过也得分场合，自己家里无论怎么都好说，有外人在场可是真的不行。这世上的事情，有些事是专门做给外人看，说给外人听的，而与此同时还有一些事，则只能在自己的窝里说说，只能在自己的那一亩三分地上发生和流转。

那年夏天真热，他记得山区焦渴的土地上叭叭地裂开了一道又一道的口子，远处的山，近处的岭，纷纷由绿变黄，像是都熟了，可以扑上去咬着吃了。七月已经过去一半了，地里的玉茭却还像刚上小学一年级的孩子们一样高，也都活着哩，也并没有都死了，可就是不长个儿。他呆呆地望着山区黄土飞扬的大路，听见有的社员们的家里正在打架，由一开始的争吵逐渐升级为动武，女人的骂声，孩子的哭声，还有锅碗瓢盆掉到地上摔碎时的响声，甚至还有铁锹和镰刀挥舞时发出的嗖嗖的流星锤般的令人心跳眼跳的声音。

山区的窑洞上、房顶上、冒起了土黄色的炊烟。

午后，在沙枣树和白杨树混合摇晃出的明暗不匀的光线里，他看见外面的天色苍黄、陈旧，像是从前岁月里的一个时代。他先后好几次走出家门，但都在半路上又折了回来。后来，他就躺在家里看一张多年以前的旧报纸，报纸上的内容他记不清了，只依稀记得一些巨大的黑体字，它们威严地排列着，站着队，说着规定好的数字和词。说错了的立即出列，消失，缺口迅速重新合上，仿佛一切都没有发生。

那时，他听见院子里的风沙把一个破脸盆刮得满院子跑，叮叮咣咣地乱响。他早就想把那个东西扔掉了，可是却一直没有扔掉，不是顾不上，而实在是它太让人记不住了，要不是它破锣似的到处乱跑，到处乱响，几乎永远也不会想起它来。这样想着，后来他忽然就从屋里出来了，这事虽然一想起来就让他觉得多少有些奇怪，可是却也并没有仔细去深究。

那天的风在山区其实并不算太大，看上去也就是五六级或者六七级的样子，这也只是他这个人的一种看法。在更多的人的眼里，从来都不会这么划分和看待的，只说大小，哪有什么几级几级一说，这是在刮风，又不是在卖猪或者卖羊毛。他抬头看了看铁灰色的天空，然后开始寻找那只叮咣乱响的破脸盆。找了一会儿，忽然看见它被牢牢地夹在了一堆麦秸之中，完全被卡住了、困住了，难怪这阵子既听不见它那破锣似的声音，又看不见它到处乱跑。他走过去，把它拿起来，想了一下后就随手扔到墙外去了。可以肯定的一点是，在他把那个破盆拿起来以后，他确曾想到过什么或者至少想起了什么，所以他犹豫了一下。但是很快，他还是把它扔掉了，扔掉的时候是不假思索的，隔着墙头就扔出去了。

那个老旧而又不安分的东西，越过墙头上的杂草，像一种想要自行消失的记忆一样，像一个在这家里干了多年的老帮工一样，也便不假思索地走了，临走连头也没回一下。

走了，走了就代表再也不会回来了，永远不会再看见它了。

秋天的时候，他去城里看病，却被告知什么也没有。但是，他分明时常听见身体里面传来阵阵丁零咣啷的乱响，有铁匠打铁的声音，木匠锯木头的声音，还有镐头刨冰的声音，铁锹铲土的嚓嚓声，拖拉机冒着黑烟，突突突地正在上坡，马车的胶皮轱辘发出清脆的嗡嗡声……一个女人尖声说，我说不行你非说行，你看这他妈的闹的叫啥事？每一次，他都努力地试图分辨她的声音，想知道这到底是谁，却没有一次能分辨出来。

那天，脸盆扔出去以后，他觉得有一股在心里淤积了已久的气流通过他的鼻子和嘴，通过那一个动作，也跟着一起冲出去了，一起到了墙外。之后，他拖着空荡荡的略显轻松的躯壳开始往回走，那时，他听见墙外有人惨叫了一声，声音里充满了痛苦和不幸。他吃了一惊，知道脸盆很可能把一个人砸住了，他不知道是谁在这大风天正好从他的墙外经过。这样想着，他赶快开了大门，来到街上。

风的灰黄色的大部队正在从街上经过，有隆隆的炮声，急促的步伐，长长的号令，还夹杂着雄浑的合唱和悲戚的呜咽。被惊吓到的又被迅速卷起来树叶和草根先是四处旋转，碰到墙上，墙上的黑色的和红色的标语和口号并不收留它们，而是板起脸，直接把它们赶走，让它们从哪儿来再回哪儿去。这以后，它们又乱七八糟地旋转了一会儿，然后就像长了翅膀，开始漫天飞舞。电线也在嗡嗡地响，像是要爆炸，往日时常落在电线上的那一排排灰褐色的麻雀也没有了踪影。

街上一个人也没有。

他原以为会看见一个人站在他的墙外，一只手捂着头，手指间或许还流着血……但是却没有人在他的墙外。他疑惑地看看脸盆落下的地方，正好是一堆黑土，那么一堆虚浮的掺杂着畜肥的黑土，是没有人能够站上去的，也不会有人站上去的，那么，刚才是谁在他的墙外惨叫？惨叫声也正好是在脸盆到了墙外以后应声而起的。

他在土堆前愣愣地站了一会儿，然后返回去把大门关好，迎着风，在街上慢慢地走。事情并没有想明白，他也就不再去想了，只是在心里留了那么一小截短短的兔子尾巴似的疑问。几只毛色杂乱的公鸡闭着眼站在一堵墙的墙根下，他走过时，听见它们咕咕地呻吟了几声，像是胃疼。他不知道它们是不是真的胃疼，他只是那么觉得，他只是在推测，因为他本人胃疼的时候，就会发出一种那样的声音。它们的胃想来也应该不是那么好受的吧，小小的一个嗉子里面，装了那么多碎石头，他不信它们会很舒服。他扭了扭脸，发现它们长得都不怎么样。不过，就算很好看，很漂亮，那又如何呢，年关一到，都得送命，都躲不过去那一刀，都得成为人家盘子里的肉。满打满算，也就只有一两个月的时间了，就要永远地离开这个村子。

山区东南方向大片的盐碱地边生长着一些稀疏的杨树，这会儿，浩浩荡荡的风正在从那片盐碱地上路过，一些小树弯下了瘦瘦的腰，几户人家的篱笆和栅栏在风中啪啪地响着，吱吱嘎嘎地摇晃着，像是就要顶不住了。支书，视察哩？他忽然听见一个声音在问他，转身看见一个人推着一辆自行车站在他的旁边。他看清是邻村的一个年轻人，与村西头韩五家的姑娘韩梅梅好像已经订了婚，只是还没有娶过门。年轻人穿戴得很整齐，自行车后面驮了圆鼓鼓的好几个包。他问，去梅梅家了？年轻人迎着风，吃力地笑着说，还没有呢，才骑到这儿。他说，又来孝敬丈母娘？年轻人说，早就说要来，一直没顾上。他说，也不挑个好天气，这大风天。年轻人不住地点头，又彬彬有礼地问他，您视察哩？还要掏出烟给他，他摆了摆手。他看出他明显地有巴结讨好的意思，也很正常，谁让他是这个村里的女婿呢。他说，有什么可视察的，随便出来转一转。老了，何止是他，好多人隔一段时间不见，就会有变化，螺丝松了，甚至完全掉了，表面上的漆皮也磨光了，油也不多了，头发的根部裸露出马棚一般的空地。从前的那些茂密的黑森森的森林一样的东西都到哪里去了？可以肯定的是，它们都是一根一根地先后离去的，并不是一片一片地走了的。

世事险恶，人心莫测。一股巨大的旋风在山区里转来转去，踱步一般旋转着。如今他常常会想起小时候认真地盯着旋风看的情景，里面本来什么也没有，除了土就是一些被卷起来的乱七八糟的东西，可是有人非说里面有人脸，还有手和白袍子。后来，他们就真的在里面看到了一张模糊而古怪的人脸，以及红色的鼻子和苍白的额头，那人披散着长长的头发，赤脚歌唱着。妈妈，谁是我们的敌人？我们从城外回来，发现什么也没有留下。那年他背着一个年轻而简单的挎包，去过好几处革命的圣地。后来，又过了一些年，看见很多人的眼睛里闪烁着磷火般的光芒。祖先们四处看了看说，就在这儿吧，不要再到处走了。从那以后，就真的再没有动过。

爹，你使我感到害羞和难过。

虽然你也夜夜被噩梦所引领和困扰。

灼热的阳光烤煳了我们的衣服和记忆，山区里飘满了那黄澄澄的气息，不是恰好，而更像是一种熟过了头的味道。七月里的一天，他看见社员们坚硬的四肢深深地插在山区的土地里，有的很快就发了芽，雪白而又微微发黄的核桃虫在下面的土里日夜奔走，蠕动，积极而又懒散地运作着。他们脸上的菜色映衬着门外的那些傻大贫贱的花朵，有的已蹿到一房高，像是一根杆子上悬挂着十几个碗。大掌柜的，赶快派人采摘她们成熟饱满的果实和金黄迷人的叶片，再迟了就都烂了。对了，还有她们的雪白的汁液和透明的水，不过水在最深处，到时候还得派人下去才能取得。我们都是向阳花，我们每天都歪着头。一队的四歪头说，这是在说我么？我也不想歪，可是打一生出来以后就这样了，谁愿意这样？四歪头同志，请不要多心，这当然不是在说你，这事和你一点儿关系都没有呢，你要是能让你自己和这事扯上关系，那得算你的运气和造化呢，说明你们的祖坟上一定冒青烟了。四歪头悻悻地走了，他听见漫山遍野的向日葵都在齐声高喊，声音像铜锣，像潮起潮落的海水，光芒四溅，那中间当然也没有他四歪头的身影和哪怕是一点点声音。他一开始还以为是在说他呢，还以为能和这事扯上关系，真是想得太多了，人不怕没心，就怕心多了，看见有两个人在一起嘀嘀咕咕，就以为是在说他，看见一群人站在一起，就更不知会怎么想。以前，他夜夜听到用力拍打门窗的声音，年幼无知的小鸟们和虫子们蹲在山区高高的烽火台上低声交谈。

我不是来串门的，我没那么闲，我是来反映一个事。

什么事？

有人经常在偷看我们。

噢，说说看，都偷看了什么？

偷看我们吃饭，偷看我们睡觉，偷看我们吵架。有时候隔着墙头，还有的时候，直接就趴在窗户外面。

知道是谁么？

不知道，目前还不好说，觉得像那个谁，可是又没有证据，万一不是呢，那不是冤枉人家么？

那你来是……

我就是想反映一下，以引起你们的重视。我是这么想的，最好等他下一次再偷看的时候，巡逻的民兵正好过来了，哗啦一下，一下就抓他个现行，数那样最好了，那真是再好不过，再没有比那更好的了。

你的意思是给你在门口放几个民兵？

我没那么想，我怎么敢动用民兵呢，我哪有那么大的谱！我是说正好。正好赶上他们巡逻过来了，啪的一下，逮他个正着。

好，你反映的情况很重要，从今天起，我们就已经开始重视了。

哗——哗——潮水般的人群在灰色的高音大喇叭下面涌来涌去。好像是从最近一两年开始，他们耳朵上的金黄色的叶片差不多每天都要徐徐开放，从早上天一亮的时候起，一整天都支棱着，直到深夜睡着以后才算完事。不过，凡事都有上中下，是人就分左中右，就有那种人，即使睡着以后，那些金黄色的叶片也还在支棱着，并不曾掉落，也没有熄灭，一直都亮亮的挺着、支棱着。家里五六岁的孩子半夜里醒来，揉着眼睛说晃得睡不着。话还没说完，轻轻的一掌掴过去，尽他娘的瞎说，哪里就晃着你了？

那时，山区里到处都弥漫着浓郁香脆的葵花籽和烧土豆的诱人的香气，女人们飞快而又懒散地啪啪地倾吐着，小孩们则像是没人管的孤儿，又像是牢里跑出来的黑孩子。人们互相询问，已经实现了那个什么了？有人回答说，从前年秋天的时候就已经实现了，这会儿才知道？紫红色的土豆一路飞舞着，从地里回来，看见公鸡正在压迫母鸡，山羊站在树下，雪白而瘦削的面孔面无表情。

山区的河川里红旗招展，歌声嘹亮，小学的校长带领着他手下的师生们像一支年龄不足的杂牌军一样开进潮湿的地里，他们追打着耀眼的阳光，阳光也反过来不留情面地烘烤着他们。白头翁趁他们集体开拔不在的时候，嗖的一下从树上飞进他们的教室里，把白色的鸟粪像一粒粒治疗腹泻和偏头痛的药片一样遗留在他们的比地面光滑不了多少的黑板上和更加坑洼不平的课桌上，之后又顺着原路飞出教室，有时回到先前的树上，也有时飞向远处。他们平时并不是没有和它们较量过，只是拿它们没办法，就连弹弓也很难捕捉到它们，至于支起在地上的筛子，更对它们无效，只能网住一些贪吃的经不起引诱的麻雀。它们站在树上嘲笑他们的伎俩，还有大胆的直接踢翻他们的筛子，然后箭一样地飞走，一路高歌。

一些鲜红的旗帜深深地插在他们的心里，他们到处寻找阴险的坏人和公而忘私的好人，可是这两种人都不太容易轻易找到，尤其是后一种人，简直比神仙还要难找。王雪梅的爹应该算一个吧？不，他也不行，他经常在库房的拐角处尿尿，有时候开会开得就睡着了，这样的人能成为学习和宣传的典型么？显然不行。

他也不行。那么，还有谁呢，还有谁能够得上呢？好像再没有了。

暂时没有，不等于永远没有，谁能保证以后不会再涌现出来呢？

那倒是，别的先不说，看着红旗呼啦呼啦地那么飘舞着，就知道一定会有的。

除了他们的命题作文，还有一个整天手里拿着个小本子到处出溜的通讯员，也是专门打探消息，收集好人好事的，半夜里喝了酒，趴在人家的窗户下面。遇到巡逻的民兵，就赶紧声称是自己人，拿出身上随时携带着的公社奖励的笔记本和地区报纸发给的通讯员证，一次次夺路过关，化险为夷。

用四桶面粉搅成的糨糊能把整整一条街上的标语贴完，那以后，大街小巷便如同过节一样。那年，最新的指示在一个傍晚时分下来，却苦于没有糨糊张贴标语，而不张贴，就很难宣传贯彻，更无法深入人心。危难之中，他吩咐保管把仓库打开，取出淡红色的发了芽的麦子面，大家围着沸腾着开水和淡红色面粉的大锅，感觉完全不像是在打糨糊，而更像是在进行着一场艰巨而殊死的战斗，在完成着一个庄严神圣的使命。弥漫的白汪汪的水气把在场的每一个人都笼罩在其中，互相都看不见，像是在战乱或灾荒中失散了，像是在严酷的对敌斗争中暂时隐匿了起来。弥天大雾中，忽然听到有人说，好了，已经够稠的了，可以出锅了。有人熄灭了灶膛里的火，先前白汪汪的浓雾渐渐散去。

第二天，山区最主要的街道上、墙上、大街小巷、树上，甚至一些角落里，便都贴满了花花绿绿的标语，路上的行人纷纷停下脚步和车子，认真观看。有人默默地念书一样地念着，还有的边看边抬起手背擦拭着流泪的眼睛。

夜里，山区的月光水一样漫过他的脚面，也部分地暴露着他的行踪。世上的事总难两全，月色美好，令人荡漾、令人沉醉，却又像镜子一样把他照亮，照得他一清二楚，甚至毫无一点秘密可言，这总让他觉得有些美中不足。吃过晚饭以后，他精神抖擞地朝一个地方走去。他从不事先与谁约定什么，兴趣来了、劲头来了，便不打招呼，直接前往。他相信她任何时候都在，如果不在，那也很可能只是去附近的某一个地方吹吹风，与别人说上一会儿家长里短。

月光下，他像一匹马一样走着，出没在他们很多人的视线里。

然而，却忽然听见有人叫他大掌柜的，叫声还有些失魂落魄。

他看见夜色中滚过来一个木头桩子一样的人影，喊叫的声音比死了亲娘还要尖锐。他停在一棵树下，看清来人是大队的会计。会计结结巴巴地告诉他，老保管的头被人打破了，腰也直不起来了。他问是谁打的，为什么打？会计说老保管是为了誓死捍卫那些发红的麦子面才被打破头的，老保管无意中看见有人把淡红色的面粉装入衣服口袋里准备偷偷地溜走的时候，老保管像一只年老的公猫一样，直奔那只战战兢兢的同样性别的公老鼠猛扑过去。这后来，大家便看到老保管的头上出现了一种奇异的东西，起初，还以为是小学里的老师在和老保管开玩笑，把一瓶红墨水倒在了老保管的头上和脸上。但是后来，大家才终于发现那天并没有红墨水，甚至连最普通的蓝墨水也没有。小学里的校长向大家解释说，学校里已经将近有一年没有红墨水和蓝墨水用了，包括粉笔也一样如此，只能捡一些以前用过的小头头用一下。这样的情况下，哪里还能够拿来浪费和开玩笑。小学校长至今都能经常深情地回忆起以前的那些蓝墨水瓶上的自由自在的鸵鸟，他每天都要细心地体会那些鸵鸟们站在冰天雪地里时的种种感觉，以及雪白的粉笔滑动在黑板上时所发出的快乐而兴奋的呻吟。

站在会计的对面时，他感到会计的裤裆里疙疙瘩瘩的似乎挤满了人，身后好像还有哗哗的水声传来。那是哪一年的情景？浇地时的情景？玉米地里灌满了水，天空以碎片的方式浸在明晃晃的水里。他把披在身上的衣服紧了紧，吩咐会计派几个民兵把那个偷面粉的家伙用麻绳横竖捆了，送到公社去，不要等天亮，连夜就去送。会计领了命，很快就窸窸窣窣地走远了，他注意到他的影子不是很直溜，更像是一棵多枝多杈的树。

一个美好的月夜已被撕破，至少已不再宁静、不再完美。他忽然感到身上有些难受，似乎有无数尖尖的铁丝一样的细草要拱破他的皮肤钻出来。他闻到被太阳晒了一天的墙头发出一种很暖和的味道，有的摸上去还很热。他想到有人也许正在心焦地等待着，在院子和门户之间来回徘徊，抬头看到月亮已升到正中。

有一个时期，他经常看见社员们的耳朵像手掌一样出现在山区的一些墙头上，众多的蜜蜂和蝴蝶在那些耳朵四周日夜不停地飞来飞去。有好几次，他按捺不住，悄悄地跟过去，想看个究竟，却不料它们早已躲了起来，就连蜜蜂也都不在了，只剩下几只蝴蝶还在墙头上轻飘飘地飞着，什么问题也不再能说明。

很多个夜里，他躺在黑暗中，看见山区的那些金黄色的向日葵叶片像一簇簇艳丽的火苗，日夜跳动在山区的土地上，有时互相碰撞，发出叮叮当当的响声，还有的时候集体围成一圈，灼热、明亮，看上一会儿，眼睛就会刺痛，流泪。

民兵们吹响了铜号！号声响彻整个山区。吹响的铜号也是一条灼热而刺眼的路，人刚一走上去，就不得不用一只手捂住脸。

当一些弯弯曲曲的河坝在过了很多年之后重新出现在他的视线里的时候，他首先觉得它们像极了一些被遗忘在河川里的裤带，是谁的东西，也不知道收拾，就那么胡乱地扔弃了这么多年。放眼望去，很多地方都已残破，到处都是断开的豁口和塌陷下去的部分。看到那些时断时续的很难再连接起来的地方，又觉得很像是一条当年威武雄壮的巨蟒，被时光剁成无数截，再也动不了了，哪里也去不了了。

这会儿，往后面的山上走了走，他又吃惊得张大了嘴，他发现它们其实更像是一盘软软的没有筋骨的面条，早先围在它跟前想吃饭的那些人早已不知去向。

现在它们干了、硬了，变得灰白。

河里的水清澈地从几棵杨树中间穿过，树根下的水里时常游动着一些细细的褐色皮筋一样的东西，山区的孩子们把它们叫作水蛇。

山区东南方向的河滩地里种植了大片的大豆和豌豆，夏天的时候，他常常站在村口，等着那些从远处割草回来的孩子们。在他们的筐子里或篮子里，他总是能有所发现，经常翻出青绿的豆荚，甚至萝卜或土豆。他把那些都一一地记在他们各自父母的往来账上，等到秋后或者年底的时候一起算总账。

西下的夕阳总是把那些割草回来的孩子们一个个染得血红，他们黑瘦的手指像是捅火用的火钩。他命令他们集体站住，一筐一筐的猪草摆在一起，他站在一边，督促他们各自掀开各自的筐子，亮家底一样直到将筐底完全彻底地全部亮出来。检查完一个，放行一个，后面回来的接着等待。

那天黄昏，除了一个孩子的筐底有豌豆荚，其余的全都是大豆荚。他认出那孩子是山区里一户地主家的第二个孩子，心里十分吃惊。他问那孩子为什么不像别的孩子那样摘大豆荚而偏要摘豌豆荚，那孩子战战兢兢地说，因为豌豆比大豆的好吃。又问怎么知道豌豆比大豆的好吃，孩子说是他爹说的。

在那个夏天的黄昏，孩子的回答让他又惊出一身冷汗。

夜里，洪亮的钟声在漆黑的山区响过之后，他召集全体的男女老少开了一个大会，他把那些豌豆荚和大豆荚分别摆成两堆，用意也十分的明显。他叙述了敌我矛盾，着重讲了阶级敌人的狡猾（高明）和贫下中农的麻木不仁，广大的贫下中农以及他们的孩子们，他们的下一代，革命事业的接班人，只知道吃，却从来都不知道什么好吃。

这种麻木不仁的现象再也不能继续下去了。

众人在黑麻麻的潮水般的夜色中朝着不同的方向散去，没有人回头，很快就都隐没不见了，像是先后都沉了底，空荡荡的政治夜校里留下满屋子烟叶燃烧过的气味和他们集体混合过的污泥般的浊气。空气黏稠、庞大，好半天出不了门，他是最后离开的几个人之一，他们不得不锁上门，把那些慢腾腾的还没有出门的空气留在屋里。

民兵们当然还不能回去睡，他们至少还得在黑暗中沿着村子绕上两圈。很多时候尽管绕上十圈也常常只是白绕，可要是不绕，很可能事情恰恰就会发生在那一天。那些很晚了还亮着灯的房子里到底在干什么？难道不值得多长一个心眼？不值得留意一下？有一年夏天，一个“白得像刷了石灰水的树”一样的东西在黑暗中的街上走走停停，民兵们一口气追到村外，枪栓哗啦哗啦地响着，最后在梁上的一片莜麦地里才把那个东西逮住。什么东西？当然是一个人，既不是鬼，也不是神，除了人，还有什么东西能有那样的心思？什么人？这还用说吗，当然是一个坏人，只能是坏人，好人谁会半夜三更地不睡觉，在街上装神弄鬼？

掌柜的，大掌柜的——

他忽然听见有人在轻轻地叫他，转身一看，却见四周一个人也没有。经常会有这种情况，所以他也慢慢地见怪不怪了，也许是他听错了，也许真的有人，那就不管他了。真要是有事找他，迟早都会出现在他的面前的，有本事他就永远不要出现。他看见村中央那尊白色的塑像上脏乎乎的，那上面不知被谁家的孩子抹了一些泥巴，泥巴处还留着几个小小的手印。

看到泥巴，他就来气。他也经常在梦里被人用泥巴弄醒，冰凉的泥巴糊在他的身上和脸上，有时只露出一双眼睛，像是一个浑身打满石膏的完全看不到本来面目的危重的病人。除了这些，还有人用鱼鳞和树皮装扮他。

整个山区里都空荡荡的，一个人也没有。

塬地里、梁上、河滩里的向日葵都低着金黄的头。此前，漫山遍野都是它们的灼热而沙哑的呼喊声。他侧着耳朵听了半天，却一句也没有听清，不知道它们在喊了些什么。

他想，让我猜猜：

要救济粮？

要娶亲?

要唱戏?

喊吧，他想，想喊你们使劲地喊吧，反正离公社也不远，他们应该能听见。声音再大一些，说不定县里和地区行政公署也会听见。

他揉揉被晃得流泪的眼睛，接着打算再揉揉疼痛的耳朵，就在那时，却被一种前所未有的细腻所惊住：

像所有的社员一样，他的耳朵后面也长出了好几片金黄的向日葵的叶子。

一九八八年秋

熟 地

一不留神，那个男人就不见了。

事后她想，那家伙很有可能是山区大旱的那年消失了的。趁着天旱，趁着混乱，像一滴水一样渗漏了，或者蒸发了。不，又好像不太像是一滴水，大旱之年，一滴水是多么的珍贵，而他，从没有人觉得他珍贵。

从过年一直到七月，整个山区里没有下过一滴雨，红黄色的土地上布满了形容枯槁的人，在人们的身后和头顶上面则蹲着那些瘦骨嶙峋的乌鸦和喜鹊，它们正用细长而坚硬的嘴一点一点地吸吮他们脖子里咸涩的汗。有个别拈轻怕重、感觉灵敏的人觉得脖子痛痒，伸出手去摸，瘦骨嶙峋的乌鸦和喜鹊看见有长久没有清洗过的手伸过来，便立即停止吸吮，把嘴挪开。但更多的人早已感觉不到痛痒，那细长而坚硬的敲打或者啄取非但没有让他们感到身体痛痒，反倒给他们带来一种治疗般的舒适，因此他们就那么一动不动地站在大嘴一样裂开的土地上，许久都不动一下。

在山区大旱那年的一天夜里，还发生了一件与山区无关与众人无关，而只与她个人有关的小事：她的一只上面绣着青翠欲滴的出水芙蓉的鞋子不见了。那鞋子是她年轻的时候穿过的，只穿了三天，以后就一直好好地安安静静地放在柜子里。

她从外面回来，一进门就觉得少了一件东西，是一种直觉，更是一种来自女人本身的直觉，而且范围也要小得多，不必漫天胡思乱想，南辕北辙地判断，似乎一下就明白少了的是一件什么东西。她冲到那个柜子前，探进头去在里面翻腾了两下，果然就明白少了什么，和她先前的那种感觉和判断完全是一样的，丢了的正是那只多年来一直安安静静地睡在柜子里的鞋。

果然就是。她自言自语地说。

在此之前，在她回来的路上，她与两只饥渴的乌鸦很是费力搏斗了一番。她正在走着，忽然从秦富贵家的房顶上飞下来两个黑乎乎的东西，正是那两只饥渴的乌鸦，看到她脖子上和鬓角上的几颗汗珠以后，扑上去就是一顿狠狠的猛啄。这还不算，啄干净那两个地方以后，就又开始试图往她的胸前钻，它们就怎么认定她胸前的那个低洼处是湿的？这事一直到很久以后她也还是没大想明白。它们摆出一副凶猛的不要命的架势要往她的胸前的低洼处钻，她不让它们钻，搏斗就这样开始了。她先是用手招架着，每当招架不住的时候，就又开始躲闪，可是她哪里能是它们的对手，要论跑，更是显得小儿般可笑和力不从心，它们只需翅膀一扇动，就又堵到了她的前面。要不是秦富贵和他的儿子后来出手相救，真不知道结果到底会怎样，她也无法猜想。直到看见秦富贵和他的一个儿子一人扛着一把铁锹呐喊着冲过来，两只乌鸦才愤愤地又恋恋不舍地朝不远处的一棵树上飞去。

秦富贵看了一眼她的敞开的衣领，对她说，把扣子扣好，不要再让它们看见。

听秦富贵这么一说，她真是又羞恼又气愤，低头看了一眼白晃晃的胸脯，匆匆地扣好胸前的扣子。

脱离了危险，这以后她就开始往家里走。

路上看见有戴帽子的女人。

一回到家里，就感觉少了一个东西。

在她丢掉鞋子以前的一个傍晚，她还看见过自己的如花的容颜。在经历了山区那一连串的事情以后，那面镜子便一天不如一天地慢慢地衰老了，起雾了，以后就再什么也看不见了。她曾经无数次地坐在她的那些杏树下一遍遍地回忆大旱前的那些夜晚，一遍遍努力复原先前的一些形象。燕子飞遍河东地区众多的房屋和树木，青蛙跳跃，青蛇出没，山羊在朝霞中变得血红。大旱以后的一些年，她看到原先居住在河东的人家纷纷举家迁移，在西山下盖房子，打窑洞，重新安定下来。毛茸茸的狗尾草从西山坡上爬到每一家的房顶上、窑顶上。而她，仍然住在潮湿的河东，房子高高地坐落在河东向阳的山坡上，有一个很宽阔的平整的院子，如同山间的一座平台。河东的这些几间房子是她那不成器的男人和别人打赌时赢回来的，就是那个在大旱之年像一滴水一样突然消失了的家伙，山下有她的几棵杏树和李子树。那些早年曾不断地来往于山区大路上的乱七八糟的各色人等，有的还十分清楚地记得她，他们经常看见她高高地坐在她的院子里，坐在那个山间的平台上，眼睛一刻不停地盯着山下的那几棵树。每年六七月的时候，是她最紧张也是最为劳心劳神的时候，不少人埋伏在河东的红杨树附近，一遍遍渴望着她满树的果实。太阳遗留在西山坡下人家的窑洞上，越滚越大，像极了她树上的那些饱满浑圆的果实。在那个家伙消失以前的那些日子里，那时大旱还没有来到山区，有人在一个月色如水的深夜看到一大群赤红色的人一声不响地卧伏在河东临近山下的盐碱地里饥渴地舔舐那些雪白的盐土，领头的人已经许久不知去向了。多年来她一直觉得她那个像一滴水一样的男人是跟着那些赤红色的人一起走了，有可能是他们早有誓约，当然也不能排除纯粹是临时碰上的，而恰好又遇上了山区大旱的混乱之时，走一半个人，消失一些事情，实在是太容易也太正常不过的事。人没了以后，她也曾经不无恶毒地诅咒过，诅咒他脏污了她，又让她独自面对剩下来的日子。

在那些到处干旱的日子里，她还见到有人坐着绿色的蛤蟆一样的小汽车，带着水，出现在山区的尘土飞扬的公路上，她知道那些人离山区离她其实并不遥远，却又十分的遥远，那么样的一种拧来拧去的麻花一样的关系曾让她想得头昏脑涨也没有想明白。她看见山区里的人们不住地用灼热发烫的焦黄的土块和石头扔向那些里面装着水的汽车，绿莹莹的蛤蟆一样的汽车，真的像蛤蟆一样蹦跳了起来，真的像蛤蟆一样嘎嘎地叫着。不要这样，老乡们！绿色蛤蟆肚子里的人说。有黏糊糊的声音在一遍又一遍地说着什么，倒像是在干旱的人们面前铺开了一大片水草丰茂的沼泽地。绿莹莹的蛤蟆嘎地又一叫，绿色的肚子里钻出一个长满焦黄牙齿的人。有人指着他说，老乡们，知道他是谁吗？没有人回答，也没有人点头或者摇头，那怎么能知道。绿色蛤蟆肚子里突然跑出一个人，那谁又能认得？还是刚才的那个人又说，好，那我告诉大家，他就是我们大家的领导，更是你们也是我们所有人的父母官。遍野的草木在极度的渴望中渐渐地低下了头，枯黄白瘦的身体向下弯曲着，弯啊弯啊，弯着弯着，忽然又摇晃起来，不久便一头栽倒了。被称作父母官的那个人很有些不高兴地对那个喳喳乱叫的人说，说那些没用的干什么！赶快把水分发下去。她听见有人噢了一声，接着又有人嗷嗷地叫着。这些人叫什么呢？她想。还有人笑出了声，却笑得凉飕飕的。那些生长在窑洞顶上的草伸着细长消瘦的脖子静静地看了一会儿，后来好像是累了，体力不支看不动了，便悄悄地躺倒，在窑洞上面闭上了眼睛。山区里的人们纷纷在炎热的石头里洗手，手指上的关节高高地隆起，有的本身就像石头一样坚硬，并有着石头一样的颜色和温度。同志们，不能再耽搁了。戴着草帽的男人和抱着孩子的女人从山区的窑洞前经过，去察看冒烟的草垛。牛马站在有着火焰形状的干草前无声地流着泪，眼泪刚一出现在眼眶下面，即刻便被太阳收走，消失得干干净净。谁知道十里河还有没有另外的支流？一小股也行。有人提到了燕子岭，还有人想起了一到夏秋草木就郁郁葱葱的葛湾。贾书记，回车里坐一会儿吧，这里太干太热了，小心中暑。胡说！这明显是要陷我于不仁不义之地，休想！

太阳下去了，月亮出来了，月亮也是热乎乎的，焦黄焦黄的，越看越烫手。有人铺了席子，躺在热乎乎的月亮地里。

半夜里，一辆马车从一处房子的院墙外经过，马火烧火燎地走着，胶皮轮子发出越来越大的煳味。忽然听见有天塌地陷般的响声传来，一个潮湿多年、吹着冷风的地洞像避暑的胜地一样出现在大家的面前。大家爬起来，纷纷往那边跑去。让一让，请大家让一让，让列宁同志先走。一名领头的干部被众人簇拥着走在队伍的最前面，洞内的冷风不时地呼呼地欢快地舔舐着他的面部和小腹部，又听见有牙齿在不断地咯咯地响，情形就像平时生气时一样，就像对某人某事咬牙切齿时一样，却又一时判断不出是自己的牙在响，还是别人的在响。洞内有一种古怪的声音偶尔响一下，像是有人在黑暗中努力憋着，控制着不让自己笑出声一样。同志们，不要再往前走了同志们，这样走下去是很危险的。领头羊不再继续领头，转身拼命地往外挤，铁青的脸上气象万千，嘴唇乌紫，两只通红如铁的耳朵呈现出一种透明的色彩。同志们，你们这里的情况很复杂，需要打报告上去。

在那些热烘烘的天气里，山区公路旁边的车马大店里挤满了众多的男女，斗争会从傍晚开到深夜。地主齐月华被推来搡去，熊熊的灶火烤得他身上刺啦刺啦地直冒油。那个情况复杂的呼呼地刮着冷风让人们胆战心惊的地洞就是在他的屋后被发现的。那些日子里，她几乎每天都会看见齐月华在河东的一个废弃的院子里为村里烧炭，无数的红火苗蓝火苗如五月里开放在山区原野上的花朵，青蓝色的烟从河东的上空升起，悠悠地飘散在晋北山区。白天烧炭，晚上开会，浑身脏污，满面烟尘的齐月华放下手里的铁锹，就过了河东，去同样也烟熏火燎的车马店里接受斗争。五六十岁的身躯，低头站在熊熊燃烧的灶火边，呼吸着鬼魅一样的看不见踪影的一氧化碳和更多的二氧化碳。他们都说了些什么呢，她一句也没有听清。那时候，她正坐在她那个高高的院子里，目不转睛地盯着下面的那几棵树。她听见蜜蜂和蝴蝶在树枝间嗡嗡地不厌其烦地飞来飞去，树上升腾起烟雾般的气象。大家横七竖八地挤在一起开会，有人坐在墙角里悄悄地解开裤子，伸进手去，一把一把地往外掏着，不知在掏什么。

夜里，她看见她的那些杏花都开了，整个河东变得雪白。可是，正当她刚要安心下来的时候，却又看见那白茫茫的景色里人影幢幢，整个河东也好像在惴惴不安地晃动起来。树木、庄稼、房屋，所有的东西都在原地晃动，感觉有人在下面用杠子想把它们全部撬动、撬起，却又没有足够的力气，或者说该撬起的时候还不到，所以每次都是试探性地撬一撬，然后就又放下了，就像是在演习、演练。是些什么人呢，为什么要把整个河东都撬起来？她不知道，也无法知道。一个女人，怎么可能什么事都知道？更何况是她，成天哪里也不去，每天一起来就坐在她那个高高的院子里，就像是坐在半山腰里，长久地盯着下面的她的那些杏树和李子树。别说是外面的事情，就连村里几个小队的小队长她也不知道是谁，是否又换了人，什么时候换的，为啥换的，她都一概不知道。张有德杀了她的女人，提着一把斧子跑到山里，这样的事情她竟然也不知道，从来就没有听说过。要不是他的一个孩子来她的杏树下转悠，被她出其不意地一把抓住，她永远也不会知道谁家里又发生了怎样的事。她抓着那孩子的衣领，听他诉苦，杏花一片一片地落下来。

忽然，听见在那白茫茫的雾里有人在和她打招呼，她愣了一下，更吓了一跳。看见一个十分模糊的身影在那白雾里慢慢地转啊转啊，转得比一开始的时候清楚了一点儿，却仍然只是一个背影，正面并没有转过来。黑黑的后脑勺，脖子，整个后背，腿以下的部分都没有，完全看不见，都隐在白茫茫的雾里，或者黑暗中。听声音，像她的那个不成器的男人，却又分明看见背后拖着一根长长的辫子……那长长的辫子让她觉得奇怪，同时也吓得不轻。怎么又从头活回去了，回到了清朝年间？正在疑惑间，又看见他的身边站着那些衣衫褴褛的浑身赤红的人，一些同样血红的比马大的东西安安静静地卧在一旁，不时地伸出粉褐色的舌头舔一舔地上的白雾似的东西。

嘭的一声，她看见她的一个杏子从树上掉了下来，接着又是嘭嘭的几声，又掉下来好几个，像是有人用力摇下来的，又像是被棍子打下来的。那时候，她再也坐不住了，急忙从高高的院子里下来，穿过一些睡得昏天黑地的房子，来到杏树下，却又看到杏树下一个人也没有，也没有在上面的院子里时看到的那白茫茫的雾，更没有那个背后拖着一根长长的辫子的人以及那一群赤红色的人和那些曾经安安静静地卧在地上的看上去比马大的东西。杏树下、周围，还和平时一样，赵守财的那顶上面满是窟窿眼的破草帽还在一棵树上挂着，于寡妇从黑山头捉回来的那只猫也在墙上蹲着。

她关上门，回到屋里。

就在那天夜里，山区里还出了别的一些事情。从大店里开完会回来以后，齐月华死了，吊死在一间破烂的早已没有人住的也没有门窗的房子里，脖颈上的绳子和屋檐下的横梁紧紧地扭结着。他一定是费了很大的劲才挽成那样的，挽的全是死疙瘩，结实得谁也解不开，只能用刀割断。他的舌头垂在下巴上，远看以为是一条紫褐色的虫子刚刚顺着他的衣领才爬上来。山区萧瑟的人群排列在那间破烂的房子前，大家默默地打量着死人僵硬干枯的躯体，他的那些紫红色的胡须像极了玉米的缨子，照得人心里一阵阵发暗。

就在门板上停了一夜。第二天，剃完头，又换了一件衣裳，就埋了。

没有一声哭声，没有任何一点点仪式，就像一条无声无息的虫子，顺着山区蜿蜒的垄沟爬到了一个没有人能看得见的地方，从此永不再回来。

在他一步步离开山区的时候，他一定看见了河东那遍野的雪白的杏花。她远远地看见他身上的白色越来越多，有的裂开，有的掉落。她想他一定很渴了，很有可能会过河到她的杏树和李子树下讨要几个李子解渴。这样想过之后，她就不安而又惊恐地坐在高高的院子里等待着有黑影出现在杏树下，然后再传来微弱的声音。河里的水多么大啊，一刻不停，急急忙忙地往前赶着，她不明白它们为什么要那么着急。无边的虚空一阵又一阵地掠过她的心头，又从几个不同的方向撞击着她的腰，让她不时地抖动一下，即使有人在旁边看见了，也断然不会明白她怎么了。可是他竟没有来。快到河边的时候，只是捎带着朝河东遍野雪白的杏花看了一眼，又掉头向山区南面辽阔的河川里望了一下，之后便一直往北去了。河水哗哗地流着，漫过那些白色的石头，从不在乎谁在不在。

她想起了以前的那些人声嘈杂的夜晚，人们七长八短的身躯如同一个个杂乱的影子，或者孤零零或者拥挤着分布在黑魆魆的山区土地上，黑色的炭燃烧着，慢慢变蓝，绸缎一样的红蓝色的火焰从地上舞到半空，火光中映照出一些人的瘦长的牙齿和铁锈般的肤色。每年的夏天和秋天，都是她最为劳神甚至心力交瘁的时候，整日端坐在高高的院子里，神情紧张而专注。因为她一直望见有一些身份不明的人乱七八糟地从河东深厚潮湿的土地里像乱草一样冒出来，他们伸出漆黑如铁的大手不容分说地摘取她饱满丰硕的果实，继而又挥动硕大的斧头砍断她挺拔健壮的水分充足的树根。他们在做那些的同时，嘴角的两边流溢着绿色的黏稠的汁液。他们贪婪而又无情地摘取着她的那些果实，连一片幼小的天真的叶子也绝不肯放过。多年来她一直终日紧绷着自己，很少有松懈的时候。有人说她睡觉都睁着一只眼睛，这话也不假。她做这些的目的，也就是为了让他们知道她一直都是醒着的，永远都在醒着。有时候也隔着老远，和下面的人们说说话，但由于距离的缘故，很多时候往往也并不是在正经地交流什么，很有可能是各说各的。在她这边是说天气，说墙头上的月亮，说看到的让人生气的事，而别人在说什么，她就不太敢确定了。有时看对方的样子，她就相信他们之间说的肯定不是一回事。这种事她无法求证，也不能明说，只能忽然结束，或者继续错下去。说从前这山上生长着足够茂盛的草木，白云缭绕，山间常有青翠欲滴的铃声响起。那是山区大旱以前，傍晚的村庄，牲畜的气味和草木的气味久久地回荡在粉红色的天空下，屋顶在黄昏里呈现出蓝色。她听见她的轻巧的脚步声在空荡荡的黄昏里回响着，路过村中那些黑暗而空洞的房子外面时，看见杂草丛生，被折断的门框和歪斜的木格窗棂像极了那些身心全都废了的人，没有什么办法和方式能够再让他们重新站起来。有时，一只体魄健壮凶猛的浑身漆黑的猫会突然从某一堆陈旧的荒草丛生的泥石里走出来，不声不响地走到你的面前，不声不响地将你打量许久，圆如铜钱的眸子发出金色的却又阴气逼人的光线，猛然又大叫一声，闪电般地逝去。房子里古老的墙皮啪啪地掉下来，像是有手正在暗中慢慢地敲打，其目的也许是直到敲打得你彻底住不成，彻底搬走为止。在混合着杏花、山桃花香气和和锯开的木头的气味以及呛人的炊烟的傍晚，她看见一个瘦小的孩子悄悄地从她的杏树间闪过。那孩子身轻如燕，不断地穿越大片的黄芥地和胡萝卜地，却又小心翼翼甚至胆小如鼠地从一些房子的周围走过。她发现他的早年间的红肚兜不见了，一双赤脚轻轻地无声无息地走着，有时候像蜻蜓一样，刚刚还在萝卜地里跳着，飞着，再一转眼，就已经到了河边。眼睛比原来大了，脸上有了淡黄色的软软的茸毛。

妈妈，开开门，就要下雨了。

山上山下的花全开了。她听到那孩子尖尖的声音叫了一声什么，好像是他的赤脚被一丛锯齿草割破了，不过她却并没有看见血。应该有血，没有一股，也有滴滴答答的一串，也许已经及时地渗到地里去了。他弯下腰在自己的腿上摸索着，一定是那些讨厌的苍耳子又挂到了他的腿上，在他跑动的时候，它们也一起跟着他摇晃，牢牢地粘在他的腿上，无论怎么跑都甩不下来，无论怎么摇晃都摇晃不下来。就在她想最后看清他要跑到什么地方时，天忽然哗的一下黑了，以后便再什么也看不见了。

天黑了，风在山区里呜呜咽咽地响着，一些颜色黯淡脏污的旧瓦罐从高高的墙头上被刮下来，啪啪地在地上摔成无数的碎片。她从一些开着门窗的正在大声吵闹着的人家前走过，听见羊在圈里颤声叫着。那些多年来一直吵闹不休的人家的房顶上却平静如水，高大的泥土筑成的烟囱也静静地立着，要是从一个更高一些的地方打量，丝毫看不出那平静的摇晃着荒草的房顶下面会有人在吵闹，甚至打得头破血流，甚至当时就死去。山区苍茫的黑夜和白天就那么翻书一般哗哗地一张一张地往后翻去。从几个推着铁圈哗啦啦地跑动着的孩子的身边经过时，她又想起了那个孩子，她记得她最后一眼看到他的时候，他是向山上去了的，半人高的草，转眼就把他遮挡得什么也看不见了，只能看见那些草在不住地摇晃。那时候秦富贵正在半山腰用镢头刨地，秦富贵按道理是会看见那个孩子的，她一次次向秦富贵打听那孩子的下落，可秦富贵每次都说他没有看见，还说她一定是眼花了，她看到的那个什么孩子极有可能是谁家的一只羊，甚至还有可能连一只羊也都不是呢。秦富贵这么说话，这么糊弄她，让她感到很生气，她不知道秦富贵为什么要这样做，他本人有八九个孩子呢，为啥还要把这么一个和他没有一点点关系的孩子隐瞒起来。秦富贵说，没看见就是没看见，我隐瞒他干啥？隐瞒他对我有啥好的？你对我说说，你要是能说出个道道来，说出个子丑寅卯来，我就服了你。她没有说出什么道道来，更没有说出秦富贵所说的什么子丑寅卯，凭良心来说，按实际来说，她也觉得秦富贵不应该也不可能把那个孩子隐瞒起来，隐瞒起来要干啥？他已经有那么多孩子了，就那还费劲巴拉地养活不过来呢，怎么可能再稀罕别的孩子。她相信秦富贵说不定真的是没看见，只顾埋头吭哧吭哧地刨地，哪能顾上别的。再说，那个孩子，小山羊一样，常常总是一闪就不见了，蜻蜓一样，蝴蝶一样，蚂蚱一样，流星一样，风一样，草一样，一会儿换一个地方，秦富贵哪能看到他？秦富贵说，他一看见小孩子就头痛，不管是谁家的孩子，他真是怕了他们了。她相信秦富贵这说的是实话，他那八九个孩子就让他活得十分的吃力，拼上老命也很难喂饱他们。天又阴了，又有棺材被几个人抬着上了山区西北方向的山梁上，血红的棺材在灰蒙蒙的天底下一路像是在水上漂着往前走。土黄色的山峁波浪般地起伏着，那些山梁上树很少，有的只是一些到处蔓延的沙蓬和蒿草，还有别的一些耐旱的瘦弱的杂草，贴在永远干旱的土地上。而在山下的众多曲折蜿蜒的巷子里，无论白天还是深夜，寂静时都能听到充满无限哀怨的凄楚的女人的哭声，像是她们的灵魂在拉住你诉说，请你倾听。到了晚上，弯曲得如同女人眉毛一样的月牙儿浮现在山区的上空，有歌声，有怨恨，也还有一缕缕像是乌黑的头发般的愁绪，四处飘荡，像那些找不到回家的路的人。妈妈，我每夜都回来看你，你把门关得那么死，连一条细小的缝隙都没有，都不留，我只能整夜在院里站着。杏花刚落，漫山遍野的山药又开花了，白茫茫的原野，鸟雀们一遍又一遍地从山区的麦田上飞过，留下倏忽又漆黑的影子。一茬又一茬的人都纷纷长大了，童年在他们的身后渐渐地远去，愈来愈模糊，直到某一天完全看不见，走遍世界也遍寻不着。夏日的傍晚，常感觉到处都有人影，有的哗哗地走着，有的直直地站着，一动不动。她一个人坐在高高的院子里吃饭，总感觉有人在一旁站着，看她吃饭。放下碗仔细查看，却又一个人也没见。下面的黄芥地里倒是有一些光赤条条的孩子们，才从河里上来，蜜蜂和牛蜂没法再接着干活儿，气呼呼地从黄芥上撤下来，开始嗡嗡地围着他们转，逮住机会就给他们的脸上来一口，让他们带着一张肿痛的脸回家去。她听见有人喊爹叫娘，明知道与她无关，心里却忽然“吱呀！”一声，开了一扇小门，月亮水汪汪地照着，有小小的人从里面出来，在院子里奔跑，戏耍，不断地跌倒，又不断地爬起来。也有不爬起来的时候，细细的声音哭着，两条小腿在院子里的地上来回磨蹭着，磨出一道又一道的白印儿。猫来了，黄鼠狼也来了，猫在墙头上慢慢地走着，有直立的草拦住它的去路，就伸出像是戴着白手套的手把面前的草按倒。

青蛙叫着。

黄鼠狼在黄芥地里等待着夜深人静的到来。

妈妈，我每夜都回来看你，你把门关得那么死，连一点儿缝隙都没有，我整夜都在院子里站着。

漆黑的夜，墨汁一样泼下来，又严严实实地铺展开。

真是有一点儿浪费呢。她对秦富贵的女人说。

啥浪费了？秦富贵的女人问。

黑夜。她说，那么黑。

秦富贵的女人说，你是说用不着那么黑？

她说，对呀。

秦富贵的女人说，不黑我们咋睡觉？

她说，太阳好的时候，白天的时候，你没闭过眼？

太阳又露出一点点，接着是半个，秦富贵一家人被映照得通红。猪在到处乱拱，大的叫，小的哭，门关上又开开，啪啪地响个不停。窗户上乱纷纷的纸舌头一样地伸着，鸟一样地飞着。

秦富贵蹲在门口，靠着墙，端起一碗饭刚要吃，两个孩子乱七八糟地从里面跑出来，一下就把他撞翻了。不过，叫人称奇和佩服的是，秦富贵整个人虽然倒下了，但端在他手里的那一碗饭却还稳稳地端在他的手里，并没有扔出去，碗里的饭也只是溅出去一点点。秦富贵嘴里骂着，从地上爬起来，伸出舌头在碗边上舔舐了一下。

半晌午，秦富贵赶着牛在河东犁地，从北往南犁过去，再从南往北犁回来。犁到这边的地头边时，正好到了她的院墙下面。她坐在高高的院子里，俯瞰着下面地里的秦富贵。

那么多孩子，我看你将来怎么给他们娶媳妇？

秦富贵吆喝了一声牛，然后又把手中的鞭子朝空中扬了一下，不慌不忙地对她说，虱子多了不咬人，我是没办法了，看他们各人的命吧。

扶着犁，又往南边犁去。人在地里变得越来越小，先是黑黑的一条，后来又变成半条，到最后完全成了一个小黑点。不久以后，小黑点又从南边往过移动，慢慢地又变成黑黑的半条，接着是黑黑的一条。

等她再注意到秦富贵的时候，一个完整的真实的秦富贵已经又到了她的高高的院子下面的地里，牛停住，犁插在土里。

秦富贵还接着刚才的话对她说，命里要是注定要打光棍，娶回来也得离了。

太阳哗哗地继续往上走着，天地间亮得人晃眼。

她把一只手搭在额头上，往她的那些杏树和李子树下看，又有一些影子在活动，唰的一下跑过去了，不久又嗖的一下回来了，有的原地乱蹦，有的上蹿下跳。她看见有杏花被碰撞得掉下来了，一片一片地往下落。

秦富贵赶着牛又犁过来的时候，她让秦富贵先暂时停一停，帮她去杏树下看一看，看看是些什么人在她那里折腾，她让秦富贵过去把他们赶走。但是秦富贵却说杏树下什么人也没有，一个人也没有，过来过去的，他看得清清楚楚。

她看着秦富贵，又看看杏树下面，有些不太信秦富贵说的。

秦富贵在下面仰起脸，对她说，你要是不信，就自己下来看。

让秦富贵没有想到的是，她竟真的下来了。不过，在离那些杏树还很远，甚至离秦富贵也还不近的时候，她忽然摔倒了。秦富贵急忙扔下牛椇，跑过去把她扶起来，又慢慢地往她的屋里走。

秦富贵说，明明说没人，还非不信，非要下来，这一下好了吧。

她说，我怕你哄我。

秦富贵连连叹着气，嘴里嗞嗞的，发出车胎撒气般的声音。

夜里，她早早地关了门，熄了灯，一个人在黑暗中躺下。她想起树上的那些果实其实一年不如一年，心里好一阵难过和凄凉。她听到房顶上有人在咚咚地跑，像是正在往山上去，还有一阵一阵的咳嗽的声音。

妈妈，给我们点儿水喝吧，我们走了很久了，衣服上全是白花花的盐碱。

她吃了一惊，听见门上的插销小声地吱吱扭扭地响了几下，像是有人想要拨开插销进来，却又心怀畏惧，不大敢弄出太大的声音。

像是有一个人在院子里形影相吊地站着，却又好像不止一个人。

她忍着疼痛和眩晕爬起来，开了门，来到平坦的院子里。有月亮，似乎还有一点薄薄的雾，一切都是银灰色的，院子里别说有很多人，一个人都没有。她四下听听，整个河东大地一片寂静，杏花和李子的花的香气远远地从下面弥漫上来。她端来一盆水放在院子中间，月亮很快就来到了水盆里，轻轻地晃来晃去，有一个小镜子那么大，却似乎散发着一种金黄的香味。她看见山下的那些院落里都寂静无声，杏花雪白。家门的钥匙就放在东边的第六片瓦下面，她的儿子要是还记着这事，他回来就能拿上。另外，他从前戴过的那顶小帽子就放在他们曾经存钱的那个地方，不知他是不是还记得。

可是，要是那个瘦弱的孩子老不来，那这些东西就都永远地放着吧。

又过了两三天以后，一天夜里，她死了。

有一只小山羊轻手轻脚地跑上来，在这个高高的院子里，看见那高大的榆树轻轻地摇晃着，把黑色的影子重重地筛了一院。

原载于《收获》一九八九年第二期

草垛边暗红或金黄的风景

他坐在山区密集的玉米地里，等待有人从路上经过。几天来山区的公路上一直尘土飞扬，像是有无数的人马在不停地通过，前一批的尘土还没有散尽，后面的就又到了。一个时期以来，大家都觉得每天夜里都有人抬着粗大的圆木狠狠地撞击他们的房子，咚咚的闷响直到天快亮时才会渐渐地停歇、隐退。那些遍体暗红或者金黄的圆木抬起来大约沉重得要命，所以经常会有艰难而吃力的喘息声从人群般的玉米地里飘荡出来，然后扩散到山区的每一个地方。从路上走过的那些人都很可疑，不管是骑车的还是赶着骡子的，甚至哪怕是独自行走的，都各有各的招数和方式，都无一例外地心怀叵测，他们的不怀好意的眼睛都牢牢地盯着山区女人的肥沃的胸部。大家是干什么的，纵然一开始的时候都乱七八糟，眼瞎心死，常常被蒙在鼓里，但只要时间足够，慢慢地也都心里清楚了，明白了他们想要干什么。是的，他们就是想在那些地方从此扎下根来，那即是他们的真正的意图，在那流淌着蜜和奶的土地上长驻不走，当成自己永久的家园。雪白的甜蜜的如同暖流一般的乳汁纷纷从他们的嘴角边溢出来，流进黑黄色的土地里。密密匝匝的玉米地和麻地唰啦唰啦地摇晃着，低声交谈着，天地之间一片红黄。大家互相搀扶着，醉了一样，痴了一样，嘴里哼哼哈哈絮絮叨叨地应声不绝。火焰般的乳汁，月光般的乳汁，流淌在他们的胸前和身后，掌心里布满密集如雨的汗珠和今生的噩梦。老天！老天啊！遗留在西山上的血红的夕阳看上去暖和极了，红红黄黄的一片，一个永远不黑不冷的世界，很像是那种他们渴望已久的家园，温暖而生动，柴草的气息永久地弥漫着。无边的庄稼覆盖着他们的前半生，而后半生也正在被一点一点地覆盖，他们的一生就是玉茭发霉的颜色。鲜红的血流进山区的土地里，很快就像夜色一样变得又深又黑，板结的土地上躺满了喘息沉重的人群。

一些紫红色的舌头在青绿的玉茭地里闪来闪去。

老天啊！噢!

她刚把两条雪白的腿伸进河里，一只大嘴巴的蛤蟆就抬起头，狠狠地给她来了一下，她噭地叫了一声。这么半天，原来它一直都在她的身边埋伏着、隐藏着。不，并没有隐藏也没有埋伏，清清楚楚地看见它是从别的地方划着水游过来的，一过来就张开了嘴。水里圆滑的石头躺在她的脚下，有的水绕着她的腿转一圈后又头也不回地迅速地流走。她想着它的意思，为什么要多绕那一圈呢？为什么不随大溜一起走了呢？她坐在河边一块被冲刷得很干净的石头上，直起腰，看着对面的树丛，不久又越过树丛，朝山上看着。风从背后掀动她的衣衫，每次只撩起一点点。她把手悄悄地绕到背后，想捉住那只手，但是每一次都捉不住，手里总是空的。事实上她也同样很明白捉不住，因为每当她的手悄悄地绕过去的时候，总能听见后面忽的一声，那就是已经跳着躲闪开了的证明。

她在心里笑了一下。

起风了。他想。

不是秋冬季里的那种千军万马的横扫一切的大风，而只是一些分散的小股的队伍，甚至小组，甚至单独的一个，有时出来活动一下，不仅没有危害，反倒会平添许多的乐趣和作用。你正在燠热地烦闷着，脸前忽然来了一阵小规模的风，此前一直与你纠缠不休的燠热和烦闷很快就转身离去了，连犹豫也没有犹豫一下，走得是那样的着急和匆忙，甚至跌跌撞撞摇摇晃晃，像是家里突然出了什么事。那种时候，你无论再用什么样的办法和理由挽留它们，它们也都不会再在了。

顺着这条河一直往上走，就能看到那些草垛，一座座暗红和金黄的草垛，大雁缓慢地从那些草垛的上空飞过，草垛边时常会留下它们的浅黑的柔软的身影。草垛边的房子里有一盘年久的石磨，石磨终年不响，一动不动地卧着，上面落满灰尘，像一头熟睡以后的老牛。

四周一个人也没有，她却忽然看见她的两只脚在水里变得有些发红，像是被人看红的。有一年，在人头攒动的戏台下面，就发生过类似的事，不过那时红了的是她的脸。一些黄绿的叶片浮动在她的视线里，有的平展，有的半卷着，让她想到一些半张着的嘴。远处有豆子在流泻，从方形斗里流泻进口袋里，又被那辛劳的人裹挟着走在路上。她听见她自己的声音像生了病的百灵鸟一样在山区里回荡着，有时候又如同一股细水，在众人看不见的某一个地方静悄悄地流淌着。而那条众人都能看见的河流也正在哗哗地流着，就像很多时候在她睡觉做梦的过程中从她的耳边和枕边传来的某种水声。

炎热的夏天终于过去了。

秋天的时候他们干什么呢？

秋天我们那个地方的人们每天都忙得回家的时候都头上顶着星星，好多时候满天的星星都出齐了，很多人还在路上，甚至地里。打谷场上堆满了庄稼，排着队等待着连枷和碌碡。院子里堆放着顾不上入窖的土豆和萝卜，地里还有人弯着腰在刨掘。你以为你已经是最后一个没回家的人了，却不料旁边的地里正有人刚刚喝完罐子里的水，正在站起来准备投入新一轮的抢收，更不用说远处地里你完全看不见的那些人。

星星眨着眼，看着黑暗大地上的人们。

等到秋风真正刮起来的时候，有人就开始在路上捡干草。金黄的干草，最早的时候三分钱一斤，以后逐年上涨，八分，一角二分，两角，四角。那些被认为最没本事的人，天冷了的时候就干这个，成天穿行在风里，脑子里堆满了颜色金黄的干草。

不过，和别的任何事情都一样，那也还是要看一个人的运气，要是运气不好，不仅捡到的干草和卖干草的钱会被没收，还有可能会被五花大绑地拥解走。有的人捡多少年也没见出过任何事，有的人刚一伸手，就有东西迎面打来，就像被鼠夹子夹住了一样，顿时血流如注。

坐在西山下面粉般的阳光里，看年轻的姑娘出嫁，离开哺育她长大的山区。黄杨木的门楼上贴着为她送行的对联，红色的炮屑飞舞起来，落了满满一地。人声在黄蓝两种颜色的火药味里嘈杂，脚步纷乱。

高亢嘹亮的唢呐声渐渐远去的时候，他正在把一些没用的旧书捆扎起来，至于要放到房梁上还是漏雨的小偏房里，他还没有想好。一开始他觉得，随便找个地方就行。他藏匿它们，就像藏匿自己的一段过往。屋里的潮气从一些角落里泛起来，还有一些说不清是什么的味道，让他的心里一阵阵难受。他抬起头，看见外面的柳树像一个安静的女人一样正背对着他，而那些白绿的杨树则大声地笑着，不断地向上向远处跳跃着，似乎没有什么能够约束和阻挡它们，就像那些天性中埋伏着浪漫和骚动的女人。他闻到了一种不属于日常生活的气味，他小心地呼吸着、辨识着，不知道那是什么，至少在相当长一个时期内叫不出它的名字，更不能为它命名。命名需要全面地了解，若没有那样一个基础，只能是张冠李戴，胡乱地指认。就像大多数的人们认为月亮里有嫦娥和桂树一样，仔细看，根本没有，但是人们却仍然那么认为并相信。因为在人们的脑子里早已经种下了那么一个舒衣广袖的女人和那么一棵永远不死的树，不仅他们深信那情景是真实存在着的，下一代人还没有学会走路的时候，又已经把那幅情景灌输进他们的脑子里和记忆里。再过一些年，又会有一代人把那幅情景接过并继承下来。为什么不认为那个女人和那棵树在水里或者在山上？因为他们觉得那未免荒谬，就像人不住在地上而住在水里或半空中一样。街上遗留着春夏以来的一些东西，有的显现在路上，还有的遗留在人们的房子的周围。门不时地被风吹开，一些杂草飘舞着进来。他把手伸出去，敲击着想象中的那扇门，听见周围一片寂静，并没有人回应，每次都没有人回应，每次都没有人在家。寂寞的天空下，只有他的手指发出空洞而悠远的回声。那些草垛一个挨着一个，任何时候都是一副熟睡着的模样，都是一种正在做梦的姿势。从下往上看，它们高高地堆积着，乌鸦的翅膀常常会掠过它的圆顶。而要是从高处往下看，又发现它们其实并不高耸，也并不挺拔，而是瘫坐甚至匍匐在地上的，涣散、无力，红黄黑白的梦境，梦里有虚有实，虽然四处漏风，却还有潮湿发霉的地方，还能寄生出另外的一些生命。真叫人难以理顺，难以归结。是个眼光的问题，还是个角度的问题？通往磨坊前的路上长满了茂盛的野草，太阳把石头晒得通红，与那些正在脱皮的肩膀混在一起，常常令人难以分辨。路上的一些稀疏的血迹已经被晒干了，有的蒸发，绝迹，有的变成褐色或黑色，无论从颜色到外貌都已成为另外的一种东西，无论谁看见了都不会联想到最初它们流出的那个地方。

孩子，你在找什么？

妈妈，你看见我的帽子了吗？前几年我常戴着它出门的那顶。

是那顶蓝色的吗？

妈妈，你再好好想想。

都好几天了，你一直都在这么丁零咣啷地翻腾，还以为你在找什么呢。

我时常记得你身上的那一抹鲜红的阳光。

不是你说的蓝色的。

找不到就算了，你还下到地窖里，又上到房顶上。

我再找找，说不定会发现点儿什么，比方说我的、别人的一些东西。

你的银铃般的声音日夜回响在我的耳边。只要一闭上眼，你的明朗的容颜就如同月亮般照耀得我通体透明。

你有空去捡些干草回来，扎几个草人放到地里，吓吓那些红嘴的乌鸦和多嘴的麻雀。

捡干草那得要等到冬天，这时候哪有？我这说得也是前些年的事了，现在即使冬天，也没有人再做那种事了。

你还是去看看吧孩子，没有干草，麦秸也行。

没有干草，就能有了麦秸？麦秸也没有，它们都是同一个季节里的兄弟，要有都有，要没有就都没有。

听你这么说，那就没办法对付它们了？尤其是麻雀，一到了地里，就像一群女人，集体吵闹着，嘴里闲不住地嗑着瓜子。

要不我去吧，我站在地里，假装自己是一个草人，它们看见我在那里站着，就不会再来了，它们的眼睛尖得很。

你去？你去了只能假装一个草人，一块地里至少得有十几个草人。

他起身出来，在街上走了许久，空荡荡的街上一根干草也没有，只有墙根下，房子前后的角落里有一些还在发绿的小草。有人从门里出来，一出来就被门前的青苔滑倒，那上面有牛羊的涎水和蜻蜓的透明的翅膀。找不到干草，就扎不成草人，又到哪里去找那么多的草人站在那些地里呢。他日夜顶着草帽假扮成算命的盲眼人，假扮成心明眼亮的庄稼的守护者，站在齐腰深的一望无际的麦地里等待那些从山里飞来的红嘴的乌鸦和远近各处的麻雀们。辽阔草帽下一张意味深长的脸上浮现着许久以来的狡诈和叵测。

就在那时，我看见了你鲜艳的唇。

忽大忽小的雨，把山区的树叶洗得又绿又亮，每一片都像是刚刚才诞生，还没有在这个世界上正式地活过，更远没有体会过这个世界的诡谲与莫测，它们像初生的婴儿一般亮闪闪而又稚嫩无比地哭着、笑着，在风雨里摇晃着、翻卷着，想当然地还以为这个世界上只有这湿淋淋的雨水和托举着它们的树枝，除此以外再不存在任何的东西。

真要是那样，这世界就简单多了。

她听见有人在敲门，却一直没有动身。敲门声动作简单，而意思却复杂无比。她听见那人腿上的青筋渐渐地高涨，日趋成熟，那突突乱抖的青筋发出一种熟悉的哧哧的声音，在寂静而又仿佛有毛边的夜里，很快就把人们从梦中惊醒了。无数的灯笼以及火把和手电筒从黑暗中纷纷亮起，交相辉映，纷乱不堪的亮光和叫喊声把山区的夜晚渲染得像是人们记忆里的某个节日。有人在门框上碰破了头，有人的衣服被树枝紧紧地勾住，许久都无法挣脱羁绊和解脱，不得不相信这个世界上真的是有鬼的。铁锅、铁桶、洋瓷脸盆，甚至火钩、炉圈，纷纷被敲响，墙头上双耳的陶罐在风里发出号角一般的声音，响彻整个山区。

狗日的，看刀！

几个月亮连续下去之后，房顶上的雨水早已流成河的模样。雨水顺着屋顶上的瓦缝或者荒草哗啦哗啦地流到地上，发出一种十分破碎的令人惆怅又叫人无比憔悴的响声。她侧身躺了半天，觉得那雨水夹带着一些金黄的叶子和年幼的虫子灌满了她的过往。她又想起了那几道蓝幽幽的微微隆起的腿上的青筋，它们很像是她曾经多次目睹过的一些天光云影，甚至平常的召唤和暗示，这不禁让她变得心醉神迷，慌乱不止。雨水过后，夜深人静，外面雪白的月亮透过窗户照进来，把屋里的那些白天看起来十分熟悉的平平常常的东西映照得非常眼生而古怪。半明半暗的屋里，涌动着一种微醺的气氛，她想起身去重新点燃一盏灯，却又始终不愿意起来。不，并不是不愿意，而是不能够起来，无力起来。因为她又听见了汩汩流淌的水声，窸窸窣窣的褪尽衣服的声响和令人心花怒放的咚咚声。月光般的躯体，月色般的神情，一路上大步流星地赶来，之后又蹑手蹑脚地停住，红黄的手停留在木质的门上，竟如同滑动在柔软细腻的皮肤上一样。好了吗？好了，一切都已经准备好了，那边就是你做梦或者醒来的地方。声音如黄鹂或百灵，不，更像是雄鹰呢。在蔚蓝色的天空里飞着，想下来的时候就滑翔着下来，要走的时候又一鼓作气，展翅远去。她看见一个优雅而宁静的地方，到处都一尘不染，到处都柔情蜜意，外面也一片花团锦簇。黄昏的景色令人幸福得想放声大哭，麦场上的那些麦草一缕缕地披散下来，如同深夜里她泼洒到枕边的如云的黑发。来吧，快来啊，亲人们已经越过了边界，也早已过了冷水河，正在从山梁上下来。太阳照耀着他们，雨水淋着他们，风吹着他们，鹅毛大雪相伴着他们。

老天哦！她重重地喘着与她的外貌不相称的粗气，浑身上下像是被拆卸完以后又重新组装起来，组装得却并不是那么的牢固、结实，只是草草地应付了一下，随时都还有分崩离析的重新散架的可能。不是吗，身上的每一处皮肤都在晕晕地展开又伸缩，都在隐隐地发烧，似在冒烟、冒油，热烈的太阳把她体内的水分都吸收干了，她像是一个如云似雾的现场。

月光照耀在她艰辛而疲惫的脸上。

月色般的记忆不断地把她从水中沉到深处，又轻轻地浮起。

大水过后，朦胧中她睁开眼睛，她想起了河东的那片多年来始终潮湿丰盈的土地，除了金色的黄芥，还有茂盛而高大的野草在那上面疯狂地生长着，年复一年地摇晃着。

快了。他这么想着，把手里的一根坚实的木棍用力插进地里。田野上那些一个个矮小的瓜棚像一顶顶的旧帽子一样安安静静地放置着，点缀着山区的土地。他抬头看看天上，今天没有乌鸦飞来，却有麻雀一直在附近说话、奔走、窃窃私语。有几只正在某一棵树上互相争吵，只是并不知道它们是为一件眼前的事还是几个月以前的一件旧事争执。从山区的某一个荒凉的山谷里又传来了飞翔的声音，还有的正在出发，迟早它们都是要来的。多年来它们世代与土地和庄稼相依为命，它们懂得如何吸取每一颗水珠，认得每一粒粮食，哪怕已被碾碎，完全改变了外貌和形状，与泥土混杂在一起，也仍然能准确无误地分拣提炼出来。

他看见它们的小眼睛滴溜溜地转着。

快了。他看见她的掩映在树丛后面的紫褐色的大门正在慢慢地打开，有水从门口汩汩地流出。水流漫过树丛，流经花草和庄稼。多年来我一直渴望你动人的甘露和绵延不绝的清泉，被水泡软的骨头一撮撮如雪白的盐粒。

来吧，请快些来吧！请尽管无所顾忌地理直气壮地空前地大踏步地勇往直前地野蛮地不讲理地卑鄙无耻地为非作歹地甚至心怀鬼胎地丧尽天良地灭绝人伦地来吧！你真的来吧，开开通通和和气气爽爽快快利利索索鬼鬼祟祟骂骂咧咧哭哭啼啼反反复复似笑非笑皮笑肉不笑地油腻腻醉醺醺地您来吧！您尽管无情无义残忍粗暴地破门而入，您尽管淫邪放荡地或者彬彬有礼地以其人之道还治其人之身地大显身手，您尽管虚无可憎地心满意足地浑身轻松如燕地挥汗如雨地拂袖而去绝尘而去！因为不管您是谁，也不管您来自哪里，大家见到您都是非常高兴的，是衷心欢迎的。晋北山区的干旱由来已久，人们渴望每一个过往的生人，每一个生人的身体内部都有充足过剩的水分和旺盛灼人的精力。当您站在山区的土地上您便会发现山区的每一扇树丛掩映的紫褐色大门都是热烈地毫无羞耻地不过也仍然还会脸红心跳地热泪盈眶地不图权力不图钱财地温柔地颤抖地呻吟着敞开的，全面展开的。当您快乐地身心激动不已地闭着眼睛一步步穿越山区那些密集的丛林时，那汩汩流淌在紫褐色大门口的激情之水会为您洗礼，洗去您经过漫长的跋涉之后的艰辛、疲惫、惊恐和失意。您定下神来慢慢地一点一点地像旅行者一样忘我地忘记国家民族忘记太阳土地河流山川地在那平滑绵延情节曲折峰峦起伏的山川间穿行的时候，您就能听到那令人醉生梦死的抛弃一切的生而复死死而复生的眩晕的战栗的动情而无边欢愉的声音，那是微风弹拨的天籁。除此之外，您还会在柔软芬芳的草地上坐待永恒，您将会看到您瘦小的黑炭般的或者也有可能是雪白的活蹦乱跳的童年和您的母亲的温柔圆润的手臂和湿润而温软的舌头。

您来吧，您一定要来！我们诚心诚意地心直口快地忠心耿耿地信誓旦旦地心急火燎地迫不及待地长夜难熬地绝无图财害命之意地邀请您来一遍遍地反复地详细地进行工作视察和科学考察，晋北山区无边无际的盐碱地需要治理，需要更进一步的耕耘和播种，如此艰巨而光荣的任务光靠山区的人们本身是万万不行了，因为人们早已麻木，早已束手无策无计可施了，没有外来人的介入，即使开花也很难开出新意。山区平静的房顶上只有安详的月光，早先活动在山区内外的那些专靠绑票、陷害、打杀和常年以美人计为生的土匪们也早已随着滚滚的风尘远去了，一去不复返，再也不会回来了，只留下满河川的风声土龙一样日夜旋舞在这苦寒的山区。您放心地来吧，只要您的车马一出现在山区的公路上，大家就都看见了，大家会蜂拥而上像请大仙请神一样把您接回他们的家中。大家拼命地为您操办各种油水充足的饭菜，这样会使您原有的水分更加充足更加饱满，原本的精力更加旺盛而脑满肠肥。您一定要把您身上的所有的能量和能力都尽可能地最大限度地干干净净地不遗余力地毫无保留隐瞒地尽情发挥出来。您的年纪要是大了，那就请尽情地发挥您老的余热，贡献您夕阳般的青春，山区的人民将会永远地记住您，当然您也会永远地活在广大山区人民的心里。我们的下一代，每一个后来出生的孩子都会为您树碑立传，为您撰写精彩生动的大型革命回忆录和长篇报告文学。有一分光就要发一分热，大家至今都经常深情地回忆起那些助人为乐，为人民服务的美好年代。王书记、刘主任，还有马技术员等同志，你们来吧，你们千万不要不好意思不要难为情不要怕这事情传出去。一来这事不会传出去的，大家早已合计好了，大家都是有血有肉有良心的人，大家都知道谁是他们的恩人和救星，即使牺牲他们自己以及家人，也绝不会出卖有恩于他们的人。另外，即使被外人知道了，这其实也是光明正大的事，苦寒的山区，难道不需要被帮助？关键是你们也不要太过斯文和矜持，那没用，你们的那套虚假的东西在你们的城市里非常实用，但是在这苦寒的山区里却一点点也用不上，来这里却要接受实实在在的东西。尽管我们一生都没有一个成熟的时候，可对待别人却始终是一个心眼。所以，这事是传不出去的。即使不小心传出去了，那也没有什么大不了的，谁都知道这是为了这个苦寒的山区。王书记、刘主任，还有马技术员等等同志，即使你们多少天没洗脸没刷牙也不要紧，即使你们的身上和衣服奇脏无比也没关系，就是你们头上长角身上长刺也无所谓，那恰恰正说明你们责任心强工作太忙而没有时间和精力去理会一切。王书记、刘主任，还有马技术员等等同志，山区的人民是不计较这些的，大家从来就不计较这些，从来都能忽略和忍受一切，难道多少年的历史作证还不够吗？虽然我们多少年来一直都活在最底层，我们也脏惯了，但是大家仍然不会亏待你们，你们能在百忙之中赶来，大家就已经十分的感恩戴德了，相信大家一定会像对待最亲的人一样对待你们，大家会热心诚恳地耐心地帮助你们，引导你们，等待你们重整旗鼓。山区的孩子们尽管没见过什么世面，却也绝不敢随便动你们的汽车和提包，你们的帽子和裤子都高高的悬挂在山区的榆树上、杨树上，沐浴这春风和朝阳，山区的红色的太阳亲亲热热地照耀着它们，构成一种旷世未有的奇特景象。

……

夜里又下起了小雨。他听见雨点啪啪地敲打着门窗和屋顶，窗户外面的一切都湿漉漉的，就像被谁用潮湿润泽的嘴亲吻过一样，就像被谁的伤心的泪水淹没过一样，留下无数令人心悸的难以磨灭的赤红色的印记，又如同大家在排队领取救济粮时在领取登记表上按下的真实而粗粝的手印。大家实在记不起一生中已经按过多少次这样的手印了，总之，每次需要按的时候，大家便都忠诚老实地无比顺从地伸出他们各自廉价的手指。那种时候，大家没有去想别的，更没有任何的怨言和不快，高兴还来不及呢，哪能顾上别的，要知道这可是在发放救济啊，是在发放活命的通行证呀，没有这个，你很可能三五天不到就死了。你死了你以为就平安无事万事大吉了吗，就以为别人和你的家人就不会再死了吗，他们照样也会死。你能死，他们为什么就不能死？只不过是一个先后顺序的问题，谁先谁后的问题，结局都是一样的。他经常在山区漫长而寂静的夜里听见大家吵架的声音，咒骂孩子的声音，做梦的声音，以及他们饭后呜咽痛哭的声音和他们凄凉地哼唱山区小调晋北道情的声音。像那些充满无限哀怨和不幸的一缕缕头发一样，十八九岁的衣不蔽体的女子们常将一些山区里的野花喜悦无限地插在她们的黑发上，小小的月亮般的镜子里无声无息又风风火火地流走了她们的如花似玉的青春岁月。当花花绿绿的喜气洋洋的迎亲的队伍在一把把黄铜的唢呐的伴奏下从山区的小路上渐渐地消失以后，她们的青春岁月也旋即宣告结束，有的自嫁走后就再没有回来过，夕阳把山区的一切都涂染得浓重而多情。井台边的人都无言地散去了，黑色的乌鸦成群结队地来到树上，它们沙哑而黯淡的叫声曾久久地在一贫如洗的天空下盘旋不止。瘦小的目光，迷茫的童年，骑在被染得血红的墙头上，风吹动他们的营养不良的头发，四下一片迷离。他看见母亲青筋暴突的手像一些年久的树皮，褐黄色的金黄色的玉米棒子静静地垂挂在母亲头顶上方的屋檐下，一阵阵酸菜的气味从家里强烈地散发出来，弥漫到山区黄昏的天空下。

去后山看看你姐姐吧。

好的。

他想起姐姐从前的两条小辫永远在她瘦削的肩头上甩来甩去，他清楚地记得姐姐的那条红色的绒线围巾多年来一直在他的黄昏中舞动不息，此外还有姐姐的那面圆圆的八分钱一块的小镜子有多年来始终在他的心里亮亮地闪烁着，照耀他做梦，照耀他醒来。

他看见风把母亲满头灰白的头发吹得乱蓬蓬的，如一堆陈旧的乱麻。他的手抖了一下，腿部哆嗦着又有些隐隐作痛。又要变天了，从北部刮来的风驱赶着无边无际的黑色的云块，它们稳稳当当地停在山区的天空以后就再也不动了。

他一定是累得再也走不动了，才昏昏沉沉地睡去的。她这么想着，以前的一切怨恨也随之化为乌有，随风而去了。那年她看见他戴着一顶缺边少沿的旧草帽在河边放马，他低着头盯着河水，使人看不见他的眉毛和眼睛，只看见他的一部分鼻子和侧脸，像是正在酝酿着一个什么可怕的罪恶的计划。那时她正把她的两只雪白的脚伸进清澈如镜的河水里，河水欢快地舔舐着她的脚面和小腿，她的身上有一种大病初愈后的感觉，心里则像有一只手一直在轻轻地抚摸。她的那些花花绿绿的衣服都像旗帜一样晾晒在河边的树枝上、石头上，暗红的树枝和雪白的石头把她的那些衣服衬托得醒人眼目。当她的几件衣服被吹散到河里时，她并没有马上去捡，而是紧紧地看着他。她发现他似乎想动，身体已摆出一种姿势，但是最终还是没有动。她在心里轻轻地骂了一声。

说真的，那时看见你，差一点儿把你认成是一个从前的熟人。我初到这里，好多的人都不认得，你从来没有听别人说起过我吗?

没有。他们成天愁眉苦脸，吃不饱穿不暖，摔盆子打碗，要不就是咒骂女人和孩子，哪有工夫管别的？他们的心思不在那上面。

眼看着一个个姑娘长大以后都纷纷嫁出去了，一去再不回来，大家的心里都很难过。

我姐姐就是那样的，不过我们时常还能见到。

那天我听见有人咚咚地敲门，我以为是谁，等后来出去一看，原来什么也没有。那咚咚的敲门声是雨点，那雨点真大呀，一个个都像铜钱那么大。

我在地里也看见了，你说得很对，真的就像铜钱。

你说的是地里的那些又低又矮的瓜棚吧？我经常看见它们就像一顶顶的旧帽子一样安安静静地扣在地里。那时，我便常常想，那些一动不动的旧帽子下面一定有人，所以我一次也没有到那些瓜棚的附近去过，我只是站在远处看一看。

我在那里，想你一定有很多的衣服，而且除了你自己任何人都没有见过。

你是怎么知道的？

我是想出来的，我总是一遍又一遍地想，想着想着就想出来了。有一天我看见你的大门忽然开了，银色的月光水一样从你的大门口流泻出来。

哦——

他看见她的两只眼睛里满含了古老的河水。

昨天夜里刮了一整夜的大风，远近处的那些瓜棚都倒了。

原载于《黄河》一九八九年第一期

河　东

天不亮的时候就听得蚂蚱在西山上喳喳地鸣叫，叫了整整一个白天。天气转热的时候，每天都是这样。蚂蚱们在西山上的向阳处解开衣服，将各自的粉红的或草绿的身体裸露出来，草不停地摇晃，金黄的阳光把蚂蚱们的赤裸的身体映照得柔和而明亮。多年以来，它们的这一做法，有时会把山下的村庄映照得如同白昼，黑夜不像黑夜，有时半夜里还有人起来去井边挑水，一边昏昏沉沉地走着，一边愣愣地望着好像有些做假的天色。山上雪白的岩石一层一层地堆积起来，烟从草的根部逐渐冒起，到了有一人高的时候，就开始变得暗红。蚂蚱们透明的内衣在风里鼓荡起来，罩在河边的磨坊上，使磨坊的表面年龄一下子增加了有几百岁。山下的女人们可没有它们那样的内衣，无论任何时候，只要一看见蚂蚱们的那透明而又异常柔软的内衣，山下的女人们便会激动、痴迷，甚至冲动不已，那样的内衣，她们梦也没有梦到过，更别提能真实地穿到她们自己的身上。她们常常愣愣地站在河边，或者是正在收割的地里，久久地望着在西山上活得自由自在的蚂蚱们。别人的活法太过遥远，难以学习，也无法效仿，真正让她们心驰神往的还是它们的那些透明而柔软的内衣，那却是能够看得见摸得着的一些实实在在的东西。那样的一种衣服，究竟何时才能穿到她们自己的身上，她们从来没有想过，也从不敢那样去想。

又听了一阵咚咚锵锵的锣鼓声，蚂蚱们在西山上把身体放平，把它们的粉红色或草绿色的大腿高高地举起来，完全袒露在明亮温热的阳光下，大腿上暗红的筋络布满整个西山和山上的天空。看见蚂蚱们的那种姿势，山下的女人们不禁又开始变得激情澎湃，心猿意马，她们湿漉漉地观望着、思索着，内心的激情暗暗地流溢着、扩张着。有的把两条腿紧紧地夹紧，有的则把腿分得很开，像是一道敞开的城门。要论身体的健壮程度或饱满程度，她们知道她们自己其实一点儿不比那些蚂蚱们逊色，甚至比它们更加活泛，更具生机，可是怎么就活得不如它们呢。身上穿的不如人家，再看活得那个自在，更是无法攀比。事情的根源和症结究竟在哪里，她们不知道，也完全说不上来。

大家纷纷从河里上来，从地里出来，热情或者漫不经心地抚摸着肩头上的一些雨水坑，暗红的纽扣顺着河水，一直向南而去。

谷麸爷爷究竟是什么时候住到河东去的，没有人记得，也没有人关心，人们只知道他住在毛建伟他们家下面的榆树院里，至于在那里住了有多少年，更是没有人知道。不过，谷麸爷爷大家都还记得你用村里最大的锅给大家做的忆苦思甜的窝头，几个下乡的干部吃得愁肠百结，不住地流出绿色的眼屎。谷麸爷爷要是老表爷爷知道你不听话住到了河东，他老人家一定不会饶过你，一定会把你日夜吊在高高的榆树上让蚊子用它们的长长的腿踢你的胯裆和眼睛，让你背后的骨肉绽开得像红色的花儿一样。谁不知道河东那地面不能住人，阴气大过阳气，邪风总是更胜一筹。那里埋葬着一些血红的不知是什么人的遗骸，还有一些毛色杂乱的公鸡和死猫，据说都是瘟死的，当时就流汤滴水的无法下手。许多中原地区来的钟表匠和耍猴艺人看情形不对，也纷纷撤离，把昏暗的洞穴重新筑到西山坡上。在这之前，谷麸爷爷你曾经听到羽毛凌乱的公鸡在河东潮湿的地底下在八月的夜晚里长鸣不止。除了你，没有人认为它们那是在叫醒大家，提醒人们黎明即起。一辆庞大的汽车悄悄地神不知鬼不觉地开进晋北山区，几尺厚的巨型的鱼肉雪一般地与那些白茫茫的磨坊并肩堆放在晋北山区的土地上、公路上。谷麸爷爷大约从那时起你的浑身便长满了鱼鳞，手指和膝盖如同金盏花的叶子一样尖细，一到了晚上，有时还会蹦跶，举到灯下看，上面甚至还会传来呜呜的风声。手指头上也会刮风？你不明白，看不懂，不知道发生了什么。谷麸爷爷以前你的一双眼睛其实还是很亮的，站在河东的墙头下，能看见三四里远的坟地里的跳舞的影子，能看见蚊子们在刘成万家的屋檐下聚集，开会，商量对策，探讨出路，甚至能看见它们各抒己见时的那种不无激动的知无不言言无不尽的模样。尽管有的蚊子一言不发，闭目养神，心里盘算着个人的小九九，但是你仍然能看出它的心思。谷麸爷爷你的眼睛就是住到河东以后才开始看不见的，刚瞎了的那几天，连门都不敢出，稍微动一动，就一准会碰上一个硬东西，或者一个尖东西，头破血流是常有的事。那些毛色杂乱的公鸡常在深夜时分出来，穿越一片片麦田和绿草如茵般的胡萝卜地，把它们的长长的腿搭到你的屋顶上。事情不能说不怨你的母亲，你的母亲，她那个人，唉，怎么说她呢，一没事的时候，就会把一些谷糠弄得纷纷扬扬，看似勤劳，没有闲的时候，实则做的全是一些无用功。不过，话又说回来，一个乡村女人，大字不识一个，你想让她去干什么经天纬地的大业？你蹲在地上仔细寻找那些公鸡的腿上不小心落下来的一些金色的钱币，钱币没找到，后来便有细腿细脖子的谷糠飞进你的眼睛里去了，它们不住地向你打听那些金色钱币上的某某人的画像，你这才知道，原来它们也在想这件事。

母亲说，揉一揉，揉一揉就出来了。

你就开始揉，越揉，它们往里进得就越深，深到终于不见踪影。

天又阴了，挂在屋檐下的黄色的玉米棒子像一群穿着旧军装的士兵一样地爬满了山区里那些年久失色的窗户。

河东的山连得很远，最远的那一座，起起伏伏的，好像已经延伸到了天边，不过那已经走出了人们的日子，与河东无关了，与这一带的人们更无关了，人们只熟悉眼前的这些东西。向阳处的山坡上有一些生长缓慢的颜色深重的榆树，夏天的树荫铺展得很远。没有人来这里捋榆钱，因为旁边的沟里有白色的六角形纸钱和暗红色的陈旧棺木。山坡上的土灰白，有时却又黄得惊人，接近于黍米面，甚至给人以美味的感觉和印象。一个又一个的土洞像是一张张永远不能闭上的嘴。谷麸爷爷朝那些嘴里指望了好些年，却也至今都说不清那些嘴里都有些什么，只记得听见过几回蛇睡觉的声音。黑暗中的壁虎不时地把灰白的花里胡哨的尾巴变长变短，有一回竟来到谷麸爷爷的炕上变换，像是要给谷麸爷爷一个人进行单独表演，结果被熟睡中的谷麸爷爷一翻身压死一只。后半夜醒来，谷麸爷爷摸到它血肉模糊的模样，它的母亲没有来找它，母亲或许正在另一个地方表演。推门进来的倒是谷麸爷爷自己的母亲，母亲告诉他有一条桶粗的蛇，正被卡在屋里的地道里。谷麸爷爷问母亲是一条什么颜色的蛇，母亲说是白色。谷麸爷爷说那就对了，正是他要找的那一条，他已经找了它很久，它每天在他屋里地下的地道里睡觉。他屋里的地下终年潮湿不堪，整个河东都潮湿不堪，像有一片汪洋大海埋伏在下面。母亲说，这么说，咱们一直都是住在海上？谷麸爷爷说，那也说不定呢。他知道他屋里的那个地道，一直通向不远处的武周山下。有一年他像一名士兵似的撬起屋里的石板，试探着走进那个洞里，白蛇点着灯笼，在前面带路，还嘱咐他不要靠得太近，以免碰掉它身上的花纹和云霞般的图案。他们走着，在土地的皮肤下摸索着，穿行着。后来，谷麸爷爷你忽然看见了那些面目狰狞的南方客商和满脸风暴的高原人种，他们正在把一些红色的罗伞和几丈长的白布端端正正地挂在洞口的周围。那时候，谷麸爷爷你闻到了一种多年以前的肌肤，一种叶子、花瓣和睡眠的气息。屋檐下的黑瓦罐把那些多年以来一直偷偷摸摸的人事清清楚楚地印在里面。这么些年来，谁做过什么，别人不清楚，按说自己应该是最清楚的，可混账的是，有些人连他们自己也忘记了，根本不记得曾经说过什么，又做过什么。有人在河东的地里偷玉米，偷黄芥，甚至连甜菜和萝卜也不放过。有的女人把雪白粉嫩的玉米藏进裤子里，与她们自己的腿混淆在一起，分不清彼此。魏主任说，好大的胆，这么大这么长的玉米也敢往家里拿？女人们说，看清楚了，这是你的玉米吗？这是老娘的腿。魏主任又认真地摸了几下，果然不是玉米，果然是她们的腿。

羞愧的霞光慢慢地从魏主任的脸前飘过，魏主任讪讪地说，我就说嘛，都要是这么大这么长的玉米，今年非丰收不可。

晌午的时候谷麸爷爷你看见大家坐在榆树下吃饭，响声震天，有人满嘴流淌着白色的汁液，还有人的肚子里像是在打炮，背后的骨头隔一会儿哗啦一声，隔一会又哗啦一声。那些白色的汁液从大家的嘴里流到桌子上，又漫过门槛和院子，流进了那些散落着白色的六角形纸钱的沟里，把一些干硬的黄土浸泡得酥松如粉。鲜艳的引魂幡拖着长长的尾巴，出现在山区的晴空下，飘荡在稀稀拉拉的树木间。孝子们摔盆打碗，跪着点火，跪着行走。河东的那些李子树都开过花了，一部分花瓣铺在河东的屋顶上和湿地上，另外的那些不知去了哪里。剥开那些圆溜溜的果实，每一个里面都熟睡着一个白白的小人儿，像是在等人叫醒它们，给它们穿起衣裳，到树下去玩。有人家告诫他们的顽劣的孩子，再不敢去河东偷李子了，更不要去招惹李子树的主人于寡妇，她的儿子回来好多天了，那年他死的时候才二十八九岁，正是一个人最有力气的时候，小心让他捏碎了你们的头。老表爷爷吭哧吭哧地用苍老枯瘦的手指拨开稀疏的杨树和柳树，努力向山区南面的河川里久久地眺望。

想象中，那些停留在他脑子里的毛色杂乱的公鸡、牛羊、骆驼，正在山区南面的河川里缓慢地行走，他用绳子把它们串成一串，西下的夕阳又把它们染得血红，像是一群被屠戮后的亡灵，倒下后又历经千难万险地归来。

春天里的一个晚上，有人背靠着树身反复地摩擦，后来又把眼泪抹在树上。第二天，树身上鼓起了一个个柔软的大包，摁一下，像气球，用指甲一划，暗红色的汁液顿时就流遍了整个河东。那是在唐县人将花生的种子带来山区以后发生的事，冀中平原的花生被摁进晋北山区的冻土里，第二年春天长出了小孩拳头大小的白色怪物，用手一碰，感觉就像一个人在摇头，被胳肢得承受不住而发笑。就像毛建伟种的那些金黄色的车轮般的向日葵，一到没人的时候便发疯似的在河东的地里转动，黄澄澄的光芒像探照灯一样，才走远了，却很快就又回来了，转得人头晕眼花，站立不稳。魏主任让他们出一个人去公社领取救济粮，毛建伟的大哥刚一出门就被转晕了，转得分不清东南西北，顺着门前的高坡，一口气出溜到了河东潮湿的胡萝卜地里。

魏主任用一根火柴棍在他的宽阔的大马牙之间挑来挑去，不一会儿，一些带有头像和触角的污秽物被他从他的牙缝间统统驱赶出来，清理出来，又纷纷被抛落到地上，他听见它们在嚎叫，在哀求，但是魏主任根本不为所动，也确实没有时间和工夫搭理它们，想叫就叫去吧，想哭就哭去吧！哭死才好哩，那倒会省了不少事。他指挥着的锣鼓不停地响着，咚咚锵锵的锣鼓声响彻整个山区。西山上的夕阳把巨大的牛皮鼓映照得又红又圆，黄铜的镲被拍击出另外的一种震耳欲聋的声音，黄铜的唢呐像是一支支能吹响的黄色的喇叭花，无数双脚，无数条腿，在山坡下的空地上和房顶上舞来舞去。

透过门上的一刮风就呼呼往里冒凉气的破烂处，魏主任看见毛建伟的父亲正用一只污黑的衣袖作掩护，另一只手正把一碗黄油灿烂的炸糕藏进深深的炕洞里。魏主任朝他呸了一声。魏主任说，怪不得她不想和你在一个炕上睡，也不想和你过，你真是下流。毛建伟的父亲说，我下流？咱们两个不知谁下流！

有人说他们也算是情敌，但是魏主任认为这种说法纯属胡说，因为他和毛建伟的父亲根本不在一个级别上，即使想成为敌对，也实在难以为敌。苍蝇和牛能成为敌人吗？毛建伟的父亲叫九孩儿，九孩儿是什么人？九孩儿就是那只苍蝇，要不是国家和社会赐予他一个人民公社社员的身份，他准得拿起一根棍子讨饭去。他每天用一根污黑的铁火钩敲击着潮湿的地面，除了挖空心思想办法让自己吃饱，别的事什么都不想。这样的一个人，魏主任能把他作为自己的对手吗，光是想一想就觉得寒碜，更有些糟蹋自己。天色渐渐地暗下来，有人背着一张吃饭时用的小方桌，跌跌撞撞地在河东的那些七零八落的房舍下走着，那桌子是在毛建伟家打牌时向别人家借的，毛建伟他们家连一张那样的桌子都没有。平时家里吃饭，一人一个碗，每个人都端着自己的那个碗到处打游击。大家互相搀扶着从毛建伟家歪斜的大门里出来，顺着毛建伟家院墙外面的石头路向河西走。快黄昏那时，毛建伟的母亲忽然回来了，地上没有人，但是毛建伟家的纷乱的门帘不时地被掀起又落下。灶膛里的火呼呼地蹿着，屋里飘起了油炸什么东西的浓烈的味道。坐在毛建伟家炕上打牌的人纷纷头晕不止，毛建伟也不明白那一瞬间发生了什么，他提议大家先不要打牌了，先躺一会儿再说。但是，不躺还好，越躺越觉得头昏脑涨，身上的力气也越来越少，有人甚至都已经软成了面条，再想重新坐起来也不能了。毛建伟忽然大惊失色地说，赶快跑吧，我妈真的回来了！话音刚落，大家纷纷东倒西歪地从炕上下来，开始逃命般地往外跑，有人一出门就啪的一声倒在了院子里。冷风呼呼地吹着，头脑还算清醒的腿快的人已经到了下面的黄芥地里。

毛建伟的母亲是多年以前去世的，连毛建伟都不曾记得，那时毛建伟才刚满一岁，母亲就丢下他们兄弟几个和他们的爹九孩儿走了。后来稍微长大一点以后，毛建伟才隐隐听说母亲有一个相好的男人，那个人就是魏主任。想到六亲不认的魏主任平时对他们兄弟几个的特别的关照，毛建伟终于明白了，也终于相信那事情是真的了。他们兄弟几个都管魏主任叫叔叔，这一点最能说明问题。要不是因为母亲，他们和魏主任真的是八竿子也打不到一起去的。只是有一点，母亲到底是怎么去世的，他一直不知道，也永远不可能知道了，问父亲九孩儿，九孩儿竟也说不知道。最应该了解和掌握内情的人都声称自己不知道，其他的人那就更没办法知道什么了。

九孩儿知道什么？他只知道躺在屋檐下的青石板上捉蚊子吃。一个蝙蝠乱飞的晚上，毛建伟从后山上弄回几十支黄灿灿的雷管，还有一捆硝铵，用一截白色的导火索捆着。就在那天，毛建伟第一次发现父亲在吃蚊子，躺在屋檐下的青石板上，不断地往嘴里放着什么。九孩儿有一个装药用过的小玻璃瓶，他捉住的蚊子都放进那个玻璃瓶里，捉到差不多的时候就吃一回，吃完了再捉。九孩儿不喜欢那些干瘪的浑身上下没有什么油水的小蚊子，他喜欢那些肉滚滚的里面有血的蚊子。毛建伟有一次和他的哥哥站在父亲的面前，眼睁睁地看着九孩儿把一个个肉滚滚的蚊子吃进肚子里。九孩儿用牙把它们全部咬碎，那咯吱咯吱的声音使毛建伟和他的哥哥顿时都觉得嘴里充满了滚滚不尽的酸甜的红色的汁液。九孩儿躺在屋檐下的青石板上吃完最后几只蚊子后，吩咐毛建伟，让他去下面的榆树院子里看看谷麸爷爷睡着了没有，要是睡着了，就把他那个黑瓦罐拿回来。毛建伟懵懂地问拿回来做啥？九孩儿说，你说做啥？放油。

那时候，谷麸爷爷你常听见后山上咚咚地响个不停，一片红色的霞光降临在河东的那些高矮不平的房顶上，谷麸爷爷你看见你的侄女金果斜躺在炕上，裸露着明亮的身体，暗红色的纽扣在房子的里外噼啪作响。谷麸爷爷你后来就什么都看不见了，那条粗大的白蛇趁你睡着以后顶开你屋里地上的石板从洞里上来后，与你的侄女金果在那间西厢房里扭成一团，两个身体都是透明。金果用她浑圆有力的胳膊不住地拍打它的头，又勒住它的脖子，差一点让它一口气没上来。谷麸爷爷你其实并不知道以前的那些红色的霞光每到夜晚时分便铺落到你的侄女金果的热烈而蓬勃的身下。八月十五的夜晚，一些狗三五成群地聚集在一起，向着山区东边的那个又大又圆的金黄温暖的月亮咬个不停。金黄的月亮油亮灿烂，暖烘烘的油汁顺着那些狗的嘴角流在河东的土地上和家家户户的窗户上。狗欢快地摇晃着尾巴，使河东地面上的白气不断地震动起来。八月十七的黎明时分，河东那些旧房子里面的石板都翘起来了，有的还卷成天上的云彩的样子。石板下是当年老表爷爷他们藏起来的旧鞋和烟嘴，巨大的柳条筐里有他们吃剩下的羊腿和鸡骨头。许多亮晶晶的红色的茜草花和有绿叶衬托的黄凤莲从老表爷爷的那顶破旧的已经不能再戴的毡帽里生长出来。一些漆着上好颜色的车轮的周围开满了马蹄花，马蹄花发出一种若有若无的北路胡油的味道，多年来已经黯淡不堪了。在那些昏暗的房子里，曾经住过许多的大骨节病人，肺病，偏头痛，夜梦遗精，伤寒病人和牛皮癣患者，他们当中有的人终日挺着通红的鼻子，在河东的众多的房舍间蹿来蹿去，仔细抚摸一些涂满绿色汁液的砖头和女人们晾晒在绳子上的衣物。曾经也确有女人斜仰在红色的草垛下，两条腿分开，给人造成一种月月临产的错觉和假象。河东的土地上，河汊里时常流动着殷红的鲜血。一些马粪纸的风筝在地上的时候不显山不露水，朴实、安静，可以说要多本分就有多本分，要多不起眼就有多不起眼。可是一旦到了天上，转眼就全变了，它们就不是它们了，飘着飘着，就发出了蛇的声音，甚至还发出鸽子的声音，冒充母鸽子，以便引来真的公鸽子。说它们什么好呢，就算真的引来了，又能怎样？倒不如那些身体强壮的母牛们来得更坦白更直接一些好。身体强壮的母牛撒开四蹄在河东的土地上四散奔走，母牛的巨大的充血的耳朵将河东家家户户的窗户映照得红光弥漫，有如黎明时鲜血中砰然泼出的红色的胎儿。后面来的那些人都把房子筑在河东的土崖下，母牛时常悠闲地在他们的房顶上遛来遛去，一面继续啃吃着房顶上的绿色的锯齿草和白色的马尾草，一面把绿色的多余的汁液纷纷流到下面的院子里和院子外面的石头路上。有时候，站在院子里，一抬头，他们就能看见房顶上母牛的那巨大饱满的阴部，有的女人看一会儿便不敢再看了，夹紧两条腿，飞快地跑回屋里。河东的人们经常站在各自的墙头上，隔着一些红杨树互相谩骂，从当天的一些鸡毛蒜皮，一直追溯到祖宗八代，似乎不把那些先人们从土里骂出来誓不罢休。有时候，就连鸡也常常会被骂得走投无路，不会飞也慢慢会飞了，在树丛间飞来飞去，天黑了以后仍不敢回家。母牛冷眼看着那些频频穿越在红杨树之间的咒语，那些咒语都发出一种煮肉的气息。那时候，西山下的人们久久地遥望着肉香飘溢的河东大地，高大而细瘦的草从他们的身体四周和烟囱里面生长出来。

在另一些时候，那像是一些肉色的小孩的拳头和胳膊。

在离开晋北山区以前的那些日子里，谷麸爷爷你经常看见老表爷爷他老人家每天起早贪黑地去四面八方收集羊皮和马皮，从边墙外的土默川和河套地区到更远的黑木兰山和后草地，到处都曾留下过他的足迹。谷麸爷爷你记得有一个和老表爷爷长得一模一样的人曾经冒充老表爷爷给家里送回几张马皮。那个混账和流氓，与你的母亲曾经断断续续地睡过三年，所以谷麸爷爷，老表爷爷他不相信你是他老人家的骨血。老表爷爷他经常悄悄地观察你的后背和小腿上的某些部位，他还趁你熟睡之际扒开你的潮湿的嘴唇观察你的牙齿和舌头，以及你说梦话的内容和方式方法。有一天，老表爷爷他老人家终于在你的牙齿夹缝间发现了一团金黄色的毛发，老表爷爷他老人家把那团金黄色的毛发晒在太阳底下，整个河东顿时金光四溅，耀眼夺目，巨大的光芒把西山下的锣鼓声也压了下去，致使他们变得像一群在梦里敲打的人，只有动作，没有声音，鼓没有鼓声，锣没有锣声，要甚没甚。西山下的人们踮起脚尖，把小孩们的生殖器放到他们各自的脖颈上、乳房上，眺望着光芒四溅的河东。

谷麸爷爷这么多年来你始终觉得河西的那些人们是那么的卑鄙，那么的无耻，那么的不厚道和那么的难以相处。他们冒充老表爷爷在深夜时分偷偷地打开你母亲的棺材，仔细观察她的面部，认真研究她的小腹甚至外阴。除此之外，他们还互相抢夺她老人家周围的那些白色的六角形的纸钱和一碗小米，总共就一碗小米，他们也不放过。那些白色的六角形的纸钱被追逐得惊慌失措，无处藏身，唰啦唰啦地四处逃窜。老表爷爷他老人家那时其实还并没有完全走远，他老人家始终也还惦记着谷麸爷爷你的侄女金果。金果上了两年二等中学以后就说什么也不再继续上了，她说她伤透了心。

小小年纪，能有什么心?

可是金果说她有心，而且还很大。

金果当上了山区商店里的售货员，终日穿行在白酒与罐头，煤油和红糖之间。她的胸部饱满如节日的供品，又大又高，粗壮的腿频频越过那些公鸡的红色的鸡冠，频频穿越铁道部第十七工程局那些巨大的吊车和司机们横七竖八的身影以及他们的淫邪的目光和大腿。金果，你又要出去？黑漆漆的夜，谷麸爷爷你坐在炕上听见金果正在哗啦哗啦地往身上撩水，认真地擦洗着身体。连在炕上坐一会儿也不能消停，在学习上她何曾这样认真过？水撩到你的侄女金果的肩头上了，从那浑圆的肩头很快又迅速地流经她的胸前和小腹，最后从她的两腿间一直流下去。西山上的锣鼓一直都在疯狂地敲打着，谷麸爷爷你听见你的侄女金果从里到外换了一遍衣服，最后把一条火焰般的围巾搭到肩上后就匆匆地走了。那时，谷麸爷爷你不断地看见于寡妇的杏树和李子树。暖烘烘的五月天，谷麸爷爷你坐在于寡妇的杏树和李子树下，有飞着的小东西不时地来打扰你、袭击你，满树的花朵把它们的香气洒满整个山区。谷麸爷爷你听到坐在你对面的于寡妇正在使劲地抚摸和修理她脸上的重重褶皱，似乎要把过往的一切沟壑和闪失全部填平，并一笔勾销。金果挺着巨大的肚子艰难地行动在河东的那些歪歪斜斜的房舍间，走一会儿就累得气喘吁吁，就得找一个地方坐下，一旦坐下，再想起来的时候就又难了。她的鼻尖上渗出无数晶亮而细密的汗珠，脸上布满新生的黑色雀斑。谷麸爷爷你的这个侄女金果她对你说过些天她就要搬到河西去住了，已经在那里找好了房子，院子很宽阔，房顶是不是平的，而是那种中间高两头平缓下来的出水式的房子。河东潮湿，雾气重，邪气也大，尽管经常也有太阳照耀着，可从来都给人一种阴沉沉昏暗暗的感觉和印象，你的侄女金果她早就不想这里住了。谷麸爷爷这么多年来你始终没有见过和金果在一起的人到底是个什么模样，是一个还是几个，这些你都不知道。你常听见汽车在轰隆，拖拉机在发飙，你不知道是哪个狗东西勾走了你的侄女金果的魂。谷麸爷爷你知道有些事情是需要几个人共同来完成的，光靠其中的某某一个人是不行的。河东是因为曾经埋葬了老表爷爷他们那一批人和他们的事情以及那些毛色杂乱的公鸡以后才变成如今这样的。谷麸爷爷你孤身一人，而且仅有的两只眼睛也全瞎了，你知道再也不会有人把你在半夜里叫醒并领你到那些很远的神秘的地方去了。金果还年轻，一朵花刚刚开放，而且肚子里还怀着孩子，先不管究竟是谁的孩子，就冲着他尚未出世，也应该搬到河西那边去住。西山上的锣鼓不停地敲着，敲得阳光灿烂，尘土飞扬，那里真是生儿育女的好地方，谁家没有五六个六七个以上的孩子。谷麸爷爷你老了不愿意动了，更何况你也没地方可动，房子的四周弥漫着浓浓的血腥的气息，如同过年时煮肉的气味一样，从河东越过河面向河西飘去，迫使得河西的锣鼓敲打得更猛，更响。谷麸爷爷你不在乎那些气味和声音，想血腥就让他们血腥去，想弥漫就让它们弥漫去。有时在深夜你能听见那些毛色杂乱的公鸡悄悄地走路的声音，它们出现在河东大地上，机警地观察着四周，脚上拴着绳子，绳子上系着要命的信件。

住在河西的人们属于大多数，大家轮流敲鼓，轮流吃饭，生儿育女却不约而同，张家的女人刚叫唤过，李家的女人早已把腿张开，也不知是怎么匀出来的时间。锣鼓声日夜咚咚锵锵地响着，越发映衬得河东的那些人丁不兴旺的家族都发出昏暗死寂的光。住在东山半坡上的杨树院的一家，一家五口都已经死绝了，院子里空荡寂静，再也没有一个人出来走动。最先死去的是他们的大儿子，三十多岁那年被住在他们院子里的一只穿着黑衣服的母猫精给勾走了。接着，家里其他的人便纷纷相继而去。毛建伟的母亲死后，毛建伟兄弟三人以及他们的父亲九孩儿四条汉子每夜都赤条条地躺在同一盘炕上，或者互相咒骂，或者默不作声。住在毛建伟家隔壁的秃手手和他的老伴儿守着他们的唯一的四十三四的光棍儿子天一黑便早早地睡了，所谓的生活对于他们来说已没有任何一点点希望和盼头。种杏树的于寡妇终日坐在高高的院子里紧盯着她的那些杏树和李子树，据说有时能在树枝间瞥见她的早逝的老头和儿子，他们不回家，只在河东潮湿的地里转悠。这些人谷麸爷爷你平时都离他们很远，只是偶尔和九孩儿赌上一把，输赢也并没有多少。杏和李子成熟的时候，于寡妇有时会从她那高高的院子里扔下一把杏或者李子给你，那时候你就会忍不住要多想，怀疑于寡妇一定有事相求，事情的代价很有可能是那些杏或者李子的几倍乃至几十倍。谷麸爷爷有一个瘦得像过去的大烟鬼一样的家伙有一天竟然冒充你的侄女金果的男人拿着两把挂面和一瓶酒来看望你，把一些颜色金黄的玉米撒到你的地上和房顶上。你问他金果生了没有，他竟然吱溜一声不见了。真他娘的，你笑得差一点岔了气。河西的锣鼓不住地敲，使得金果夜夜失眠。那时，谷麸爷爷你常常想，快了，等到河东这边的人都死绝了，河西那边的锣鼓也就快敲烂了，敲烂他们就不敲了，除非再重新买一套新的。谷麸爷爷你依稀记得那副锣鼓还是当年“大跃进”的时候你从外面买回来的，这么多年竟对它变得越来越陌生，听起来是那样的让人心慌、刺耳。红颜色的牛皮鼓到处可见白花花的痕迹，像是被擦破了的皮肤一样。那天，大路上充满了送行的白衣男女，谷糠堆在红色的棺木前熊熊燃烧，发出一种冥冥的幽魂之气，流散在山区的各个角落里。颜色暗红的瓦盆被披麻戴孝的孝子高高举过头顶又砰然摔落在地上，成群的瓦片四下散去，暗红色的纽扣铮铮有声地顺着河水一直向南而去。

许多年，老表爷爷他老人家趴在河东潮湿的地里一动不动，那些毛色杂乱的公鸡已走过南面干涸的河川，就要走向河东，穿越那一片红杨树和白杨树了。

谷麸爷爷你不想让老表爷爷他老人家日夜趴在河东的那些歪歪斜斜的房舍下面，你前去阻拦，却不料一眼没看住，老表爷爷吱溜一下滑进了一个女人的水塘里，你眼见他在里面翻腾，打滚，跌倒又爬起，被呛得很久都说不出话来。你说起来，在哪儿跌倒就在哪儿爬起来。这话其实是很久以前他对你说过的，当时你觉得，这真是一句废话，在一个地方跌倒，难道能在另一个地方爬起来？后来眼见一些事实，确信人是可以在甲地跌倒又在乙地爬起来的，在河东跌倒的人完全有可能在河西重新爬起来。翟阿仁就是一个很好的例子，他从河东搬到河西以后，光景一天比一天好，生出来的孩子也不再半路地夭折。河东的杏花远远地飘过遥远的西山和南面干涸的河川，河东的公鸡在除夕之夜把它鸡冠上的浓重的血影甩向每一家的大门。在老表爷爷他老人家即将离开山区之前，一个遍体通红的老头般的婴儿正在河东的杏树成林的绿色的软梯上啼哭不止。那时，常年流窜在大灰梁上的手持木棒的那些家伙们日夜等待机会，伺机扑回山区，难道不是老表爷爷以他那些毛色杂乱的公鸡作掩护才使得山区辽阔的房顶上睡着的人都平安无事吗。在那些洁净而明亮的红杨树和白杨树的背后，毛建伟的父亲九孩儿他亲眼看见一只来自西山上的老鹰把谷麸爷爷你的一只小白的羊羔给抱走了，九孩儿喊了半天都没有喊住。原因说起来也很简单，老鹰根本不尿他，压根就没把他放到眼里过。老表爷爷他老人家几乎每天都能听见在他的身后有婴儿的哭声，就像从来都没吃饱过一样，啼哭不止。在以后的几年里，当谷麸爷爷降生在成群的杏树之下后，老表爷爷就再也听不到他背后有孩子的哭声了，只能听见西山上连绵不断的锣鼓声把本来平静的山区搅得天昏地暗，鸡飞狗叫，暗红色的瓦片飞来飞去，像是住在人家屋檐下的燕子，只是颜色不那么对。谷麸爷爷你后来听到婴儿的哭声是在你的侄女金果熟睡以后，那时你的侄女金果她正四仰八叉地躺着，她的两条腿之间像是有沉闷的汽锤反反复复地回响着，使得山区里那些高矮不平的房屋也震动起来。谷麸爷爷你那时听见那个红色的胎儿在金果辽阔的肚子里举刀呐喊，小小年纪便声若林中响箭。大角鹿出没在那一片金色的丛林之中，一些暗红的脚印在金果均匀的呼吸中通过她的身躯扩散到河东的杏树下、石头下。早上一醒来，谷麸爷爷就听见毛建伟的父亲九孩儿隔着墙头探头探脑地告诉他说昨夜有狼来过了。他呸了一声，九孩儿，这个不成器的东西，多少年过去了，竟还是一点儿长进也没有。九孩儿的眼圈红了，九孩儿在悲痛中打了一个嗝，立刻便有无数的数不清的暗红色的蚊子从他的喉咙里一窝蜂地互不相让地就像平时人们上车下车时那样争抢着出来，涌向那片明亮而洁净的红杨树丛。九孩儿红着眼圈站在他那几间歪斜的快要倒塌的房子前面，谷麸爷爷告诉他说昨夜有人在外面叫门，他问是谁，那个人半天不回答。谷麸爷爷对九孩儿说，我以为是你。九孩儿说，唉，这老汉，这么大岁数了真能瞎说。谷麸爷爷说，真的不是你？九孩儿把头扭到一边，看着房舍下面的田野，杏花没有了，黄芥的花还没有开，萝卜的缨子已经绿莹莹地长出来了，有风的时候，像河西或者外面那些年轻人流行的一种发型。

八九月里，天高云淡，大家坐在空旷的房顶上听着西山上的锣鼓声久久地向河东的红白两种颜色的杨树丛和南面干涸的河川里眺望。颜色苍黄的玉米地里人影幢幢，不时有白色的女人的皮肤闪现在其中，像是暗夜里的一些匆匆忙忙的灯光。面对眼前的情景，魏主任不禁呼吸急促，跃跃欲试，已经初步显露出佝偻趋势的两只眼睛放射出黄色的光芒。粮库保管苦苦相劝，告诉他里面也许非常危险。但是魏主任听不进去，执意要下到水里去，他把裤腰上的一串钥匙解下来交给保管，就一个人走了。西山上的锣鼓将河东这边的房顶上的泥土不断地震落下来，老表爷爷他老人家一个人坐在河东的红杨树里，仔细地抚摸手臂上的一些黯淡的花朵。在他的背后和身边，再也听不到别的什么声音了，别说是哭声或者笑声，就连一丝喘气的声音也没有了，只有暗蓝的血管像天上划出的口子一样偶尔跳跃着映入他的眼帘。

在魏主任到达那片苍黄又赤红的玉米地之后，毛建伟他们兄弟三人用一条潮湿的散发着恶臭的麻袋把他严严实实地罩起来，痛打一顿后捆在了一个树桩上。大研花一片一片地落着，毛建伟走出去很远之后又重新返回，装作是刚从很远的地方回来，正向红杨树丛这边走来，并解开了套在魏主任身上的麻袋。毛建伟惊呼道，五叔，这是谁干的？真他妈的，竟敢这样对待一位革命干部。魏主任一改往日的打雷般的动静，柔声说道，啊，是三儿，真的是你！快帮五叔解开后面的绳子。毛建伟一看，后面果然还有绳子，正紧紧地捆着魏主任的两只手，反剪到一起，像两只扭在一起的鸡翅膀。阶级敌人，一定是阶级敌人干的，五叔你信不信？毛建伟一边解绳子，一边对魏主任说。魏主任抽回一只酸麻疼痛的手，一边慢慢活动着，一边对毛建伟说，三儿，最近你们还好吗？毛建伟说，就那样，说好也不好，说不好也还那样。绳子全部解开以后，魏主任坐在潮湿的地头前抽了一阵烟，正想离去的时候，却有一群暗红的蚊子突然将他团团包围起来，有的很快就深入到他的头发，耳朵和舌头深处，还有的沿着他的锁骨一路狂奔，转眼就到达了他的腰上。听见魏主任发出一声惨叫，毛建伟把一切都看得明明白白，他清楚地记得，眼前包围着魏主任的这些蚊子正是父亲九孩儿那天早上打嗝从肚子里打出来的那一批，具体有多少只，他猛一下还看不出来，也数不过来，太多太乱了。毛建伟不明白父亲是有意还是无意地把这批蚊子释放出来，是忍痛割爱，苦了自己成就他人，还是由于疏忽大意，一不小心抖搂了出来，这些他都不知道，要想得到一个准确的答案，恐怕只能去问那个九孩儿。他做的事只有他明白，要是连他也不明白，那就再没有人能够明白了。不过，照眼前的情形看，毛建伟有一百个理由相信是九孩儿在暗中授意，暗中指挥，他让往哪里攻，蚊子们就往哪里攻，他让怎么咬，蚊子们就怎么咬，说咬他的耳朵，绝不咬他的鼻子。魏主任被蚊子围困得走投无路，失魂落魄，很快就连眼睛也睁不开了。毛建伟说，五叔，你还能坚持住吧，还不要紧吧？魏主任说，快想想办法三儿，五叔他妈的连话都不能说了，嘴一张开，它们就不顾一切地往里面飞，使劲地乱撞。听魏主任这样说，毛建伟两只眼睛不禁笑成一条缝。毛建伟说，五叔，你再坚持一下，等我去找一截胶皮轮胎，把它点着了，一冒烟，它们就都跑了。魏主任闭着眼，把嘴也只张开一条细细的小缝隙，有些不满意地说，那得要耽误多长时间，等你找到东西回来了，五叔可能也早就让它们咬死了。毛建伟说，那咋办？要是不用烟和火熏，它们还会来得更多。魏主任说，脱下衣裳，使劲扑打它们。毛建伟说，打了，又不是没打过，才打走就又来了。有四十三只蚊子专门守候在魏主任的眼眶上下，时刻准备着，伺机进入他的眼睛里。魏主任紧紧地闭着眼睛，一下也不敢睁开。魏主任像是怕惊动了蚊子们一样，声音低低地对毛建伟说，三儿，快帮五叔看看，这都是谁家的一些孩子，咋这么厉害？三儿你帮五叔记下他们的名字，跑了和尚跑不了庙，等天晴了找他们的父母算账，扣他们的救济粮，没收他们的羯羊和母鸡，再不行就拿绳子把他们捆到公社去。

那时候，谷麸爷爷你看见老表爷爷他老人家坐在河东的红杨树丛里，手里摆弄着一副纸牌给一些怀着孩子的大肚子女人算命，让你感到奇怪和百思不得其解的是金果竟然也在其中！那一刻，你觉得时光有了问题，时辰错乱得不是一点点，不仅仅是前后颠倒，就连上下左右也全都发生了变故。谷麸爷爷你呆呆地坐着，连一只公鸡站在你的腿上，一只猫蹲在你的肩膀上，一只鸟卧在你的头上，一只青蛙半坐在你的脚边，两只蚂蚱蹦进你的裤筒里，两条壁虎顺着手背蹿进你的胳膊里也完全没有觉察，你觉得要想看懂看清眼前的事情已绝无可能。一张鲜艳夺目的红桃老K不时地被老表爷爷抽出来，一而再再而三地出现在大家的眼前。怀着孩子的女人们都像一尊尊泥胎一样坐在那里，她们的脑子里都像是生了锈。谷麸爷爷其实不光是你看不懂看不清，有好多事情其实她们也一样什么也看不懂，她们也无非就是一些会出气的泥胎。千万别以为她们是因为肚子里怀着孩子才这样，其实不怀孩子的时候她们也比这好不到哪里去，唯一的区别是日常的行动多少比现在敏捷一点罢了，比现在更喜欢吵闹更不讲道理一些罢了。老表爷爷闭着眼，又一次，那张鲜艳夺目的红桃老K被他抽了出来。这一回，连老表爷爷自己也吃惊得半天合不上嘴，一双本来细长的眼睛也瞪得溜圆。老表爷爷拿着那张牌，对她们说，实在不行，就让它带着你们到天上兜一圈算了。老表爷爷这话刚一说完，本来还一直懒洋洋的像一尊尊泥胎一样的她们顿时骚动不安起来，来了精神，一群人就都想往上挤，互不相让，谁也怕谁先上去，情形就像平日里人们要纷纷上车时的那种情形。老表爷爷说，不要着急，慢慢来，都能上去。可是到这时已没有人再听他的话，她们早已挤成一团。金果仗着自己膘肥体壮，有一身力气，属于第一批先上去的，上去之后还要给自己先安顿好一个位置。下面的那些没有上去的还在互相挤，有的伸手把别人拉下来，她自己迅速补位，再拼命往上挤。老表爷爷说，不能再上了，已经满了。但是没有人听他的，纷纷扬扬的吵闹声招来了众多的马蜂和牛蝇，它们嗡嗡地飞着，形成一个又一个黑色的圆圈。老表爷爷不胜烦躁地一挥手，那张鲜艳夺目的红桃老K就突然从河东的上空飞起来了。后来谷麸爷爷你就看到金果她们那一群要多愚蠢就有多愚蠢的女人乘坐着那张薄薄的鲜艳夺目的红桃老K飞翔在山区的上空，鲜艳的红桃老K载着金果她们一群女人频频地超越铁道部第十七工程局的那些高耸的吊车和铁塔。一离开粗糙潮湿的地面，来到半空中，金果就往下看，她很快就看到了昔日的那些属于她的夜晚，看到了她自己的亮闪闪的牙齿和大张着的嘴，看到她的丰饶的胸脯像她身后的高原一样在起伏着，有人正在像幽灵般的小鬼一样在那片高原上出没，时而消失不见，时而又挥汗如雨。真不知道那是在干什么，是在收割谷子和麦子吗？又看到她的两条粗壮浑圆的大腿像古往今来的天下的事情一样不断地分分合合，反复无常。为有源头活水来，源自她本人的大水汹涌而来又滚滚而去，甚至连她本人也时常被淹没在其中，致使她不得不用尽全身的力气奋力挣扎。她听见阵阵啪啪的拍击声使得无数个夜晚不得安宁，狗在河边叫着，人在黑暗中醒着。油腻腻的浑身脏污的山区的民间艺人身背着杏黄色的布袋，手握团团白线和木头拐杖，到处表演木偶戏，被操纵的皇帝和县官失魂落魄，满目灰尘。正月里大雪飞舞，山区的天气滴水成冰，那时，二人台小调正在北风和雪花中高亢而凄婉地唱着，尖细的嗓音经过红杨树和白杨树的层层过滤以后，又像寒冷的麻雀一样在漫天的雪花中不住地发抖。

于寡妇的紫红色的山区的土豆绕房子一周快乐地生长着，暗红色的纽扣顺着河水一直向南而去。西山上的锣鼓不停地敲着，辽阔的山区的房顶上，有人正在晾晒准备过冬的粮食和干菜，还有人在修葺被风雨毁坏了的黄泥的烟囱。在河东潮湿而大雾弥漫的地里，老表爷爷他老人家用苍茫的手指拨开一层一层的红杨树和白杨树朝南面干涸的河川里久久地眺望。

那些毛色杂乱的公鸡正在排着队回到河东。

也就在那时，谷麸爷爷你想起了那些曾经在河东的窑洞里居住过的大骨节病人，肺里不断地有水声哗哗地回荡着的病人，形销骨立的夜梦遗精者和身上没有什么明显的毛病却就是不敢见人的奇怪的家伙们，还有那些巨型的雪白的鱼肉。每到深夜，你便看到自己浑身花纹般的鱼鳞。你低声埋怨道，母亲，你把我弄成什么了，这辈子恐怕永远也没有好日子过了。

原载于《当代作家》一九八九年第四期

雨　季

雨季来临，他勉强梦见一个人正在回故乡的路上。

描述那张脸，他感到回忆里充满空洞的回声。时间就是书信，树总是站在墙外。

——题记

一

黄昏呈画面状出现在他们的视线里后，夏正站在一座废弃的炮台上，他醉心地浏览着一名在河边洗衣的女子。夏是一位诗人，他的经历源远流长，中间不知有多少年，从头至尾更不知道有多少年，以至于不知在多少年以后，他还在某一天中乘坐一辆红色的公共汽车重返他的故乡和家园。

看着那位素颜素衣的乡村女子，他轻声说道：

失我胭脂山，使我妇女无颜色。

最初他行走在一幅简洁而纯粹的原始画面中，纯净清新的遥远年代里的风光给他以视觉上的美丽和精神上的极大慰藉，但同时也将不可避免地增加他行走的难度和时日，从一个地方到另一个地方，少则半年，三五个月，多则一年甚至数年。

现在的天空里，只有一只黄颜色的鸟在缓慢而宁静地飞着。

他想起他动身之初，还有很多云雀在上面一路相随。一只瓦罐里的水在早晨来临之际轻轻荡漾，变得像一口井一样深不可测。

在那圆形的水面上，他看到一张脸，一张曾经沧海的脸。

在他漫长的记忆里，天空并非一直都晴朗如洗，更多的时候却是无限的混乱和太多的不确定，人世间的很多事情都能够对它造成影响和困扰，多多少少地改变着它的颜色甚至形状。从大地上升起来的喷射、涂抹，也常常使它失去本来的面目。不过，无论再大再坏的影响和困扰，那一切也都只是暂时的，用不了多久，它就会将那泼向它的一切全都轻轻抖落，重新恢复它最初的蔚蓝和晴朗。

很小的时候，他感到天空是一只青蓝的碗。

年轻的时候，他看见天空是一张充血的牛皮。

后来，他觉得天空是一张凌乱而不洁的床。

再后来，他越看越觉得天空如瓮，如一口倒扣下来的锅，所有的人都在锅里和锅下或急或缓地奔走，观望，狼奔豕突，麻木不仁。

他听说家家的锅底下都有黑。

他听说家家的锅里都满是油污。

他的记忆里一直夹杂着树叶和雨声。

大约有一个多月的时间，他始终在一个地方飘零，他在辨认踏上故园的方向。在他还没有找到正式的路途之前，一年中的雨季提前到来了。茫茫的雨季里，唯一可以聊以自慰的是，将有四至六个女人跟随在他的左右，与他同行。

在归乡的途中，他走进了那个漫长的雨季里，这使他的行程难以摆脱地蒙上了一层不无苍凉的色彩。可以想象，在那样的一个淫雨无度的季节里动身，延迟在途中，他的内心和外表都将不可避免地被雨水淋湿，包括他的衣服和目光，他也将不可避免地因受凉受潮而不断地咳嗽，昏沉，乃至高烧。

二

夜晚已经降临，四周安静如初。

黑夜把一切的道路都隐藏起来，包括宽阔的大路和各种小路。

他们滞留在一个圆形的车马店式的大院子里，有一些隐隐发白的东西呈放射状向四面八方伸出去。不久，他们意识到那些隐隐发白的东西即是路，但是它们呈放射状，昭示着一种明显的混乱和无限。

在一定的时间内，无限的路也就意味着没有路。

塔影稀疏，蟋蟀有声。

夏坐在黑暗中，对于那些如烟的往事，他已再无心去回想了，他的记忆里出现了一些平坦的空地，僻静而难忘。

“昙花，随我去问路。”

他突然满腹心事地站起来说道。

那时，其他的几个女人都已经入睡了，看不见她们的脸，因此也分不清谁是谁，只能看见她们猪猡一样地挤在一起，睡得昏天黑地，有的还互相压着。一个女人的脸上放着一只手，遮挡着她的眼睛，但是却不是她本人的手。

她本人的手正被另一个女人压在她的厚实的臀下。

夏领着那个叫昙花的女人，穿过旷野上的柳树枝和灌木丛，去打听归乡的路线。而在他们身后不远的地方其实就有房子，房子里亮着灯，还有人在说话，而他们却舍近求远费尽周折地去打听，去问路。

他和昙花从一些有着岩画的山前经过，昙花不像是在走，更像是在路上飘，感觉她明显地沉湎于某种有色彩的想象之中。

“那上面画的是什么？”

他在黑暗中问道，他的声音听起来非常苍老、嘶哑。

“是几匹骆驼，还有一个犁地的农夫。”

昙花忠实地回答说。

“哦，是犁地的农夫……他的头顶上是否还有炎炎的烈日？”他仿佛一个人在自言自语。

“没有烈日，”昙花说，“在农夫的脚下，只有一个瓦罐。”

“瓦罐。”他说。

接下去的时光更加毫无生气可言，他们行走的正是这样一种沉闷而无望的场景，他的无限悲伤暗合或者涂染了寂静的原野。昙花无声无息地走在他的一侧，她的视线里正充满了无数紫红色的灌木丛。她听见垂挂在他衣衫下面的一个黄色的东西发出了一阵叮叮咚咚的不能说不悦耳的金属的声响。最初，她曾以为是远处有驼队正在经过，清脆的铃声随风而来。

他很早就知道在一座城池的护城河边耸立着高大巍峨的墙壁，而眼前的旷野里没有一道墙，看不见人的姿态甚至影子，看不见炊烟升起的迹象。

跟随他出来的女人应该是五个，不过也有可能是四个或六个，在已逝的无限漫长的生涯中，他对于数字的感觉或记忆已远非从前了。不过，即使是所谓的从前，也并不是那么清晰透明的，从前的时日里，他也常常会被突如其来地绊倒在数字的泥淖中，深陷其中，不能自拔，有时甚至有灭顶之感。一个叫藻的女人就曾经这样说过，从前？从前也扯淡。他笑着，任由她们取笑，品头论足，各抒己见，甚至胡作非为。诋毁，嘲弄，称赞，指责，甚至含沙射影，暗度陈仓地指鹿为马，南辕北辙，所有的这一切，在他看来全都一样，是一回事，一个意思。在微风轻拂的春日之夜，他经常也能心情很好地回想起她们的名字以及一些与此相关的事情，有些事情不免令人唏嘘，也有的事情足够有趣。那些名字依稀有昙花，藻，甘露，应该还有一些，他一下想不起来了。在一种远距离的背景中，他有时能望见这些名字各自显露出的风韵和姿态。在他不回忆她们的时候，她们就全部消失了，仿佛这世上从来就没有过这些名字，从来就没有过与这些名字相对应的那几个人。

昙花是谁？有时候她明明就站在他的身边，他却茫然四顾，还在苦苦地找她。他不知道她去了哪里，为什么还不回来。

他想起了夜晚里的一些红色的草垛，草垛上面的天空里浮着稀疏的星斗。早些年的时候，他也曾天真地以为天上的那些星斗，一定暗暗地对应着地上的某些人。后来，他就不再那么看了，他相信那不是真的，也相信谁都愚昧过。相互之间的悬殊固然是一个问题，但是实在是没有哪怕是一丝一毫一点点的共同之处，完全就是两回事。

原野寂静如初。

天空像一只青蓝的碗。

有一瞬间，他像是又回到了从前，回到了很小的时候，他正在家乡的原野上奔跑，天空像一只青蓝的碗，柔软的树枝像是包括母亲和姐姐在内的家乡女人们的头发。

三

那时，一座曾经苦心营造起来的房子出现在他们的面前，尽管在不久之后它便悄然坍塌，成为大地上的又一处废墟。

那座房子是昙花首先发现的。走着走着，昙花忽然说道：

“那边有一间房，像是一个途中的驿站。”

他注意到昙花的雪白的面孔和紫红色的唇，她的躯体散发着很重的女人的气息，即使让她穿上男装，甚至披挂上金属的铠甲，也仍然难以掩饰住她的那种不可遏制不可阻挡的天生的红粉佳人的丽质。他记得，有时候她会把她的头发藏起来，然后绿莹莹地出现在他的面前。最可怕的是冬天，大雪纷飞，朔风怒号，她忽然绿莹莹地站在他的面前。

他说是昙花吗?

她说不是。

那时，那座曾经被苦心经营起来的房子出现在他们的视线里，那房子在以后再想起来的时候，多多少少有一些虚构的意味。这间由青蓝色的砖瓦和木头建造起来的房子很是精致，没有泥土和石头，走进去，像是到了一片繁星满天的原野上。

最先看见的时候，他注意到那里面泄露出一种蓝白的光。

这件事的背景之一便是这座房子在不久之后的一场大雾中彻底消失了，有关的象征意义和那些没有来得及详细展开的部分也都很快随风而去。就像人世间另外的许多事情一样，爱情，还没有正式开始，就已经早早地结束了；生命的花朵，还没有打开哪怕是一丝细小的缝隙，便已经提前在萌芽中死去了。

一切稍微好一点的东西都是短命的，易碎的，短到令人猝不及防，脆弱到令人无法直视，只有痛苦和丑恶长存，永生永世。

穿过一片废弃的旧河滩，他们来到那座房子的前面，房后是一条寂静的公路，一切的痕迹都没有。这条寂寞安静的公路的某一段、某一截，其苍白的颜色，其接近于无望的期待，与呈现在雨季里的某些女性的躯体有着诸多相似之处。

当夏和昙花掀起挂在门上的一张灰绿色的毯子以后，他们看见房子里亮着一盏昏黄的马灯，一个十分苍老的衣衫不整的老头正面对着一副凌乱的棋局出神。

竟然是一盏马灯，竟然是一盏光线昏黄的马灯！为什么从外面看上去，屋里的灯光又是蓝白色的呢？

他们进来之前，一队卒子已在界河的两岸消失，音讯皆无。

此时，炮声已渐渐稀疏，马蹄声越来越碎裂，寥落，号角也已不再能够吹响，死亡的消息不断地从河对岸传来。

一场败局，一场无可挽回的惨败之局。夏想道。

只是，由于老头是一个人在下棋，一个人在操纵着敌对双方，所以根本看不出孰是孰非，谁胜谁负，只能从棋子的颜色上进行区分和辨认。

旌旗蔽日，枯枝遍野，败局已然无法扭转，但是老头似乎并没有得到有关的消息，仍然面对着凌乱而风声鹤唳的原野出神。没有人来向他报告前方的战事，致使他常有坐井观天之感，以至于他不得不亲自把手伸向具体的某一个连队，甚至小组。

夏朝昙花示意了一下，昙花便站到了老头的对面，也就在那时，昙花隐隐地听见从后面的一个简易的山谷里传来了号角的吹奏之声。

“过河难，过萍水河尤难。”老头抚首长叹道。

时间消逝，交战的双方都已各自老去。老头回忆起彼时的天空和大地，天空如血，地上白骨如架。

昙花的一只手在傍晚宁静的棋局上缓缓游走。最初，夏注意到老头的鼻子抽动了一下，很显然是多年来一直隐匿、寄居在老头身上的某种记忆被昙花如花的步履和满身浓郁的脂粉气给唤醒了，掘动了，老头的眼前出现了一片生机勃勃的原野，绿草如茵，鲜花怒放。老头的目光从尸横遍野的骸山上移开，在昙花和夏的身上游荡了一阵。那纷纷射过来的箭矢正中她的隐秘和要害，昙花感到老头在她的身上停留的时间更长一些，有数年之久。在已逝的若干个夜晚里，她曾先后走过一些颠倒后的符号之城，城墙上月光如水，更声交替。在其中的一道爬满青苔的城墙上，她曾看到有熟人的面孔出现。

夏凝神望着手执将帅的老头，老头的脸上至少有数万条褶皱。面对那些纷乱的山川般的气象，他感到时光如刀，从天命，尽人事，也并非一条坦途。

昙花告诉老头说他们要去萍水山。

老头说一看你们就是外乡人，萍水山不过是多少年以前的一个故事而已，要说完全没有一点儿影，好像也不对，它大概的方向可能就是现在的萍水城。

夏说，那里是我的故土，我现在是落叶归根了。

老头问他们是不是要乘车。

夏说是的，他们想乘车，这也是他多年来的一个愿望，他希望能早日回到萍水山。

老头说，每天晨雾过后，将有运送蔬菜和水果的车从这房后经过。

昙花说，难道没有人乘坐的？

老头说，也有。

夏说，我是萍水山周家的游子。

他的话充满追寻与回忆。

老头说，周武郑王，好多人都死了。修房后的这条公路的时候，又死了一堆，有不少都埋在公路的两旁，后面的小树林子里也有。

老头缓缓地说着，时光仿佛又停止不动了。

四

这天更晚一些的时候，一只看不清形状和模样的夜鸟扇动着类似绸缎般的翅膀，从他们的耳边噗噗地飞过。

夜已经深了，他们告别了枯树般的老头，离开了那里。

那条灰色的公路就隐卧在他们的身后，仿佛他们不久前扔掉的一根带子。他换了一个方向再看那条路，又看到了一段与女性躯体相似的苍白。

他想起有一天他从外面回去，昙花正在屋里睡着，展现在他眼前的就是那样的一段傍晚时分的公路的苍白。

旷野里的空气略有一些潮湿，风从远处的山上下来，一遍一遍地从那些石头和草木上吹过。穿过来时的那片旧河滩以后，他停住了脚步。

他想起那个老头曾经说过好像有车票要给他们，但是他们都疏忽了，刚一进去，就被老头的那一场看不到任何意义的“战事”拖了进去，险些陷在其中没有出来。现在，来到微湿的旷野上，风一吹，他的头脑顿时清醒了不少。

他对昙花说起这事，并让她去把车票取回来。

昙花听完他的话以后就转身走了。

昙花其实也有着很多女人共有的那种朝秦暮楚的习性，这一点他十分明白。所以，在昙花离去后的这段时间里，他怀着一种无悲无喜的无名心情，平静地打量着昙花与他之间的那段荒草丛生的距离。

过了不久之后，昙花回来了。当昙花出现在河滩上的时候，他想起了少年时代的一只白色的蝴蝶正远远地向他飞来。

昙花告诉他说她没有找到先前的那个老头，老头可能是出去巡路，也可能是去干别的什么，总之，老头不在屋里了，只剩下那副残缺不全的棋。昙花在屋里等了一会儿，老头始终没有回来。后来，昙花就开始到处找，仔细搜寻。终于，昙花在老头睡觉的一张狗皮褥子下翻出了五张车票。

昙花对他说，她把车票拿出来以后，又把钱放进去了。

他说好。

他接过车票，不无心疼地看了昙花一眼，他看见昙花身上的衣服上出现了很多如山岭般的褶皱，像树木般的年轮，到处都无不呈现出一种殊死搏斗、劫后余生的景象。在昙花的胸前，像是一片被飞奔的马蹄或车轮践踏过的田野。

他们只有五张车票，可眼下他们同行的至少有六个人，或许还是七个，这样看来，总得有一两个人被丢下才行，总有人到时候上不了车。

他注视着辽阔的旷野对昙花说道。

听他这样说，昙花吃了一惊。昙花也说，她不知道到时候谁会被剩下，她一点儿也不知道将要被剩下的是谁。

昙花之所以感到吃惊，是因为在她拿到那几张车票以后，并没有多想，更没有意识到这个问题，她当时只以为一切都妥了，甚至可以说万事大吉了。他对昙花说，女人们大都这样，从来都不管因果，也不关心开头和结尾，只注意只关心中间的那一小段、那一小部分。一旦那一小段、那一小部分稍有晃动甚至坍塌，她们就会觉得顿失依靠或庇护，更会有遇人不淑、上当受骗之感。这也就是她们经常动不动就会伤心，动不动就泪流不止的原因。

我真的不知道谁会被剩下。昙花说。

谁也不知道。他说。

昙花说，连你也不知道？

他说，那当然，凭什么我就能知道？

他这样说的时候，他的目光还在很远处漂泊。他看见黑暗的路上有人夹着雨伞正在行走，很难说是要远走天涯，还是正在回归故里。

夜里，他们全部安歇以后，他凭借着天空里的惨淡的星光，一遍又一遍地观看着那几张车票。每一张车票上都印着两道红色的杠，还有一个红色的箭头。他初步估计那两道红杠可能是象征一种道路，又单方面地理解为暗示一种归宿。

暗示赫然印在上面，但是能否理解，却又是具体的每一个人的事，不同的人，定然会得到无数迥异的过程与结果。

他平静地躺着。那时候，他感到身后的藻正像母亲一样抱着他。藻是一个年岁十分模糊的美丽女人，她第一次出现，是在他即将成人的那个夏天，她手一挥，他的少年时代便永远地结束了。他看到天空充血，黎明降临，大地焕然一新。

旷野里红色的花朵开了，碗大的花朵，张开的嘴一样的花朵，星星般的花朵，一种轻轻的歌声从很远的地方飘了过来。

黎明的时候，他们上路了。

上路的时候，他们就都彻底想通了，所谓的同行，不过就是经常能互相看见，不过就是一种表面的形式。

一个叫王荡的女人被剩下了。

这是他们走了很久以后才猛然发现的。夏那时一点也想不起这个叫王荡的女人的具体的容貌，甚至连她的大概的模样和身高也完全没有印象，仅有的只是一个十分抽象的概念，仅仅知道有那么一个人，但是具体是谁，却又完全说不上来。

他问昙花，谁是王荡？

昙花也像是被一下问住了，很是想了一会儿，看得出她也是在努力地回忆，拼命地打捞，想把那个叫王荡的女人给完整地打捞上来。

穿过那片废弃的旧河滩以后，他们就看见那条灰白色的公路了。那天早晨，他们就站在那条公路的一侧。

公路边的那座房子不见了。

最先发现那房子不见了的是昙花，不过也只能是昙花，因为除了昙花和他，其他的人谁都没有见过，更没有进去过，而昙花曾经两次走进那同一间房子里。没想到平时粗心惯了的昙花，也有她心细的时候，她随着众人一来到公路边，便发现那座房子不见了。

消逝后的房子，连一点点遗址也没有留下。他那天只看见公路边有一处缓坡，几个面目模糊的人正燃起一堆火，围成一个圈子烤火。

他看见身边的几个女人骚动了一下，随后，那辆红色的汽车便已经在灰白色公路的尽头出现了。令人感到不安的是，它看上去像是一口巨大的棺材，从迎着它驶来的正面的方向看，尤其像。其实，当它后来停止在他们的旁边时，从侧面看也仍然酷似。

五

那是一辆遍体红色的汽车，长方形的车身上几乎没有一丝杂色，只有几个蓝字，汽车的颜色是民间常见的那种与亡灵一起远去的木器的颜色。

虽然汽车很缓慢地在灰白色的公路上停下了，但还是不可避免地发出了一种情不自禁的刺耳的尖叫声。开车的司机很早就看到他了，他一直举着一把车票站在灰白色的公路边，司机那时还看到了他身边的另外五六个女人和他手里的那一把车票。

早在汽车刚一出现在公路尽头的时候，眼尖的司机便远远地望见了在正前方的一个多年以前的浪子的身影。

哗啦一声，红色的车门打开了。

他们都吓了一跳，他们听到了一大堆汽车零件纷纷坠落和四散逃窜的声音，仔细看时，却又并没有什么零件掉下来，只有一种黑色的液体在滴答着。在他们上车的时候，一阵浓烈的红油漆的气味和刚锯开的木头的气味向他们迎面扑来。

我又闻到那种东西了，他想。

这么多年过来，没有人知道他的心里还盛着什么，又清除掉了什么，这样的事，有时候甚至连他本人也并不是十分的清楚，日常反应在他心里的只是一种轻重缓急的程度，不过那也足以能说明一些问题了。

有很多的人和事在他的心里明显轻了、缓了，轻到虚无，轻到没有颜色，没有形状，不具有丝毫的一克半两的模样和重量，而缓则缓期到无限。

昙花很快就倒在公路上了。

他和藻和另外的两个女人把昙花从车门下扶起来以后，昙花已经清醒了，此时她却再也不肯上车了。她告诉他们说汽车上有几具尸体，早在她当初第一个站在车门口的时候，便清清楚楚地看到了。

那时候，车上的司机正将一颗有些过度饱满的头从座位边上的窗户里探出来，司机一边抽着烟，一边饶有兴趣地打量着车下的几个女人。面对车下的那几个鲜艳的女人，司机显得有些不安，激动之情难以言状，更难以抑制，表现出一种几近赤裸的欲望。他的几根手指跃跃欲试，闪烁不定地晃动着。他剃着一个十分光亮的头，很近似于一个中年的僧人。他的脸上飘溢着一种灿烂的油汁，肥肉呈波纹状，清晰可触。也正是基于此，当夏看到窗户上探出来的这张油汁四溅的脸时，他并没有意识到那是一张脸，更没有想到那会是一张人脸，他以为是车上某一位客人回乡时随身带着的一个扁圆的南瓜或者一条古铜色的火腿。

那天早上，昙花说了很多的话，大家都没有记住，只有汽车司机记住了一句比较重要的在他本人看来够得上挑衅也够得上罪恶的话。当汽车司机听到昙花说车里有几具尸体的时候，司机就感到十分愤怒，他再也不在乎她们的美貌和魅惑了，他再也不需要在她们的面前人模狗样地假装文明、温和和宽厚了，他从座位上的窗口上挥动着他的火腿般的大手，厉声地让他们赶紧下车，他不拉他们。

夏走上车后发现车上的座位已被人占去了许多，只留下所剩无几的几个座位了，车上并没有看到一具尸体。哪里有尸体，这不全是人吗。夏怀着这样的一种心情又仔细看了两遍，确定无疑后，他便让那几个女人都坐了下来。

司机气狠狠地关了门，汽车发出一阵令人耳聋的轰鸣声，又尖叫了一声以后，便在灰白色的公路上跑了起来。

一些带有颓败色彩的久远年代里的烽火台不时地出现在两边光秃秃的山冈上，褐黄色的外表上布满了无数大小不一的洞口，在它的顶端，荒草林立，鸟声不绝。

将夏从无边的回忆和凌乱的思绪中唤回到现实中来的，是昙花的一根苍白的手指，昙花用她的那根潮湿而又有些麻木的手指捅了捅夏的胸前，夏的回忆和忧思便永远地结束了。夏像是刚刚从一个梦里醒来，表情呆傻而又麻木地看着昙花。昙花面有难色地告诉他说她的身上已经完全湿透了，波及衣服，从里到外，湿淋淋的遭遇使她不禁想放声大哭一场。

她边说边抬起一条湿漉漉的腿。

其实就在这期间，藻和另外的两个女人也发生了同样的事情，她们的身上和衣服也早已从里到外全都湿透了。

那时他忽然感到他的胸前布满了一片泥泞的沼泽，又似有一条大河正在平缓地流淌，空气阴冷而潮湿。昙花把她的那条腿抬起来以后，他看见一种暗红色的水浆正一滴一滴地从昙花的裤筒里滴出来，很快，又有清水眼泪般地流出来。

六

其实，早在晨雾弥漫，他们还没有上车之前，除了那个司机，车上的其他人都已经浑身湿透了。

后来他问昙花，为什么司机的身上没有水？昙花想了一会儿后说，因为司机那个人本身就是一坨油，水对他不起作用，无论多大的水，到了他的身上都会挂不住，无法停留。你能在一坨油上面倒水吗？你倒一点我看看？昙花说。

那辆红色的汽车最初是从一个水汪汪的城市里开出来的。城市的郊区，或者说边缘部分，是一个曾经有名的水果之乡。

眼下，大量的水果正在腐烂，空气里到处都是发酵后的醉醺醺的气味和挥之不去的霉味，无论在车上还是在车下，那种气味一直都在紧紧地伴随着他们。当然，与此同时也伴随着所有的人，不断地能看到那些戴着口罩的自以为清洁的男人和女人，他们像特务一样，匆匆地从一些街角或有树木的墙外走过。

夏的目光从车上的每一个位置上轻轻掠过，他看到几乎每一个车座下都堆放着湿漉漉的麦秸和柴草。在其中的一个座位下，一个农民携带的牛毛口袋里装着葫芦和几个还带着金黄叶片的向日葵，向日葵的头是被活活地拧下来的，上面还带着一截长长的柄。现在，两根绿色的茎柄从牛毛口袋里伸出来，像是座位下的两只哭喊着的手。

靠窗口的一个退休工人模样的人，他的座位下放着一副水汪汪的猪下水，粉红色的猪肠子和紫红色的肝肺上布满了无数白色的斑点，上面还有泥水和柴草。颜色灰暗的猪肚子，无论怎么看，都像极了一堆用旧以后的洗脸毛巾。

夏的面前坐在一个戴着白色眼镜的人，他的头发和衣服都湿淋淋的，像是刚从水里爬出来。夏看到他的时候，他正戴着一副耳机，不知是在听音乐还是在读外语。

他到萍水城大约是去见什么人，也有可能是去考试。

夏这样想着，便注意到那个人的背后，泥水形成了一种绚丽多姿的地图般的画面，有如儿童时期的任性的梦幻或涂抹。

需要补充的一点是，上路之前，他们带了一条被子。此刻，由于过度的潮湿和寒冷，四个平时互相设防互相猜忌的女人，已经什么都不顾了，一同挤在那张粉红色的被子里，尽管被子的所有边沿也都已经湿透了。

看着她们亲如姐妹，互不嫌弃，亲如一家人地挤在同一张被子里，夏又一次感受到了自然的力量，天地之间，只有自然，唯有自然，可能才具有这种真正的力量。而所谓的语言，所谓的行动，现在看起来竟都是那样的苍白无力，即使是再潮湿再灿烂再掏心掏肺的语言，即使是再巨大再无穷再摧枯拉朽的行动，也很难让她们这些天生的对手或敌人自动地挤成一团。不错，你可以把她们的身体捆到一起，但是却永远无法把她们各自的心串成一串。

但是现在，自然做到了。

自然其实并没有做什么，只是她们遇到了极度潮湿的一天。

夏把目光转向窗外，看到他的视线里晃动着一名十分虚幻的僧人。

七

踏着湿漉漉的麦秸和树叶，她看到了那一排倒塌以后的猪圈，凌乱地堆积在一起的砖头和石块像是一副冷清的骨牌，先前坐在桌边的人已经走远。

紫褐色的树干上果实累累，丰硕而鲜艳，叮当作响。

树下的正在腐烂，树上的仍在继续生长。

水口，这个有名的水果之乡，已很少有人再记得，她仰卧在灰蒙蒙的雨季里，安静得像一个久远的梦。

她看到邻居家的两个男人正在为她修理猪栏，他们互不说话，中间像是隔着千山万水。她站在一个土丘上，把自己身上的比较重要的常被人观赏甚至触及的一些部分呈现在两个男人的眼前，让他们在劳动之余尽情地浏览、观赏。根据有生以来一贯的经验，她以为这世上所有的男人都喜欢观赏女人，都有兴趣在她们的身边团团转。

经验害死人。

那两个男人，他们的腿插在阴冷的泥水之中，如几根木头桩子。他们很少抬头，偶尔抬一下，也是在仰望空中，观察一下天气。

淫雨中，凡是有土的地方都呈现出一种红砖红瓦的印象，到处都一派通红。要是没有眼前这绵绵淫雨的压制和转移，一切或许还会更加通红。

河岸边的树枝柔软地垂挂在水面上，仿佛女人的头发。她想，是那种天生不安分女人的头发。在水边洗头，洗，最多在其中占到三成。

人在这样想问题的时候，往往首先就把自己先排除出去了。

这样才能说别人。

红色的辽阔背景，使她仿佛置身于一个古老的神话故事之中。她站在那个红色的土丘上，有一种刚从天庭归来的感觉。

猪栏砌到一半的时候，她听到四周传来一阵十分柔软的歌声，轻声细语般的歌声里，大水轻轻荡漾，她看到水面上出现了一些枯枝般的胳膊和肉色的腿，此外，还有一些黑色的头发，在水面上飘起又落下。

午后，踏着满地霉湿的柴草和黑色的落叶，她向水边走去。此前，猪栏的后半部分已经封顶。她送了一壶酒给他们，但是他们说干活儿的时候从不饮酒，吃午饭的时候也不碰酒，只有等到晚上月亮出来，或者大地一片黑暗的时候，才会喝一点。

天空里堆积着许多青灰色的东西。

河对岸草丛里的那幅清晰而久远的画面消失了，一男一女两个人消失了。客死异乡，不肖的子孙踪迹难觅。河对岸空荡而寂静，只剩下一幅固定的原始的背景，一段依稀的往事。

八

支撑着节日风俗的是十几条老式的板凳和一些乌黑的桌子。

饮食男女。

灰色的鸭掌划动着清澈的河水，划动在处于节日中的人们的记忆之外。人们的笑声如火星四溅，醉眼在村外的大道上流连忘返。

那只灰色的鸭子从早晨一开始就浮在河边的水里了，从此以后，它再没有动过，大雾笼罩着它的去向。有人说它在节日的背后嘎嘎地叫着，悲愤而又孤绝地划动着满河貌似清澈，实则污秽不堪的水，但大部分的人都没有看见。

晨雾渐渐散去。

洗衣的女子早已不知去向，河边只留下一只淡黄色的竹篮。

隔着一片泥泞斑驳的村庄，他们却仍能十分清晰地望见它青灰色的外表上带着许多白色的雨点般的花斑，它的目光垂落在岸边的矮树丛上，不过，也有可能是在那一垛又一垛的红色的砖垛上。从那些矮树丛的下面，不断地有黑色的尖头尖嘴的老鼠跑进跑出，每一只的长度都在半尺以上。在距离矮树丛稍远一些的地方，是村中离河最近的那些房屋，颜色灰暗的窗户上镶嵌着菱形的和长方形的窗棂。

再往后，村中的房屋高低起伏，状如晾晒在天空下的茅草和石板。

河面上一片平静。

那只鸭子显然也看见了正在向它走来的这个女人了，她的身上弥漫着雨季里的某种气息。她来到岸边以后，水中的鸭子叫了两声，也许并不是朝她叫的，但是在她看来，那像是一名信使的微笑。

他们远远地望见那只鸭子缓慢而平静地在水面上向远处的一片树丛里游去，远去的鸭子如同一只灰色的皮帽子浮动在水面上。

后来，当水面上响起了亲切的呼唤童年的乡音之后，他们看到了那片红色的血迹，以及遗留在血泊中的两只腰子。

“这是他的小命，他浪迹天涯，他已客死异乡了。”

“我听见了，他在水里的时候，还有温热的歌声从衣袖上飘起来。”

午后，这是一段空白的时期，更像是一些不易出行的日子，河岸边已经没有一个人了，只有一些稀疏的树枝垂挂在水中。

一段红色的背景里，到处丢散着潮湿的柴草。雨季中的农舍错落有致，枣树和柳树划地而生，从屋后的空地上一直延伸到远处，年久的墙头上爬满了墨绿色的青苔。

九

那辆红色的汽车从一些寂静无声的村庄外经过，沿途是忽明忽暗的旷野和玻璃般的水沟。村庄前的磨坊、鸡舍、菜地和歪斜的院落依次从两边闪过。

夏在颠簸和摇晃中进入昏昏沉沉的半睡眠状态中，焦虑和失望时时都在磨蚀着他的心，不动声色地删节着他的一些尾数，明知一些事情已经结束，却仍装作一切都刚刚开始的样子。

记忆中的原野上山花烂漫，河水清澈如镜，古老的牛羊在低矮的民间缓缓浮动，世代衍生，经久不息。那些浮动在村庄上空的是云，也可能不是云，是安详的乡村情绪，是温热而缥缈的民间愿望。

紧闭在雨季里的门潮湿而沉重，木头的颜色和气味已失去最初的芳香，变得像他们的过往，以黑色为主，以老朽和风化为唯一的形式，间或还裹挟着一些缭乱的杂色和杂毛般的内容。一些事情结束了，另一些貌似还在进行，却只代表一种无奈的留守和怀想，沉闷无声地笼罩在烟水苍茫的雨季里。

午后，他的记忆里出现了一线蔚蓝色的晴空。

像一个人微微地睁开眼睛，见到的第一眼印象；像一道伤口，却没有血迹，不污浊，不疼痛，反倒更像是一个洁净，明亮，令人无限神往的目的地。

红草城，这座他生命中的黑暗之城，终于在无尽的焦虑和苦思冥想之后以她古老的身姿出现了。站在那不知见识过多少人事的极尽沧桑的城门口的外面，能清楚地望见浮动在红草城上空的绿色的云彩和黑黄两种颜色的飞鸟。

汽车随着郊外挑担子的和推车的农民慢慢地进入城中。

每走一步，他都能听到一阵嘶喊，他把那嘶喊理解为是过去岁月里那些芸芸的冤魂，有本地的人，也有客死在本地的外乡人。

这是一座青砖浮动的城。随着岁月的流逝，作为城中主要象征的红草早在多年以前就已经完全绝迹了，城中看不到一棵红草。城内的居民也早已将这种象征遗忘得干干净净。青色的房屋和街道，青色的店铺和胡同，城墙上青砖的垛口依稀可辨。

红草城内呈现出一种太平年间的怡然景象，百业不凋，人丁兴旺，街上的行人轻声细语，步履缓缓地走过青色的水果店，走过同样青色的肉店和牙科诊所。老式的作坊里木槌叮咚，圆形的闪着幽光的铁砧上火星四溅，巨型的大瓮和木桶里飘散出阵阵酒香和醋香。师范学校的后面是米店和花园。师范学校里敲钟的老校工很有钱，却时常穿着一身发白的旧衣裳，每周吃两只鸡，以白斩为主，很少红烧，不想把香气扩散得到处都是。没人的时候，常常一个人小声哼唱沪剧或越剧，据说在老家有一座米黄色的房子。每个月的初三，天完全黑透以后，戴上一顶蓝色的帽子，换上一身深色的衣服，去位于城南的“黄老庄”参茸店购买人参。牛鞭和羊鞭则从进城的农民手里购买，后来逐渐固定向一个人购买。

师范学校高大的青色围墙下面，常有戴眼镜的女老师在散步，徘徊。

满街的店铺宛如密集的抽屉。

午后，红草城的街上出现了五六个衣着鲜艳华贵的女人，她们撑着三四把杏黄色的雨伞，旁若无人地走着，在雨季里的大街上招摇过市，徐徐而行。年轻漂亮的女人们众星捧月般地簇拥着一位六十开外的身材高大的女人，她的老年的肌肤被厚厚的脂粉严严实实地覆盖着，她的头发一片乌黑，如同浓墨重彩。她在杏黄色的伞下闭目养神，又像是在漫不经心地凭栏远眺，远看如同一匹高大的白色母马。

这一群女人，走在街上，如入无人之境。

夏听见他旁边的昙花发出了一阵低沉暗哑的近似窒息般的声音，昙花的面容因过度的激动不安而显得十分陌生，遥远。

“没想到她竟然还活着……”昙花声音急促地说，“三十多年前我便见过她，她还是那么漂亮，迷人。”

“是谁?”他问道。

“走在伞下面的，那个年老的，三十多年前，人们都叫她姁。”望着那一群鲜艳华丽的脂粉，昙花似在回忆昔日的景象。

姁的突然出现，使他记忆中的时间的顺序变得混乱起来，他怀疑某些时候时光也有倒流的情况，不是晃动，也不像是水满后的溢出，就是一种突然的回溯。时光无边无际，重复幻化，令人迷惑又难以置信。

“我终于又见到姁了，我一看见她的时候，既有仇恨，又感到无限的荣幸。”

昙花说。

“我以为自那年月圆之后再也不可能看到她了，我做梦也没有想到在这样的地方又能重新见到她……天呐！她真让人迷惑不解。”

昙花说。

他闻到一种微微的酒气，昙花的言语不断地重复，中间夹杂着深深的醉意。有一瞬间，他觉得昙花更像是一名多年以前他从荒草丛中无意中救起的女子。可是，他是因为什么才路过那里，他已完全不再记得。

午后的红草城在他的视线里呈现出一种似曾熟悉的景象。回忆如烟的往事，他感到时间千头万绪，在峥嵘中常见狰狞。

不久之后，那一群打着杏黄色雨伞的女人便在雨季里的大街上完全消失了，消失得干干净净，没有看见她们去往任何地方，忽然就不见了，没有留下丝毫的踪迹和印象。一个昏头昏脑的女人说，好像看见地上开了一扇门，她们就全部走进去了。这样的说法立即招来一阵鄙夷和打击，说胡话的女人伸手抹了一把脸上的雨水，不再开口。

街上的雨水清如明镜。在那灰白的接近于半透明的雨季里，往事与现实的距离忽长忽短，城中的居民四肢简陋，前程漆黑如墨。

他和他身边的几个女人与其他的行人一起在雨季里的大街上踽踽而行，在一家戏园子的前面，张贴着蓝、绿和粉红色三种颜色的海报。他怀着那种不可名状的心情，远远地眺望那座背景苍凉的旧日的城门，他身边的女人个个怨声载道，心灰意冷。

忽然，一家药铺里的一个年轻的伙计戴着一顶雪白的帽子，像是从戏台的一侧匆匆上场，来到他们的面前，叫住了他们。

由于帽子的映衬和对比，他看见这个年轻的伙计面孔微黄，牙齿发黑，阵阵浓郁的硫黄和油漆的气息不断地从他的身上散往四周，一个从旁边路过的打着一把花伞的女人用手帕捂着鼻子和嘴，快速地走过。

年轻的伙计有些势单力薄地站在他们的面前，裤筒里面空洞而飘忽不定。那时，他有一种感觉，觉得眼前这个年轻人是一个失去了双腿的人。

十

三天前的午后，“益寿堂”药店里的老板娘死于一种平安宁静的气氛中，外面阴雨连绵，而他们这个后院里却一派和风细雨。其时，天空里也飘浮着一片一片的绿云，有的如树叶甚至丝线般纤细，碧绿。

药铺的掌柜的对那天的天空里的变幻情况还有些记忆，甚至对四周原野上的景色和城内的气氛也大致记得。问其原因，掌柜的说他当时正从一个名叫黑木栏的地方出诊回来，一个人走得无趣，便四处张望，这才看到了城内城外的情况。这样，在听完药铺掌柜的不无详细的描述以后，夏就对那天所有的情形和景象有了一种初步的但却是总体上的印象。他看着药铺掌柜的一根手指，发现它黄得惊人。

然而，一个比较突出的印象是，不知是出于何种目的，“益寿堂”的掌柜的在回忆和叙述的过程中，对原有的真实的现象进行了某种个人的隐匿和歪曲，那中间有随意的夸大，有刻意的缩小，有掐头去尾，断章取义的藏匿，也有不顾事实的浑说。要知道，一件事情，或者一种现象，这样的一些说辞一旦建立起来，其后的混淆是非，甚至颠倒黑白，也就等于形成了，这会让人坠入到另一场云雾中去。比如，他把“一片一片的绿云”说成是“满天的黄云滚滚如烟，又像是千里麦浪”；把附近城墙上的“青砖的垛口”，说成是“几个橘红色的人”；把婚丧事务中的唢呐之声，说成是“萍水城内传出来的嘹亮而又安详的鸡鸣之声”。

基于以上的情况，他觉得不吐不快，于是便对那天的各种真实的情景一一地向“益寿堂”掌柜的作了补充和修正。药铺掌柜的听完后，先是感到无比惊异，张得很大的嘴半天合不上。其后，又表示极大的认同和欣慰。说自己被突然降临的丧事弄昏了头，这会儿，连自己姓什么，祖上是何方人氏，恐怕也未必记得了。

晚饭是在一种苍凉的唢呐声中开始进行的。

傍晚的天气有些回黄转绿，他看见药铺掌柜的雇来的一班吹鼓手已如期而至，十几个盲眼人像一排黑色的纽扣一样倚墙而坐，面东吹奏。西山墙上的光线已经十分黯淡，露出原始的青砖底子。正厅里面停放着药铺老板娘的那口红色的棺材。面对这棺材，他不由得想起了一路上的那辆红色的汽车。除他以外，他身边的那几个女人也都一同沉浸在那种类似的红色的记忆之中。

暮色如一幅稀疏的铅笔画。

晚饭吃得乒乒乓乓，牙齿咬碎了宁静的暮色。在整个吃饭的过程中，不时听到有白竹木的筷子和红油漆的筷子先后掉落到地上的声响。有人说话，但是声音不高，丝毫不影响他人进食。温暖而粗粝的民间饮食里常有白色的气流飘出，这暗示一种丰收在望的田野景象，作为新鲜的粮食和蔬菜的感人至深的象征。

在他们吃饭的过程中，焦黄的谷糠和荞麦的壳一直在大门口熊熊燃烧着，升起来的阵阵青烟呛人肺腑，上到半空后又被雨淋湿。

屋顶上的瓦一片铅灰，平静如水。

屋顶上还稀稀拉拉地栖息着一些静止不动的灰褐色的麻雀。

这个细节是药铺掌柜的记忆中无法看到的。药铺掌柜的曾经在三天前听到过一阵叽叽喳喳的鸟啼声以及一阵翅膀的有力的扇动声，但是他并没有又无法将这种现象摄入他的视线之内。在药铺掌柜的后来的岁月中，他命里的一些洞穴空洞而荒芜，鸟居住在四周，洞内布满了灰尘，还有杂草和牛粪，堆积如山的药渣以及动物的干尸和几件婴儿的服饰。

青山依旧，青砖的垛口却早已模糊不清。

群鸟飞临昔日的家园，谷仓上蒙着一张牛皮，金黄而粗糙。

十一

他所面对的地理环境逐日生疏，命运的弯道越岔越远，分段也越来越陌生，已使他再也无法回归于最初的山水之间。

晚饭进行到尾声的时候，药铺外面的街上传来了一阵木头滚动的声音，抬木头的声音低远而嘶哑，无比吃力，仿佛远在几个世纪之前。

他放下手里的一双红油漆的筷子，平静地注视着黑色桌面上的已冷却的油水和食物，他感到药铺掌柜的两条腿撑在如铅的暮色中，有如一双筷子。

一些人还在吃。

白色的眼珠子无声而艰难地一圈一圈地转动着，脸上的青筋微弱而无力。红草城城墙外面的护城河里缓慢而宁静地流淌着绿色的时间之水，记忆的原野上露珠芬芳，空气清新。圆形的木头被勤劳的人们抬来抬去，却始终找不到可以放下的理想地方。黑木耳从古老的手指间冒昧而出，城外的大道上空寂无人，落叶纷纷。

“益寿堂”药铺的掌柜的告诉夏说，他听到一些岁月有如动物的下水，远远地散发着很重的民间气息。

过去的放养、种植的农事活动停止了，但有的铁匠铺里还传出叮叮当当的锻打农具和弓箭的声响。染布为生的人在低矮的屋檐下抱头而卧，冥思苦想。晾晒在竹竿上的布匹迎风招展，哗哗作响。

四季里的内容空洞而单调，少有什么正经事。

七月里的一个黄昏，朱红色的寺庙中升起了简洁而垂直的阵阵青烟，山门与红树依稀可辨。赶路的人遥望着山顶上的团团黄烟，感到岁月流逝，时间无情无义。

回忆是一种空洞的东西。药铺掌柜的恍然大悟地对他说。

又说，往事不堪回首。

那天傍晚里出现的第二口棺材是在晚饭结束以后，由四个人抬进来的，棺材靠墙放下，由四根匀称的木头架起来，悬空着。

从屋里一出来，他就看见一种紫红色的汁液正从棺材的里面沿着木缝淅淅沥沥地往地上流着，地上立即便形成了一些梅花般的图案和马蹄形的印迹。

傍晚阴冷的天气中还有人光着膀子，满头大汗地走来走去，空气中有一种似乎很复杂的令人不知所云的情绪，正在酝酿，或者说已经形成。

暮色中的许多张脸看上去都显得远逸而飘忽，许多的蝙蝠拖儿带女地在附近的房顶上和树上飞来飞去。

十二

夜里，天上又下起了小雨，城中的窗户全都关上了，只有几只狗在黑暗的巷子里徘徊，游走，在一些临街的窗户下停一阵，走一阵，有的短促而蝎蝎蜇蜇地叫着，还有的用明显的哭腔叫着，像是看见了什么。

夜晚的红草城，安静得像是一片没有人迹的树林。

曾经的校军场，黑影幢幢。

夜里他睡在一间堆放着布匹和中草药的房间里，他的身下是一捆一捆的哔叽和阴丹士林布。靠墙的地方堆放着许多采来不久的形状奇异的草药，有的连根掘起。那时候，他注意到一处墙皮剥落的地方露出一种浅蓝色，像是暗夜里的一线晴空，便知道多年以前曾经有人在这间有着浅蓝色墙壁的房子里起居生活过。

很长时间内，房子的外面没有什么声音，只有沙沙的雨声。

睡在另一捆平绒布匹上的是一个年迈的盲人，他进来的时候，身上背着一把古铜色的二胡和一把淡黄色的三弦。盲人的脸上长着黄胡子，他那时一点儿也不知道身边这个年迈的盲人就是萍水城里的一位艺人，名叫鲍。

艺人鲍以一副流浪的形式肩负着一项秘密的使命，他的脑子里反复浮现着历史上有关萍水城的兴衰景象，一桩跨越了漫长时间的仪式将由他来延续完成。

半夜里的时候，外面的雨开始了一段短暂的停顿。艺人鲍从布匹上翻身而起，他准确无误地抓起地上的二胡和三弦，之后，就不辞而别地消失在了门外。艺人鲍此时只掌握着一些色彩苍黄的内容和情节，对于多年以前的那些岁月，他只保留了一些断断续续的回忆。与夏的不期而遇，将有助于艺人鲍揭开那个多年以前的时间之谜。但是，令人惋惜的是，与夏的擦肩而过，又将使艺人鲍重新进入一种无望的追寻之中。雨夜的随意出走，将使他一无所获，一事无成，后面的几年将注定在徒劳无益的颠簸中结束。

多日之后的又一个雨夜，有一个声音将告诉他：

“你有眼无珠，所以注定一生只能徒劳无益。”

雨季里忽明忽暗地飘走着一种十分苍凉的声音，夏感到自己的面孔有些闪闪发亮。又看身边的几个女人，她们的脸上也有亮光。他想起了一种消逝多年的旧日风光，许多的人都在同一个漫长的故事里奔走、漂泊、倒下、腐烂，潮湿的衣衫上褶皱重重，秋日的落叶在无限惆怅的视线里旋舞多年。

他从那些阴丹士林布匹上坐起来，后来打开门，站在潮湿阴暗的屋檐下向四周眺望。有眼无珠的盲艺人那时候早已消失得无影无踪了，还自以为敏捷得如同山林之物，连一丁点苍蝇般的气味都没有留下，大地上只有苍凉万分的回声。他感到雨季里过于潮湿的地气吸走了艺人鲍的全部精神和想象，岁月和时间的重复、混乱，又使那艺人如同一张单薄的书信一样，在茫茫的原野上旋转，飘荡，行踪不定。

那时候，坐落在城墙下面的一家手工作坊里还亮着灯，一些提灯笼的，挑担子的人在门口进进出出，场面十分繁忙。在东边的一排窗户下面，一溜摆着几十个紫褐色的青瓷坛子，坛子上面都用红纸封着口。

听见一个沙哑的声音老在说话。

一辆马车由黑暗中的雨地里驶出来，在作坊的门口停下了，有人从车上搬下了一些箱子和口袋，里面装着非常沉重的东西。搬东西的人都在暗地里咬牙，使劲，来往穿梭，步履匆匆，几乎没有任何的语言。

车上的东西全部搬完以后，马车就走了，胶皮轮子消失在黑暗的雨地里，三匹白马和两匹黑马驾着大车，辚辚有声，蜿蜒而去。

在那整个过程中，那个沙哑的声音差不多一直都在说话，调度。

沙哑的语言掩饰了时间中的一切，只有一些手势和表情夹杂在其中，闪烁着。

十三

许多的花都在房子的外面开着。

早晨一开始，就有十几名大夫和三个铸剑的工匠背朝着萍水城的方向落荒逃去，他们中既有骨科的，眼科的，也有神经外科的。原野上沉重的露水打湿了他们的衣服和行囊，冰凉的早晨为逃亡者的故事蒙上了一层不祥的色彩。

那个早晨，原野上呈现出一种近似于原始的古代风光，一切都纯净而简洁。天空里流逝着一些色彩单一，质感如沙的美丽云霞，视线里的内容是朴素无华的民间风物。

夏行走在生机勃勃的原野上时，感到自身的肌肤有如宁静的青铜或瓷器。

这样，他不无激动地吩咐身边的那四个或是五个女人，让她们尽快赶路，或许他们这一行会赶在萍水城吃午饭的时间前赶到。

回忆昔日的那些粉墙黛瓦的岁月，此时的他更加归心似箭，他已再无意浏览沿途的风光。想象中的萍水相逢之城，温馨而安详，鸡鸣人语，炊烟如柱。

人群在远处的原野上如沙土一样迎面扬来，从萍水城方向涌过来的百姓扶老携幼，拖儿带女，赶着毛驴，背着包袱，纷纷逃避着洪水的驱赶。洪水漫进了萍水城，毁灭了他们的家园和梦想。

他长叹一声，跌坐在路边的泥沼里，沮丧至极。

逃亡的人群从路上纷纷走过，没有人注意到这个两鬓霜雪的人。

几个女人一起围上来，把他从地上扶起后告诉他，她们正是护送他的亡灵回家的。他望着她们，想说一句什么，却发现已遗忘了所有的语言。

那时，萍水城城墙上青砖的垛口已隐约可辨。

一九八九年九月

人家的闺女有花戴

那年秋天的一个黄昏里，我爬上高高的房顶，帮助母亲晾晒她切成椭圆形薄片的南瓜，我看见隔壁的王远来一个人正站在他家院子里的一道土墙下长久地发着呆，眼睛也不知看着哪里。在他的身后，堆放着一些草筛、镰刀和锄头一类的东西，还有一根长长的杆子正在摇晃，我觉得它快要倒下来了，只要一倒下，准得把他砸住。我太熟悉他们那个院子了，就像熟悉我们自己的院子。院子里有两棵很高大的榆树，树头很浓很密，要是把树头放下来，铺到地上，准能有一亩地那么大。这会儿，树叶已经变黄，每天都要往下落，飘得到处都是。秋日的夕阳映照在那些褐黄色的墙头上，看上去很暖和。

寂静的院子里又冷清又有些让人害怕，更像是一个没人住的荒败了好多年的旧院子。一到了后半晌的时候，好多的院子里都是这样的一种情景。王远来瘦小的身体站在院墙下显得很冷的样子，天气还不到很冷的时候，他却已经提前穿上了一身黑色的棉袄棉裤，甚至还把他那顶软得永远也站不起来的兔皮帽子戴了出来。那时候山区里的人们都穿着这种手工缝制的黑袄黑裤，都戴着兔皮帽子或者狗皮帽子，每天出来进去，盲目地或者失魂落魄地穿行在漫长的冬季里，都抄着手，在空荡荡的北风呼啸的山区里走来走去。

天快黑下来的时候，我看见王明回来了。王明是王远来的大儿子，王远来一共有三个儿子，两个女儿，我和他的二儿子王水同年。王远来他们两口子都又瘦又小，可三个儿子都十分的高大，这事情好多人都觉得很奇怪，都觉得王明他们兄弟十有八九是蹿了种。有人就说，明明种的是葫芦，却长出了菜瓜。

暗幽幽的光线里，我看见王明高大的身体穿着一件白茬的羊皮袄，头上戴着一顶蓬松得很厉害的狗皮帽子，这一家人，都早早地进入了冬天。王明手里拎着一杆鞭子进门的时候，脸上的颜色很凶。那时候王明就是那样，对谁都很凶，我们都不明白他怎么了，为啥那么凶。

王明一直在山区里赶马车，春天拉肥、拉土，夏天拉石头，秋天拉庄稼、拉草，到了冬天就又拉石头。那时候，我和王明的兄弟王水，还有别的那些孩子，都非常羡慕王明，王明整日里都赶着马车在山区里到处跑，马车上的铃铛叮叮当当地响着，有时候还有手绢那么大的红绸子绿绸子在风里哗哗地飘舞。我们都非常希望能坐着王明的马车去到处兜风，走得越远越好，但是我们都不敢，因为王明很凶，骂你几句还是小事，一旦火气上来了，谁也吃不住他那两个石头一样的拳头。有一次，我们没忍住，偷偷地爬上了他的马车，但是很快就被他发现了，王明首先就用他手里那杆鞭子把王水从车上抽了下来。看见亲兄弟都被抽下去了，我们几个不沾亲不带故的，都连滚带爬地从车上下来，纷纷逃窜。王水的脸上和身上都是鞭子抽过的痕迹，流了很多血。王水就坐在马车后面的地上哭，哭得呜呜的，哇哇的，他是希望王明听到他的哭声后能让我们重新坐上马车，我们也都七零八落地站在王水的不远处，也都怀着一种像王水那样的心情在又害怕又盼望地等待着，等待着王明的心忽然变软，手里的鞭子一挥，招呼我们重新坐上他的马车。但是，一切全都落空了，王明连看也没有看我们一眼，很凶地赶着他的马车走了，只是把一路的尘土留给了我们。

“真厉害！”

“我看见他脸上的那些疙瘩了，粉红粉红的，都有滚珠那么大呢。”

我们大声地说着，王明的马车已经走出去老远了，渐渐地看不见了，附近一带都是王明留下来的尘土，忽漾忽漾地荡漾着，风烟滚滚，就是那种感觉。

“总有一天，我要杀了他！”

王水边哭边说，王水的两只手都被脸上的血染红了。我们就拉着王水往回走，王水不走，仍站在原地哭着。

“我操他妈的！”王水望着远去的马车高声骂道。

尘土飞扬着，还没有散去，我们站在路边，一个个都土头土脸的。

夜里，我吃过晚饭以后就去隔壁王水他们家里，我们两家的院子就隔着一堵墙。那时候，王水的爹王远来经常趁人不注意，总是一根两根地隔着那堵墙头把我们院子里的一些柴草划拉到他们的院子里去，我最少就看见过七八回。

王水是山区里身材最高的学生，比学校里的老师都要高出一头。因为瘦而又高，所以，一般情况下，王水总是那样软绵绵的，懒洋洋的，走路驼着背，用我们老师的话说就是王水的身上没有筋，一根筋也没有。

我走进王水他们的院子里以后，见王水的爹王远来正一个人坐在房檐下编筐子，他的身边堆放着许多红颜色的黄颜色的和绿颜色的荆条。王远来一有空就在编筐子或者编草筛，他的手艺很好，编完了就悄悄地卖给山区里的人家使用。我走到他旁边的时候，他都没有看我，他手里的一个筐子那时已经编成一半了，好几根湿润而柔软的荆条正在无声地扭动着，跳跃着，一起一落地变换着。

王水一家人正围在一盏煤油灯前吃饭。王水的大姐很早以前就出嫁了，男人是一个煤矿工人。除了大姐，王水还有一个二姐，比王明小，比王水大。这以外，王水的下面还有一个弟弟，叫王老五。王老五才七八岁的样子，刚上学不久，成天一个人鼓捣一些从附近的煤矿上偷拿回来的电线，乱麻一样，一堆一堆的。王水有一次对王老五说，小心点，电打死了我可不负责。王老五说，谁说要你负责了？不要你负责。

好多年来，我一直没有见过王明笑，好像一次也没有过。煤油灯昏昏的，黄黄的，王明正在很凶地吃饭，他的脸上好像有很多的灰尘。除此以外，他的那张脸上还有很多粉刺，都鼓鼓的，有的还往外流水。有人说那根本不是水，而是脓，我们也都相信是脓。有时候，收工要是回来得早，王明就会坐在院子里自己动手挤那些粉刺。每逢那时候，王水或者王老五，甚至王明本人，就会说，站远点儿，小心溅上血。

王明很能吃饭，每一口都足够多，一吃饭，他的脸便全部都鼓起来了，脸上的颜色一直都是褐黄色的。

“你明天还拉石头吗？”王水吃完饭以后，问王明。

“不拉石头拉啥？”王明直撅撅地说道，他的头根本没有抬起来，脸就像在碗里，他经常这样和人说话。那种时候，我常常会觉得他脸上的那些乱七八糟的疙瘩也都泡在了饭里。

“你把石头送到哪儿?”王水又问。

“矾水沟。”王明说。

“让我也跟你去吧，我给你搬石头。”王水又说。

我在门边看着他们，根据我的经验，我觉得王水快要倒霉了，因为他的话问得有点儿太多了。一下问了这么多话，王明要是发火，那是再正常不过的，要是没发火，那只能说明王明的心里还有别的更要紧的事情……

果然，我还没有想完，王明就已经发火了。

“去你妈的！小心老子抽你!”王明恶狠狠地说。

王远来不知什么时候已经从外面进来了，王明骂王水的时候，王远来就站在一旁没有声音地看着，听着，我看见王远来脸上的神情有些急躁，有些复杂。王远来可能觉得王明骂王水可以，大的骂一骂小的能有什么，完全正常，只是王明不该自称是王水的老子，这事让他这个做爹的觉得自己一下子就被挤得没地方了。但是，好半天，他始终什么话也没有说。后来，便给自己盛了一碗饭，蹲在地上吃了起来。

王水的妈一年四季里总在不停地咳嗽，一到了冬天，就咳嗽得更厉害了，有时候好半天喘不过一口气来，瘦小的腰弯曲得像一个坛子，整个人在出气与进气的过程中好像已越走越远，到了另一个世界。每次吃饭，王明都会坐在一个离他妈很远的地方。

“咳，咳，还有完没完?”王明对他妈说，“数黑夜的时候还最厉害，一黑夜一黑夜地咳，连觉也睡不成。”

王水的妈艰难地抬起头看了王明一眼，她脸上的颜色是黑黄色的，一多半以上的头发都已经接近灰白了。

“我愿意咳吗？我是一下也不想咳嗽，”她说，“我就是忍不住。我要是能忍住，我一声也不想咳。”

因为说话，因为用了力，说完话以后，她就又忍不住开始接连不断地咔咔地咳嗽了起来，上半身快要趴到了炕上，声音里有一种过不去的要死要活的挣扎。

屋里的墙上好像从来都没有鲜亮过一天，后墙和屋顶那一带拉起了一些蜘蛛网一样的灰尘，有些灰尘是长条的，还有一些则酷似一只草筛子，就像王远来编的那种真的草筛子。屋里弥漫着煮猪食的味道和酸菜缸的味道，虽然我们对这种气味已经十分熟悉，十分习惯了，可不管什么时候，还是会觉得很难闻。

王明的弟弟王老五吃完饭以后，便一个人悄悄地躲在一个角落里，鼓捣着一个早就不能用了的手电筒，不时地弄出一些吱吱的很难听的声音来。

“我要一块钱。”王水放下碗忽然说道。

王水的爹王远来正在埋头吃饭，忽然听见王水的话以后像是被人在头上猛击了一下，立刻摇晃了一下，抬起头，瞪大两只眼睛问道：“啥？你要啥？”

“一块钱。”王水理直气壮地说道。

“又要钱？做啥又要钱？”王远来有些急躁地问道。

“不是我要，是老师要，都得要交。”

王明吃完饭以后，正坐在一边剔牙，这时，便很凶地说道：“你妈的，没事不开口，一开口就要钱。老子白明黑夜地受，你倒好，一伸手就要钱，没钱！去跟你们老师说，要钱没有，要命有一条。”

可能是王远来也觉得不能这么说，尤其是不能这么去跟老师说，他眨了眨眼睛，想了一会儿后说道：“开学的时候不是已经交过了么，咋这会儿又想起要？”

“那是两回事。”王水说。

王远来说：“那这一回是因为啥？”

王水说：“我不知道，这得问老师去，反正是他要。又不是我要。”

王明很凶地对王远来说：“看他也不是念书的料，白糟蹋钱，不要让他再念了，给他揽一群羊，让他放去。”

听到不让自己再念书，而且还要去放羊，王水顿时就急了，声音里隐隐约约地有了一种哭腔，就连我也被吓了一跳。王水很仇恨地看着王明，又看看王远来，王水说：

“我就不放，要放你去放。”

王明很凶地说：“小心老子摔死你！”

“你们老师真的又要钱了？”王远来问道。王远来这话是在问我，我和他们的王水是一个班的，我们都十一二岁，都在山区的小学里上学。

于是，我便告诉王远来说，老师真的要钱了，每个学生一块钱，这钱都是要买书用的，老师又不要，老师一分也不要。

“你也交了？”

我说交了，差不多所有的人都交了，可能就剩下王水一个人还没交。

“妈的，去哪儿能弄到一块钱呢？”王远来摸着头，一个人自言自语地说道。他的那几个手指头上沾着一些牛粪和草末子，他摸完头以后，有些牛粪和草末子就留在他的头上了。

那时候，王水的妈已经又咳嗽完一个回合了，在这之前，她一直都在埋头咳嗽，顾不上说任何话，整个人佝偻得像是一口锅，长久地倒扣在炕上。这会儿，最艰难的时候好像已经过去了，她抬起了头，十分虚弱地告诉王远来说，米缸后面的那个坛子里还有将近二十个鸡蛋，明天去供销社卖了，就够了，王水很感激地望了他妈一眼，借着十分昏暗的煤油灯的光线，我看见他的两只眼睛里蓄了一些亮闪闪的很是零碎的东西。

王明忽然说："你到街上去，跌一跤，说不定就能捡到一块钱。"

王明说话的时候，头一直冲着黑暗中的墙，所以，我们谁也不明白王明的这话是说给谁的，谁也没有吭气。我觉得，听话听音，应该是说给王水的，不然还能是谁，能让他的爹妈出去跌一跤么。那时候，我觉得很多人都很怕王明，因为他太像是一个打足了气的车胎，稍一不小心就会嘭的一声爆炸了。

王远来听了王明的话以后，也没有说什么。后来，王远来就吸着一管旱烟，问我王水在学校里学校怎么样，好不好。

我告诉王远来说，王水在学校里学校很好，他还是班里的文体委员。

"那天，老师还表扬他了。"我对王远来说。

王远来说："老师还夸他了？"

我说夸了，老师说王水的字写得很好，我们教室里墙上的字差不多都是王水写的。

王远来听了我的话以后，一个人默默地琢磨了一会儿。后来，他才对我说，这好像用处不是很大，写好了字，以后就能出去工作了吗？

这事我也不太知道，不过我还是告诉他说能，写好了字就能出去工作，还能在过年时给家里和邻居们写对联。

这时，王明在一旁忽然冒出一句："你们老师也是个二五眼。"

二五眼是什么？就是半吊子，不成器，傻瓜，甚至白痴。

我们都觉得王明这个人很可恨，我们经常甚至都盼着他死去，至少能离我们越远越好。有时候，我们还默默地祝愿，祝愿他脸上的红疙瘩越来越多，越来越大。

夜里，躺在黑暗无比的屋子里，听见狰狞的西北风在外面呼啸，越刮越厉害，丝毫也没有一点点要停下来的意思。

越过那道褐黄色的土墙，我听见王水家院子里的那两棵高大的榆树正在风中猛烈地摇晃，发出一种很大很整齐的声音。那两棵树一棵长在院子的东南方向，另一棵长在院子的西南方向，每一棵树上都有两三个高高在上的鸟巢，夏天里，一茬又一茬的小鸟就在那些黑乎乎的树枝间出生，长大，然后飞走。王水曾经爬到树上掏下来几只小鸟，后来，那些还长毛的小鸟就都死了，几只大鸟每天在院子上面飞来飞去，飞了一段时间后就都走了。

一到冬天，树上就住满了凄厉苍凉的风声。

我们至今还能不是太模糊地想起我们的老师庄严而正经地站在黑板前的情景，有的直挺挺地站着，袖口上拖着长长的乱七八糟的线头，有的弯着腰，胸前带着明显的菜汤洒在上面的丝丝缕缕的或者树叶般的印迹，他们语重心长地一遍又一遍地教导我们要认真学习马列主义毛泽东思想，全心全意地为人民服务，胸怀祖国，放眼世界，毫不利己专门利人，做一个高尚的人，做一个纯纯的人，做一个有文化有理想有道德的社会主义劳动者。

回忆那些情景，令人激动，感慨，瘦骨嶙峋的老师就如同山羊一样在不远处打着喷嚏，面有菜色地写下一些公式，而对他来说那些公式是没有多少用处的，既不能往身上穿，又不能拿回去放到锅里煮。他熟悉运算，却从来都算不出家里一年的口粮，左算右算，还是不对，他的身影是清晰的，几个手指却慌乱无比。好像又算错了，还是不对，还是缺着至少半年的口粮。

他说王水你上来算算。

虽然长得很高，但王水很听话，像一只大绵羊，听话的原因除了性格，还因为他是班里的文体委员，不能不听话。每天上第一节课之前，王水都要带领大家唱歌，唱《三大纪律八项注意》和《学习雷锋好榜样》，他站在最后一排，尽可能地不弯腰，嘴张得很大。

那时候，学校院子里的西墙下有一排兔窝，我们常钻进去在里面玩扑克。王水因为太高，从来都进不去，只能趴到那个小口上朝里面眊一下。

那时候我们的那位姓熊的老师刚来了时间不长，他总是穿着一件海蓝色的短大衣，牙齿很密很碎，总是站在讲台上和我们一起唱歌，还挥动着两只手打着雄壮有力的拍子。那时候，王水经常替姓熊的老师跑腿，去山区的供销社里买烟。一般情况下，姓熊的老师总是抽三角二分钱一包的“孔雀”牌香烟或“茉莉”牌香烟，这事让山区里的广大的劳动人民都为之侧目，都十分羡慕，都感慨万千。

学校的后面有一片空地，空地上有一些低矮的树桩，姓熊的老师没事的时候就在学校后面的那片空地上散步，总是一个人散。夏日的黄昏里，我们从山上割草回来时，经常看见姓熊的老师一个人坐在某一个低矮的树桩上抽烟，低着头想心事，或者一动不动地看着某一个地方，蓝雾雾的烟在空地上飘着。

我们坐在一个馒头一样的小山岗上，一边用手里的镰刀刨着地上的草，王水一边让我猜姓熊的老师在想什么。

“猜不出来，或许是想家了吧。”我望了望不远处的姓熊的老师，对王水说道。

“不对。”王水说。

“要不是想家，那就是想娶媳妇了。”我又说。

“你尽胡说，熊老师是个那么了不起的人，怎么会想那种事？那种事是最没出息的人才会想的。”王水神情肃穆地对我说道。

“女人都不是好东西。”王水又说。

“这话是谁说的？”王水的话使我感到很吃惊。

“别管是谁，说了你也不懂。”

我忍不住问王水，那你说他在想什么。

“他好像是在备课。”王水想了一下以后，慢慢地地说道。

“备课？”坐在树桩上抽着烟备课？

“你想么，他把课讲得那么好，不备课能行吗？”王水的脸上放着一种光，忽然像是来了精神。他说：“战士上战场前都得擦枪吧，都得把枪擦亮吧？就算是剃头的，临剃以前，也得把刀磨一磨呢。”

听王水这样说，我又朝学校后面的那片空地上看了看，发现姓熊的老师已经从树桩上站起来了，正在背着手走着。如果按王水的说法，他这会儿应该还在“磨刀”或者“擦枪”，只不过是背着手干的。

那个夏天的黄昏，我第一次发现我和王水之间忽然有了某一种猛一下说不清楚的距离，但那时候我一点儿也不明白那是一种什么样的东西，更何况那种事丝毫也不影响我们之间友谊和情分，我们依然是同学和邻居，依然一起上山割草，下河捉鱼，打悠悠，逮蚂蚱，在秋日的山区田野上跟在牛犋的后面，一个一个地拾捡犁下翻出的土豆，在山区的大路上，一捆一捆地拾干草，一筐一筐地捡炭。

姓熊的老师家在山区的东北方向一带，从山区里出来，要翻过两座大山以后才能到达。平时，姓熊的老师一般一个月左右回家一趟，有时，遇上学校里开会或者考试之类的事情，他就两三个月回家一趟。

姓熊的老师似乎对所有的学生都很好，很多时候笑眯眯的。那时，学校里正准备发展一批共青团员，一同被发展的有十几个人，里面就有王水和我。可是，后来发生的一件事使我永远地失去了那次机会。那天下午，我和班里的一个同学打架，姓熊的老师闻讯后便跑出来阻止。事情的要命之处就在那天的中午。王水后来对我说，你那一架打得太不是时候了，和谁打不行，非要和他打？熊老师中午刚在他们家吃过饭，还喝了酒。

我记得姓熊的老师在劝架的时候，曾经顺手牵羊地给了我一个耳光，那时候我一点儿也不知道他中午吃饭喝酒的事，我只是觉得他不公平。于是，我就抓住姓熊的老师的一只手，在他的手臂上狠狠地咬了一口。后来，我听见他惊叫了一声，便急急忙忙地撇开了手，他感到了疼痛。我不知道他的手上流血没有，我想象他的很红的血流在山区的校园里，又流过大街小巷。再后来，团员的事就离我远去了，无影无踪了。事情过后，我看见姓熊的老师的那只手用一本书垫着，又用一根白色的绷带吊起来。从那以后，包括王水在内，几乎所有山区的孩子们在背地里都把姓熊的老师叫作王连举。

午后，踏着满地卷曲的树叶和柴草，我和王水一起去西边的山冈上割荆条，王远来编筐子编筛子用的荆条，除了他本人，也有不少是王水割回来的。山区的夏日里充满了无数的飞鸟，地头边经常可以看见一些盛饭盛水用的罐子和坛子。

我和王水穿过一些暗红的鹅黄的或碧绿的灌木丛，有一个人正在一片地里锄地。我们都认得他，本来在附近的煤矿上当工人，却在村里也有一些地，种一些粮食和菜。那个人的眼皮有些烂糊糊的，个子在山区里奇高无比，好像再没有见过比他更高的人。那时候我们都觉得他太高了，但是究竟有多高却不知道，有没有两米，没有两米，至少也在一米九以上。

我曾经隐隐约约地听人们说过，眼前的这个身材瘦高的人，很可能就是王明王水他们兄弟的亲爹，说他们兄弟三个都是这个人的孩子。还听说王水的妈那时候从来不咳嗽，一点儿也不像现在这样，甚至还像一朵花一样鲜艳。为什么人们这么说？因为有证据，王水他们兄弟三人的身高便是一个最有力的证明。人们都觉得就凭王远来那么又瘦又小，无论如何也不可能生出王明他们兄弟三人那么高身材的孩子来。

见我们走近，他停下锄，坐在地头边开始吃饭。罐子里盛着满满当当的玉米面糊糊，旁边还有一碗酸菜。他用他的那一双烂眼皮，很温和地看着王水。他不大看我，我和他说话的时候也是一副爱理不理的样子。他对王水极为亲切，慈祥，又好像很怕王水生气，想处处讨好他。后来他一边吃饭，一边让我们也吃，我们就说不吃。他问王水在家里吃什么饭了，王水就说家里吃的是米面粉。他听了，就笑起来，就说米面粉好吃，他最喜欢吃了，从缸上揭下来，凉凉的，要是再放一点儿辣椒，真是再好吃没有了。我们听了就笑。

后来他终于愿意和我说话了，因为他要问我王水在学校里学习好不好，而王水不告诉他。我告诉他说王水在学校里学习很好，很受老师们的器重。他听了之后就笑了，一双烂眼皮一翻一翻的。

眼看着他把一大罐子满满当当的玉米面糊糊都喝下去了，一碗酸菜也吃光了，他吱吱地咂了几下嘴，看样子像是吃饱了，却又像是没吃饱。他抓了一些土扔进罐子里和碗里，然后两只手就来回地转，不一会儿之后，又把罐子里和碗里的那些土都倒出来。再看那罐子和碗里，早已擦得干干净净，一尘不染。

不管王水怎么觉得，这事至少把我惊住了，我就觉得他在这件事情上很有本事，很了不起。我还没见过用土洗碗的。

我问他吃饱了么？他说也能算是吃饱了，不过要是有馒头，至少还能吃五个，或者两大碗面条或一罐子米汤。我们听了之后便都又笑。他一边拔着胸前的汗毛，一边也朝我和王水笑着。

有人赶着牛正在远近的一些地里犁地，牛在阳光下慢吞吞地走着，犁铧一闪一闪的，像是有玻璃从土里生了出来。犁地的人慢慢地挥动着手里的鞭子，空中不时地飘闪着鞭子的黑影，从他们的头顶上面划过。

后来，他就把手伸进衣服口袋里去摸索，听见他窸窸窣窣地响了半天后，从口袋里摸出两块污秽不堪的水果糖，其中有一块糖的一半已经没有外面的糖纸了，上面沾满了细毛、烟丝和土。他看了一下，可能也是觉得有点儿不像话，把两块糖放到嘴边吹了吹，之后便递给王水，让王水吃。

“吃吧，可甜呢。”他把手伸到王水的面前说。

他的眼神十分的稀软而又认真，中间好像包含着一些热烘烘的东西，他伸到王水面前的那只手有些不稳，微微地颤抖着。他好像很有信心地看着王水。

我看见王水的脸忽然红了，接着就把头生硬地扭到一边，不要他的糖，也不看他。

看见王水那样，他才慢慢地把伸了半天的手缩了回去，小心翼翼地看着王水，像是被王水吓着了。好一会儿，他就那么十分无趣地干坐着，不时地瞟一眼王水。

“咱们走。”王水站起来，拉着我便走。

走了一会儿以后，我回头看，看见他仍然像先前那样，呆呆地坐在地头边，久久地望着我们远去的方向，身边的罐子和碗东倒西歪的。

后来，我又回头去看时，见他已不再眺望我们了，一个人低着头坐在地头边，一动不动，远远地看上去，就像是一块石头，或一堆衣服。

走到一片山梁上后，我问王水，他对你那么好，为啥不要他的糖。

“能不能不说这件事？”王水忽然很烦躁地对我说。

除了烦躁，好像还有点儿凶，就是王明平时的那种凶，原来不止王明一个人是那样的。

眼前的这片山梁很开阔，远处和近处的庄稼五颜六色，十分斑斓。远处的山岭间流淌着一种清水似的东西，又像是透明的轻纱或者绸缎。山梁上有一些用白石头拼起来的巨大的标语和口号，路边的草忽高忽低地起伏着。

越过一部分橘黄色的庄稼地，我看见许多伤疤似的山谷，山谷里的采石场上经常有十分沉闷的轰隆隆的炮声响起，声音传到山下的村子里，有些人家的门窗会猛烈地摇晃几下，像是做噩梦的人猛然坐起来，然后又躺下。

一些蓝颜色和黄颜色的鸟在辽阔的山梁上飞来飞去。

山区的夏天赤日炎炎。

梁上全是旱地，要是好长时间没有下过雨，某一天忽然来了一场雨，辽阔的山梁上会传来无边无际的欢呼声和喊声。下雨的时候山梁上空荡荡的，并没有人在那上面，是谁在欢呼，谁在喊叫？

一天夜里，我听见隔壁的王水家一片混乱，人喊马叫，锅碗瓢盆响成一团。原来，王水的弟弟王老五成天鼓捣一堆乱纷纷的电线，居然就鼓捣出了电，把一只吃完食以后正在扇动着翅膀的鸡给活活地电死了。不仅如此，就连他们的爹王远来也被那种来历不明的东西打倒在地上。有哭声，有骂声，这中间一直穿插着王明的很凶的声音。惹出祸的王老五手里握着那团外人很难理出头绪的旧电线，呆呆地站立在一个墙角里，那时他才九岁，他一点儿也没有料到他会发出电来，也没有人会认为他有发电的才能。

山区的夜晚深不见底，后半夜的时候，他们好不容易都睡了。

那年夏天的一个中午，我看见王水家的院子里停了一辆毛驴车，拉车的毛驴正在墙边沙沙地吃草。王水他们家里人很多，说话的声音乱哄哄的，根本分不清是谁在说话。时近晌午，阵阵油炸煎炒的香味不断地从王水他们家里飘出来，弥漫在山区里，这情景使许多正要回家的人都放慢甚至停下了各自的脚步。

来的是他们家的一个亲戚，那辆毛驴车就是那个亲戚赶来的，随之而来的还有一个二十来岁的姑娘以及姑娘的父亲。那个亲戚从他们那一带给王明介绍了一位姑娘，说合了几回以后，这就来了，来相亲，女方家要亲自看看王明的家境以及其他方面。

那天上午，王明在慌乱之中找人剃了头，洗了脸，穿了一身深蓝色的卡其布制服，戴了一顶黄色的军帽。我看见王明的身上至少穿了有六七件上衣，每一件上衣的领子都翻了出来，一层一层地露在外面，任何人一眼就能看到。最里面的一层是白的，第二层是红的，第三层是蓝的，第四层是蓝白相间的有道道的，第五层好像又是白的，第六层是黄的，最后一层才是那件深蓝色的制服，脚上是一双新买的解放鞋。

那天中午，王明不停地在出汗，额头上，鼻梁上，以及鬓角两边全是汗。那时候，来了很多看热闹的人，端着饭碗的男人，老头，抱着孩子的女人，老太太，这些人有的站在院子里，有的端着碗直接走进屋里，叽叽喳喳，大呼小叫。有的人本来吃着他自己碗里的饭，就快要吃完了，王水的姐姐又盛一勺他们的菜放到他的碗里。

眼前的情形，让王明的汗也就越出越多。

那个女的，低着头坐着，不说话，也不抬头，一些村里的女人正围在她的身边。她梳着两条辫子。

王明的爹王远来正和他们的那个亲戚一起陪着那个姑娘的爹在一张桌子边时候，抽烟，喝水，他们都很松懈地笑着。

屋子里热烘烘的，王明不安地出来进去，不知道自己应该坐着还是站着，好像也更不明白坐应该坐到哪里，站又应该站在哪里。这个时候，只有他脸上的那些总也去不掉的粉红色的疙瘩被不断地渗出的汗水冲刷着，变得更加鲜亮。

后来，就看见王水的姐姐端着一碗褐黄色的红糖水来到那个女的面前让她喝。那女的起初不喝，也不抬头，王水的姐姐便一直端着碗站在她的面前，十分耐心地等待着。果然，过了一会儿以后，那个姑娘终于抬起了头，接过了那碗颜色褐黄的红糖水。这时，人们也终于看见她的两道眉毛其实很黑，并不是没有眉毛。在这以前，有人一直说她不敢抬头，是因为没有眉毛，现在看来，纯粹是胡说，纯粹是居心不良。人家有眉毛呢，而且还很黑。

小心翼翼地喝了两口以后，那个姑娘便说她不喝了，又把碗递了回去。

等众人后来都走了以后，晌午已过去了一大半。王水的兄弟王老五在院子里忽然噼里啪啦地放了一串鞭炮，鞭炮声很快又引来一群看热闹的山区的孩子，他们等到鞭炮声响完之后，便一起蜂拥而上，纷纷拾抢着地上的那些中途熄灭了的鞭炮。

下午上学的路上，王水忽然冲我一笑，之后便从口袋里掏出几块糖给我。

王明的喜糖。

王水对我说，他妈说了，吃糖的人越多，事情就越好。

我问成了么？王水说好像成了。

我们把嘴里的糖咬得乒乓乱响。

王水说，那女的就是不说话，一句也不说。

我说，不说话好啊，省得吵架。

王水说，结婚，过光景，不说话哪能行。

我说，她是不是嫌你们家没钱？

王水说，嫌我们没钱？看样子，她们家也不咋样呢，你看她和她爹身上穿的，能像是有钱的人家么。

这一点我同意。

那女的在王水他们家里吃过午饭以后，就和她的爹一起回去了，王明等人一直送了老远。王明一点儿不凶了，只是仍没见他笑过一下。

又过了一些日子以后，那女的一个人来了，那时候天气已经是初秋季节了，但是仍然很热。那女的穿着一件水红色的衬衣，白凉鞋。我们也不知道什么叫水红色，是人们说的，可能就是她穿的那种颜色吧。王水说，这一回来了敢抬头了，也敢看人和人说话了，和上一回完全不一样了。王明那几日里几乎很少出去赶车，很多还没有结婚的年轻人都很羡慕王明，都觉得王明的命还是很好的，王明听了就觉得很高兴，对谁也不凶了。不仅不凶了，有时候甚至还会情不自禁地哼哼出一些调子来，不过不怎么好听，声音很粗，听上去更像是肚疼或者牙疼。那女的在王明他们家住了几天，王明的妈几乎每天都要端着一些粮食去村里的碾子上去碾，做细粮给她吃。王水对我说，她要是再住下去，我们家就快要让她吃塌了，也不知道啥时候走。又说他爹这几天没人在眼前的时候，有时候会龇牙咧嘴的，看样子也像是顶不住了。到了夜里，那女的就和王水的二姐一起睡。本来，王水的爹妈专门为那女的腾出一间空房，意思是让她和王明一起住，但那女的死活都不肯。王水的爹妈便也毫无办法，王明也只能干瞪眼，心里上火，嘴上起皮，起泡。王明的爹就对王明说，不要着急，不要上火，她会愿意的，因为她迟早都是你的。王明听了，没有说话，更没有发火，反倒显得很听话很懂事的样子，要是在平时，在以前，早就不耐烦了，这变化让王远来吃了一惊，也吓了一跳，更让他们所有的人都有些惊呆。是什么让暴躁的王明变成了现在这样？答案很明显，就是那个女的。要是没有她，王明毫无疑问还会像以前一样，脾气甚至有可能变得比以前更坏。

有一天傍晚，正是人们吃饭的时候，那女的对王明以及家里的其他人讲明了她这一次来的目的和意思，女方和她的家人已基本上同意了这一门亲事，因此，从这时候起，女的就有一大半算是王明他们家里的人了。这消息让一家人都放了心，更让王明放了心。

秋天来了，天气逐渐凉起来，那女的让王明给她买一些秋冬季的衣裳带回去，这样，在家人和周围人的面前也好歹有个交代，也不枉是一个订了婚的人，一个即将就要嫁人的人。女的说完这话以后，神情一下变得自在了，坦然了，就大胆地用她的眼睛机关枪一样地扫射着王明以及在场的所有的人，包括当事人王明在内，包括他的爹妈，很多人都在那种扫射中纷纷地倒下了。王明的爹王远来听完以后便连忙点头说，嫁鸡随鸡嫁狗随狗，找上谁也得穿衣吃饭，这事你该早说，迟早我们都是一家人，一家人当然不能说两家的话。那女的就说她说不出口，觉得说这种事真是不好意思。

夜里，树梢上挂满了呜呜咽咽的风声，王明和他爹一起出了门，一个往东，一个往西，分头去一些人的家里借钱。

那时候，山区像是被打劫过后许久都没有再喘过气来一样，很多人的家里都没有钱。王明父子俩分别跑了三四十户人家以后才借到几十块钱。王远来就问王明说，不知道这些钱够不够？王明说我哪知道，我也不知道。王明说这话的时候，神色十分苍茫，迷迷糊糊的，像是病了一样。王明忧愁万分地对父亲说，这钱要是还不够，就麻烦了。王远来也说，就是，可要麻烦了，我还得再借一些去。王远来说完话之后转身就要走，被王明一把拽住了。王明问道："明天去哪儿？去白庙还是去枯树？"

王远来想了想之后，便说："就去枯树吧，枯树地方大，货也多一些。"

说完之后，便立刻又重新进入了黑暗之中。王明一个人捏着口袋里的几十块钱在原地站了一会儿，然后便向家里走去。黑暗中，山区里的一些墙头高矮凹凸，在夜色里变得黑魆魆的，像是过去岁月里遗留下来的某种形状古老的东西。王明从一些结构松散的山区房屋前慢慢地走过，看到一些房屋里的灯已经灭了，人已经睡去了。另一些房屋里的灯还在微微地亮着，有的里面还有低低的轻轻的说话声和咳嗽声。

后来，王明就远远地看见家里的昏黄的灯光了，王明的身上就有些燥热，感到身上的皮肤很紧。他把手伸进口袋里，不住地捏着那些借来的钱。他妈的，好贵呀！娶一个女人竟然这么贵！王明这样想的时候，就觉得口袋里的那些油腻腻的钱正在哗哗地出汗，一些很凉快的风在他的头顶上方和身体四周吹来吹去。他听见黑暗中有一头年老的母牛在叫，哞哞的声音很沉闷地回荡在空荡荡的山区里。

一阵风从他的背后刮过，他像是被人猛地推了一把。

枯树是距村里十多里地的一个集镇，在山区的东南方向，虽然只有一两个商店，可在人们的眼里，已经足够繁华了。再往东，便是白庙，也算是一个集镇，但远没有枯树大，更没有那么多的人，商店也只是一间门面，也就是一个供销社。

一般情况下，遇上逢年过节或者婚丧嫁娶重要日子时，山区里的人们就去枯树跑一趟，采买一些所需的东西回来。一般山区人家所需要的东西，都能在那里买到。

枯树镇旁边有一个煤矿，有许多的上海司机驾驶着一些草绿色的汽车在那里运煤，并长期住在那里。除此之外，还有许多的北京来的司机也住在那里，汽车是车门上印着“东城区”“宣武区”之类的字样。上海的汽车没有那些字样，车门上只写着几个阿拉伯数字。

上海的司机和北京的司机经常隔十天半月便来山区里买鸡，他们有一根根木棒挑着买来的鸡，像电影里的日本人一样大模大样地在山区里走着。除此以外，上海的司机们还大量地购买山区里的人们从来都不要的一种东西，就是牛鞭和羊鞭。每逢山区里杀牛或者杀羊的时候，他们更是闻风而来，站在旁边耐心地等着，持刀者便把东西挽好了，卖给他们。东西在人们眼里不值钱，甚至就根本不算个东西，所以也非常的便宜，几乎等于白给。北京来的司机们则不买这些，只是常在河里或者田地里捉一些青蛙，用汽油桶拎回去吃。所有的司机们都穿着蓝色的劳动布工作服，都戴着油污污的手套。上海的司机们还戴着帽子，帽檐很硬，很长，状如鸭嘴。

那天夜里，王明的爹王远来与王明分手后，又去了好几户人家，却再没有借到一分钱。就在他几乎走投无路，一筹莫展的时候，他看见了一间亮着灯光的屋子，山区里一个长期从事杀牛杀羊的屠户就住在那里。此时，在夜深人静的时候，还有一阵肉香从那个屋子里飘出来。王远来推门进去以后，看见那屠户正在一个人喝酒。

王远来一走进屋里以后，眼前就忽然亮了，他看见那屋里的墙上挂着很多晒干的牛鞭和羊鞭，至少有十几副。

那正是他想要的，也正是他眼前唯一的希望和目的。

那天夜里，王远来与那位屠户说了许多的话，所说的话快要流成一条河，都是一些央求的话，人世间最吉祥如意最讲义气最暖人心的话。细细地论起来，拐弯抹角地算起来，王远来竟然还是那位屠户的一个本家叔叔，这个发现真正的鼓舞人心！后来，屠户就把墙上挂着的那十几副东西都给了他这个深夜降临的本家叔叔了。本家叔叔千恩万谢，不住地朝他的那位本家的侄儿躬身作揖，山呼万岁。大救星，菩萨，恩人……做叔叔的祝福侄儿身体健康，永远健康，长命百岁。做侄儿的则很清楚自己平时做的是什么事，所以只求自己到时候能平平安安，顺顺利利地把两腿一蹬，两眼一闭，就算是天大的造化了。

后半夜，月亮已经斜下去了，王远来兴奋不已地提着那十几副东西回了家，钱已经给他打闹回来了。他嘱咐王明，天亮了到枯树镇的时候，把这十几副东西都拿上，卖给上海的那些司机们，晒干了的东西价钱都很高，也是他们最想得到的。他粗略地算了一下，十几副东西能卖不少钱呢。

那时候，夜晚基本已过去，天已经快亮了。聆听着寂静的山区和满院子的风声，王明第一次用一种温和的口气对王远来说道：

“你也去睡一会儿吧。”

天亮以后，王明他们一家人早早地就都起来了。等那个女的梳洗完毕，吃过早饭以后，王明便带着她上路了，去枯树镇买东西。

王明的爹王远来把昨夜辛苦得来的那十几副东西捆起来放进一个筐子里，让王明拿着。之后又嘱咐王明说去了那里以后，首先就去找那些上海的司机，把东西出手，拿到钱以后，千万要小心，不要让人把钱掏了去。另外，也不要和人家的女的走散了，走散了就麻烦了，事情就更复杂了，更不好办了。王明听了，便点点头说，我知道。

那时刻，山区里的人们正手里端着碗在街上吃早饭，虽然太阳已经升起很高了，但那似乎已经成了一种习惯，一种传统，一种源远流长的朴素故事。那时候山区里的人们就是那样，有的人天不亮就去了地里，等到太阳升起来以后才回来吃饭。还有的根本不回来，就在地里吃，有小孩或者女人提着罐子去地里送饭。

王明带着他的对象从大门里一出来，街上吃饭的人们便都停下筷子看着他们。那女的发现人们都在看她，立即便有些惊慌，怕羞，脸变得很红，低着头，脚下飞快地往前走着。王明手里拎着筐子，跟在她的后面。有人问王明：

“去哪儿呀?”

王明说：“去一趟枯树。”

穿过半个村子和一条水沟以后，王明和那个女的便在人们的视线里消失了。后来，他们又过了一条河，穿过了一大片庄稼地，沿着一些矮树林子，一直向山区东南方向的枯树走去。

大约还不到一个小时的时候，王明忽然垂头丧气地拎着那个筐子又回来了，筐子里的那十几副干骨架一样的东西还依旧原封不动地躺在筐子里。走的时候还好好的，这会儿，王明的脸上多出了几道被指甲抓过的痕迹，他的裤子上和鞋上全是泥水。王明的眼神有些直，也有些乱，脸色则一片灰暗，死气沉沉。

打发走他们两个后，王远来那时刚吃完饭，正要扛着一犋犁去山梁上犁地，却忽然看见王明身体摇摇晃晃地回来了，顿时吃了一惊，便停下来等着。

王明垂头丧气地告诉王远来说，那个女的跑了，跑回她们家里去了，一边跑一边哭。

“为啥？”听见儿子这样说，王远来不禁急躁地问道。“你们吵架了？”

“没有。”王明说。

“没有那她为啥要跑？好好的为啥要哭？”

王明说：“唉。”

“你欺负她了？你肯定做了啥。”

“我没有欺负她，我一点儿也没有欺负她，花了那么多钱，我哪敢欺负她？哄还哄不住呢。我就是想拉一下她的手，摸摸她，她就不让了，就扑上来抓我的脸，后来就哭了，哭着跑回去了。”

“我的祖宗！你急啥？等到关过了门，她早晚还不是你的？这么多年你都熬过来了，就差这么一下，就不能等了？”

“我一点儿也不知道她会那样，我要是早知道她会那样，我说什么也不会碰她一下。我总觉得婚都订了，那不就是一家人了么。”

“你觉得是一家人了，可人家还没觉得。”

“她还骂我是流氓。”

“这一下麻烦了，我担心别闹出人命来。”

“爹，你有没有办法，她说她再也不来了，这辈子再也不来了。”

“她真是这么说的？”

“就是，她就是这么说的，说她这辈子再也不登咱们家的门了。”

“事情全让你闹坏了，好好的一个事情。我能有啥好办法，我一点儿办法也没有。”

山区里的人们大部分都到地里去了，街上只有一些不上学的小孩子，还有几个年老的人坐在各自的墙头下或者大门口，晒太阳，打盹，也有的手里捻着毛线。

秋天来了，之前的暑气突然都走了，消失了，田野里和山冈上的庄稼一派金黄。早先空荡荡的打谷场上现在都堆满了收割回来的庄稼，一些鸟就在那些庄稼垛上和打谷场的上空成天飞来飞去，肚子吃得滚圆。山区里的吊着铃铛的马车满载着高高的庄稼，日夜穿行在田野和打谷场之间。很多的人都从地里转到打谷场上干活儿来了，另外的一些人仍然留在地里，早出晚归，披星戴月地抢收着粮食。

王明好像早已把找对象的事情全都忘了，他整天赶着马车一趟一趟地拉庄稼，他几乎很少说话，脸上的神色还像从前那样很凶。我每天上学下学时，都能看见他头上顶着一些庄稼的叶子或者草棍，身上落满了厚厚的尘土，尘土把他脸上的那些粉红色的疙瘩都盖住了，他整个人都变得灰乌乌的，雾腾腾的。

秋天又来了的时候，我们的那位姓熊的老师被几个穿蓝衣服的带枪的人带走了，我们都不知道发生了什么事，只隐隐地听说好像和一个女的有关。

姓熊的老师被带走的那天，天气很好，学校的院子里满是黄色的阳光，地上也很干净，木柴和炭都堆放得整整齐齐。姓熊的老师还是穿着他的那件蓝色的短大衣，脚上是一双棕黄色的翻毛皮鞋。他的蓝色的短大衣披在身上，两只手倒背在后面，慢慢地往前走着。后来，忽然刮来一阵风，风把姓熊的老师的那件短大衣刮到了地上，那时，我们才忽然看见姓熊的老师的两只手原来一直都是被反捆着的，两个亮亮的带着链子的铁圈锁在他的手臂上。很快，我们就都知道了，那就是手铐。

那阵风，迟不来，早不来，正好在人最多的地方忽然来了，好像就是专门为了让我们看见那副手铐。

临走的那时，我看见姓熊的老师回过头朝我们轻轻地笑了一下，我看得不是很真切，好像笑了，不过也好像没笑。那时候有很多的学生都在院子里玩，男生在弹滚珠、摔跤，女生在跳绳、踢毽子。有一个人替姓熊的老师把他被风吹到地上的蓝色的短大衣捡了起来，重新披到他的身上，这样一来，那副手铐又被大衣重新遮住了。

姓熊的老师走到停在坡下的一辆吉普车前面时，车门忽然打开，他低着头钻了进去，身上的短大衣差一点又掉了。

那时，有一朵又白又嫩的看上去芬芳袭人的云彩正从我们头顶上面的天空里慢慢地走过，飘浮的云朵一开始的时候像是一大朵花，走着走着，又忽然变得像一个岛屿，像是一个人在不同的年份里遇到的不同的事情或遭遇。

那件事在山区里流传了一段时间以后，就再没有人说了。很快，又被人们忘得一干二净，没有人能想起来还曾经有过那么一个人，那么一件事。

秋天的一个傍晚里，西边的天上红艳艳的，我爬上高高的房顶，帮助母亲晾晒南瓜。我看见隔壁的王水家的院子里一片寂静，墙头和房檐都被夕阳染得很红，院子里的草垛整整齐齐地垛着。后来，就看见夕阳里的王明了，王明那时正低着头一个人坐在房檐下，不知在想什么事情。他的身边燃着一根银白色的艾条，用来驱散院子里的蚊子。那个院子里总是十分干净而整洁，在它的一些角落里堆放着那些日常使用的农具和杂物，其中有不少杂物都是王明的爹王远来从外面一件一件地捡回来的。山区里四五十岁以上的那些人都有一种古老的习惯，无论在外面碰上什么东西，都要拿回家里去，无论是一个螺丝或者一只手套，一两粮票甚至一个完全不能用的自行车的外胎，只要看见了，就不会放过。许多人都觉得不捡回去可惜，倒也没觉得与勤俭持家有什么关系，习惯了。除了这些，黎明即起，洒扫庭除，也是一些人的习惯。

墙头上的一个黑色的陶罐被风吹响，发出阵阵呜呜咽咽的声音。稀稀落落的青草东倒西歪，摇来晃去。

秋天临近结束的时候，发生了一件让人无论如何也想不到的事情，消息传来的时候，所有知道的人又想笑却又笑不出来。那些日子里，王水经常哭，谁也没有办法。他的字也写得不好了，变丑了，字体缭乱，急躁，又看上去疲惫不堪。这后来，王水就不再继续上学了。从那时候起，王水的童年岁月就算是结束了，因为我还在上学，而他已经不上了。王水一下就成了一个大人，因为他结了婚，成了家，一年以后又有了第一个孩子。

事情还需要从王明先前的那个对象说起。那年，那个女的自那次和王明在去枯树给她买衣服的路上闹翻以后，她果然遵循了自己的誓言，在很长一段时间里始终再没有来过王明他们家，当然更不会有信来。这边派人去讲和，说合，也没有结果。那些日子里，王明一回到家里便阴沉着脸，摔盆子摔碗，看什么都不顺眼，看谁都有气，因此，便三天两头地与家里的人摩擦。那中间，王水和王老五作为王明的兄弟，被王明无缘无故地打过四五回，王水被打掉了一颗牙齿，王老五则被打得胳膊发生了骨折，到医院里花了一笔钱才慢慢地见好。除此以外，王明还经常无缘无故地破坏家里的各种农具，追打一些家禽，他先后砸毁了两把锄头和三把镰刀，一只母鸡的脖子被拧断，一只公鸡被活活地踢死。

王明变得像一个疯子一样，谁见了都躲着走，都怕沾上他。他们的爹妈每天都提心吊胆，坐卧不安。后来，有人便告诉王明的爹妈说，王明应该是想女人想疯啦，如果不让他赶快结婚，后果谁也无法设想，还不知会闹出什么来。于是，王明的爹妈便打点了一点东西，委托他们的那个亲戚，又一次去找先前的那个女的。这一回，王明的爹妈准备豁上老命，欠上一大笔外债也要把那个女的娶回来，似乎只有她才能使狂暴的王明驯服，才能使王明不再行凶，重新变得像一个人一样。

秋天快要过去的时候，那女的终于传话过来了，不过，所传的内容却让人哭笑不得，走投无路。原来，那女的是看上王明的兄弟王水了，她说要嫁便嫁给王水，价钱很低，彩礼钱甚至可以不要，要么就免谈。至于王明，她是死活不嫁。

那些天，王水一家人都愁云密布，哀叹连天。王水对这件事感到十分害怕，几乎每天夜里都要做一到两个噩梦。白天上学的时候，神思恍惚，头重脚轻。王水既听不进去课，也不再做作业。有好几次他都对我说：

"我不想活了，我一点儿不想活了。"

一个繁星满天的夜晚，听见隔壁王水他们家里乱哄哄的，一家人正在吵架。慢慢地听明白王水他爹王远来让王水立即停学，与那个女的结婚。王水则一边哭一边抵抗着。王水哭着说自己才十三四，而那个女的已经快二十了，长得又不好看。其实，长得好看不好看倒在其次，关键是她本来应该是王明的对象，而他还要继续上学。

王远来对王水说，上学的事想也不要再想，门儿也没有，打定主意成家吧。又说那个女的多便宜，自己降了价，这样的好事到哪里去找？

王水还在继续抵抗。听见王远来忽然啪啪地打了王水几个耳光，王水又哭了起来。王远来其实也是一个欺软怕硬的人，王明从来都不听他的话，他敢打王明么，想都不敢想，更怕自己被打了。

很凉很凉的夜风从西边方向的山梁上刮下来，山区的夜晚里有了很浓的寒意。满天的星星都出齐了，星光熠熠。

王水他们家里已经没有任何声音了，灯也灭了，一家人好像都睡了，院子里又变得一片寂静。

都睡了。

吵归吵，闹归闹，到该睡的时候便又都睡了。

多少年来，山区里广大的劳动人民一直都是这样。

就这样，王水的学生岁月提前结束了。虽然我和他同年，但当我仍然停留在几乎还是童年时代时，王水却已经从我们的身边走开了，他突然变成一个大人，我们之间的距离像是一下便相隔了整整一代。

初冬的一天，阳光很稀很白，远近的树木都掉光了叶子，变成一些铜铁一样的枝干。西北风不停不歇地刮着。

山区里很冷。

出门上学的时候，忽然看见王水穿了一身崭新的蓝衣服，衣服有些皱皱巴巴的，一看就知道以前从未穿过。王水头上戴着一顶灰白色的皮帽子，脚上是一双解放鞋。他正推着一辆半新的自行车要出门远行，车把上挂着两个包袱，后座上驮着一个筐子。自行车是王水从他姐夫那里借回来的。王水已经和那个女的订婚了，他要去女方的家里送东西。

看见王水那样，我感到心里有一种会难言的东西，但是还并不知道那是一种什么，只是觉得眼前和身上有些瑟瑟发冷。

我问他真的不再念书了？

他说不念了，那还能有假么。

又问他真的要娶那个女的？

他说，真的娶，那还能有假么。他说他要是不娶，他爹就不活了，就要上吊。他妈也不活了。他一手扶在车把上，一手抽着烟。

我说，你不是嫌她不好看么？

他说，不好看也没办法，咱们这样的，又能找个啥。

我忽然发现一时再也找不出什么要说的话了，便看他自行车上驮着的那些包袱和筐子。王水告诉我，有白面，粉条，鸡蛋和油，还有送给女方父亲的两瓶酒。鸡蛋用谷糠和麦糠垫着，油装在一个塑料桶里。

我问王水，去了她们家里，你都要说些什么话呢？我感到这是一个即将就要面临的十分困难十分麻烦的问题，便很为王水忧虑，焦急。王水笑着说，我也不知道，我也不知道该说些啥，无法就是好话多说准没错。

又说，他去了，把东西给她们留下，吃一顿饭，他就回来了。

王水笑的时候便露出那颗豁牙的缺口，那正是被王明打掉了的那颗。如果没有那个豁口，王水的一口牙还是很整齐的。再加上他早已像成人一样的身高，他真的已经是一个大人了，很多年来，我还是第一次有这样的一种感觉。难怪那个女的非要降价嫁给王水，我想她一定是真心喜欢王水，爱上王水了。

冬天，山区里好像一直没有下雪，每天都刮风，刮很大很黄的风。每天都冷飕飕的，路上的行人也不多了，稀稀拉拉的，漫天遍野的黄风刮得昏天黑地，看什么都看不清楚。每年这个时候，山区里都会有一些上了年纪的老人死去。

有的老人说，等再过上一个年再去吧。但这样说的往往都等不到过年，有的连腊月都进不了，更有的说完这种话没几天就永远地不在了。

那年冬天，有很长一段时间我都没有见过王水，一个新转学来的学生占用了王水原来的那张课桌，另一名女生接替王水当上了班里的文体委员，每天领着大家唱歌，声音尖细，与王水的那种声音迥然不同。一开始，学生们都有些不习惯，一唱歌时总有人笑，但慢慢地，随着时间的流逝，一天一天地过去，大家也就都又习惯了，很多人都不再记得王水。一个冬天过去，很多人完全不再记得曾经有过王水那么一个人。

有一天，学校里接到一个通知，通知是县里发来的，我们的那位姓熊的老师被判了五年也有可能是七年有期徒刑，已经转到很远的一个劳改煤矿上劳动去了。姓熊的老师在那里很听话，因此去了不久就当一名文书，写黑板报，办墙报，遇到节日的时候，还编写一些供犯人们表演的演唱材料。除此之外，还替一些不识字的犯人写信。

整整一个冬天，我都很少见到王水的影子，他似乎很忙，每天早出晚归，披星戴月。听说他在外面揽了好几种活儿，每天傍晚回来，吃过晚饭以后还要出去给人油漆家具。还给人画炕围，油漆门窗。这时，我忽然想起王水不仅能写一手好快的钢笔字和毛笔字，还会写美术字，画一些简单的画。

一个清冷的晚上，听见隔壁的院子里又传来一阵吵吵嚷嚷的声音，似乎有很多的人，听不清他们在说什么，干什么。吵吵嚷嚷的声音里，还夹杂着他们的羊的叫声。

没有月亮，又是一个漆黑的山区的夜晚。

很多年以后的一个秋天，山区里橙黄碧绿，丘陵，田野，远处的山脉，似乎还是从前的样子。一些牛车从低矮的山冈前走过，车上的口袋里装着粮食，都横七竖八地堆着一起。

原野里有一些明亮的水沟。

有人告诉我，完全是因为下雨的缘故，才有了那些明亮的水沟，要是不下雨，是不会有的，因为河里也没有多少水了。

天上正下着雨，远处的地里有一些低矮的瓜棚和用玉米秸秆搭成的淡黄色的房子。

越过一道狭窄的山谷，看见对面平缓的山梁上有一个人正在冒着细雨犁地，牛和人都很从容地走着，都走得很慢。犁地的是一个驼背的男人，但仍能看出他曾经十分地高大过。后来，当他赶着牛扶着犁从地头那边重新走过来时，我便看清了，那犁地的驼背人原来正是王水。

见到我以后，王水只是有些微微的吃惊，但脸上的大部分的表情还是十分固定，非常平静的。他好像对牛说了一句什么话，之后便停住了犁。一边用五个手指慢慢地梳理牛毛，一边问我什么时候回来的。

我告诉他回来两天了。

这以后，王水似乎感到再无话可说，就坐在地头边开始抽烟。我看着他，我忽然觉得他很像一个人，却一时想不起是谁。我在如烟似雾的记忆里努力打捞着，寻找着，突然，有一个人闯了进来……是的，就是他，我确信就是他——很多年前，在一块地的地头边，把一罐子糊糊喝得精光，然后从身上摸出两块上面沾着烟丝和灰尘的糖给王水。王水没有要他的糖，后来我们就离开了那里。

现在的王水差不多正是当年他那个年纪。

“这雨下的，明明不需要了，却下起来没完。”王水像是没话找话地说。

牛很安详地卧在他的身边，嘴里嚼着一棵草。王水把烟叼在嘴上，动手把牛背上的一团绳子解了下来。

我问他：“这是你的牛?”

他说：“嗯。”

他的头上和脸上有很多的土，被雨水冲刷着。这中间他曾经轻轻地笑过一下，我看见他的那颗门牙依然空缺着，一说话便很显眼地露了出来。他的脸色有些隐隐的青紫，却又有些褐黄。曾经很白呢。

“都老了。”我望着他说道。

“就是，”他说。“岁月不饶人啊。”

我问他，他的爹妈都还好吧？他说，都死了，好几年前就都死了。他妈一到冬天就气短，喘不过气来。这我都知道，从小不知看见过多少回，把自己咳嗽得像一口锅，倒扣在炕上。最终，还是终于死在了最让她过不去的一个冬天。他爹王远来则是死在大前年的秋天，晚上吃过饭以后，说自己累了，就躺下去睡，一觉睡下去以后就再也没有醒来。

王水很慢地说着话，一边撩起衣襟擦着脸上的雨水。

“也都该死了，活多大也是个活，都到时候了。”他说。

我问他，还记得小时候在他们的大门洞里砸杏核，叠元宝的事么？

听了我的话以后，他显得很迷茫。愣了好一会儿，才说，你还记得那些事，都多少年了，有好多东西他都忘了。“我只记得你经常坐在房顶上背课文。”

这时，从山坡下面上来两个孩子，都是女孩儿，都十来岁的样子，两个女孩儿头上共同顶着一张白色的塑料布，其中一个手里提着一个罐子。

王水也看见那两个孩子了，王水就告诉我说，两个女孩儿都是他的孩子，给他送饭来了。

“你两个孩子？”

“四个。这是两个小的。”

那年腊月，王水结了婚，第二年秋天就有了第一个孩子。

那时候王水多大？十四五？十六七？现在算起来，那个孩子也应该不小了。我问他是否还在上学？

王水听了，笑笑，说：

“早就不上了，一看见书就肚疼，天生的没缘分。起初跟着一个木匠师傅当学徒，后来又不干了，就到了一个煤矿上。”

“那得要注意安全。”

“我也每天担心呢。最近正在托着一个人，想把他闹到井上来。上面虽然挣得不多，却要放心得多。”

那天，王水告诉了我很多山区里的事情。王水的哥哥，那个暴躁的王明，去年夏天的时候死了。王明这些年一直没有结婚，就一个人过，他曾经和一个寡妇过过几年，后来不知怎么又分开了。后来，马车也渐渐地淘汰了，退出了人们的生活里，王明就买了一辆小的拖拉机，给人们拉东西，粮食，日用品，甚至砖瓦石头，什么都拉。后来，又有了一条铁路。那年夏天，王明驾驶着他的拖拉机横穿铁路的时候，正好被飞驰而来的火车撞翻了。当人们把王明从铁路下面抬出来以后，他已经死了，人们看见他的脸上是一片浓重的褐黄色。那天，王明正好替一家盖房子的人家拉砖，红色的砖头那时候把一条铁路都堆满了。

“他这一辈子很可怜。”王水声音低低地说。

王水还告诉我说，他现在正在犁着的这一块地其实并不是他自己的，而是他的弟弟王老五的。王水说这话的时候，我注意到他的情绪略为有些起伏。“狗日的现在发了，富得很。”王老五根本顾不上种地，也不大能看上那一点点收益，就雇人给他种地，而所雇的人正是他的二哥王水。

雨那时候已经不下了，远处的山岭之间荡起了轻纱般的雾。雨后的山区，清晰而苍茫，空气中有一种草木和泥土的气味。

我邀请王水晚上来家里吃饭，王水犹豫了一下后答应了。

王水看了我一眼，说了声行，然后就牵着牛，扛着犁，领着两个孩子走了。

那天晚上，王水一直没有来。

那天晚上，山区的房顶上平静如水。那时候，我常常爬上高高的房顶，看见隔壁的院子里有时一片寂静，有时乱作一团。

一九九〇年四月

石灰窑

一

男人走的时候，天阴得很厉害，以至于他们将午后的时光误以为是晚上。坐在家里，能听见树叶在外面簌簌地作响。家里的光线暗极了，女人几次想去做晚饭，叫男人吃了再走，但都被男人拦住了，男人说他一点儿也不饿。女人有些迷惑不解地站在那里，不明白他为什么不想吃晚饭。她暗自猜测了一会儿，渐渐地十分惊讶地感到所想的那些事情慢慢地走了形，已不再能够由她控制，开始变得复杂起来，黑一片，白一片，眼前也时明时暗，忽红忽黄。她听到男人说了一句话，像是在对她说的，又似乎是在自言自语。她来到他的面前，又看了看窗户外面，看到他的一件衣服正在院里的铁丝上飘荡。“我还是走吧。”男人说。“天越来越黑了，再不走我就看不见路了。”

“我不明白你为什么不吃了晚饭再走?”女人说。

“我真的不饿。”男人说。“我感觉我们不久前刚刚吃过晌午的饭。今天不知怎么了，天黑得这么快?”

女人微微有些生气。男人穿着一身干净的衣服站在她的面前，她又瞟了一眼窗外，看到晾在外面的那件衣服虽然还在拂动，但已不像刚才那么飘荡的厉害了，那是她昨天洗过的。前天，她整个下午都在洗衣服，倒出去无数盆乳汁一样的白水，几只鸡的腿都被染得像白色的树枝一样。

本来还可以在家里住两天，但他一闭上眼就会想起留在岗上的会计，这是促使他早走两天的最主要的原因。现在，那里只有会计一个人在看门。会计是个胆小的人，身体也不太好，晚上又时常失眠，这几天不知道已吓成什么样子了，很难想象这两天他一个人是怎么度过来的。岗上有一些很深的沟，方圆五六里以内没有人烟。会计戴着一副很厚的近视眼镜，直到今年，他也还是没有能够弄清楚那些长短不一的沟到底有多深。此外，岗上的矮树和茅草有时湿漉漉的，又滑又黏。茅草一倒伏就是一大片，从痕迹上去看，似乎有一群人曾在那里休息，刚刚离去不久。

女人不明白岗上那么多人，为什么非要让一个胆小的、身体和视力又都很不好的人留下来看门？男人告诉她说，会计不想回家，是他自己主动要求留下来的。当然，他希望再有一个人能与他做伴，那就再好不过了，但没有人愿意留下来，人们都想回家住几天。

“他为什么不想回家？他没有家吗？”

“就是不想回。一个人留在岗上又害怕，又没有地方去，实在是没办法。”

女人愣了一会儿，转身出去将晾在院子里铁丝上的那件衣服收了回来。她一边叠衣服，一边听男人说了一些会计的事情。在男人很粗疏的叙述中，她仿佛瞥见那个可怜的人此刻就站在她们的窗外。男人吸吸溜溜地说着话，仿佛牙疼一般。女人将衣服叠好后装进一只挎包里，对男人说：

“他的女人也真是！女人活着，不止是为了那件事情，还有很多别的事呢。”

“可惜她不这么想。”男人说。“她要是也这么想，会计就不麻烦了，也没有心病了，每次回家都会高高兴兴地回去。”

“你要是也成了会计那样，我保证没什么说的，你想什么时候回来就什么时候回来，我决不会让你像会计那样。”

男人有些感激而又安心地看了女人一眼。走出家门后，他感到脸前冷森森的，八月的秋风使他的面颊一阵发紧，又不禁暗自为自己祈求，千万不要让自己变成又一个会计。虽说有女人的话在那里垫底，但也不能让自己沿着那样的方向一直下滑，出溜，要是那样，那就是自己的不对了。白骡子走在他的身边，咴咴地叫了两声。路上没有人，他走得很慢。远处的山，完全成了黛黑色，河水也像图画里的河水一样一动不动地弯曲在那里，发出一种灰白清冷的颜色。

男人叫万福，女人叫胡秀，头几年，两个人彼此都叫对方的名字。在一起过了一些年后，慢慢地都不叫了，有什么事就直接说事情的本身。

又走了一会儿后，他又想起了留在岗上的会计。他仿佛听见会计十分喑哑地尖叫了一声，接着又看见一个影子从一扇门里跑了出来。

二

“我掏耳朵的时候，你别过来。你一过来，我就完了。”

会计坐在一只小凳子上，歪着头，一面在耳朵里掏着，一面注意着门口。那只出生才十来天的小毛驴正站在他的视线里，十分认真地看着他。小毛驴看上去和一只羊差不多大，正是时刻需要寻求温暖和庇护的时候，几次想冲动地跑过来，都被会计用严厉的手势挡了回去。你可不能过来，会计对它说，你像一个不懂事的孩子一样。它站在门口，一会儿看看外面的阴沉晦暗的天气，一会儿又看看屋里，看看那个人的轮廓。

屋里的光线比外面更暗，但不妨碍会计掏耳朵。掏耳朵是一件看不见摸不着的工作，只能模模糊糊地凭感觉办事，然后在体会中慢慢地完成。早上起来，他没有吃饭，一个人在岗上转了一会儿，看到几个池子里的灰都已经沉淀了。一些工具堆积在他的视线里，有的直挺挺的，看上去像枪一样。

当小毛驴又一次跑过来的时候，会计放下了手，说：

“算了，不掏了。”

他来到屋门口，看着外面，一只手摸着它的毛茸茸的耳朵。这样站了一会儿，他忽然轻声说道：

“人民，只有人民才会烧石灰，才能烧出真正的石灰。那些不是人民的人只知道住在漂亮的白房子里寻欢作乐，定计谋，一笔一笔地做交易，完全不清楚石灰是从哪里来的。”又拍拍它的脸，说：“你也不清楚。”

整整一个上午，他一直都在与那头小毛驴说话。看着它充满稚气的脸和欢蹦乱跳的样子，他说，你现在还是一个幸福的孩子，不过，好日子不多了，再过几个月，等你稍大一点，你就得自己驾车拉石灰了，把石灰拉到需要的地方去。我真不知道你来到这个世上要干什么？我要是早知道，一定不让你来。等你长大了，你就会明白，你比我们这些所谓的人民还要受罪。

一边说话，一边慢慢地望着不远处的几个坟头。似乎看到有什么东西黑黑的，在那里一晃一晃的，起来了，又下去了。一开始他怀疑有人跪在那些坟头后面磕头，又等了一会儿，并不见有人起来，又疑心自己看花了眼。

从很远的地方冒起了炊烟。站在岗上望去，凡是冒烟的地方，周围都有一些房子，那些房子像一些小木盒子一样，安安静静地摆放在那里，只是看不见人。离得远的过，他想，怎么会没有人呢，一定有人在那里走动，我只是看不见他们罢了。他想象他们开门出来倒水，去铺子里买东西，在井边饮牛；饮完牛以后，回去垒院墙，上房扫雪；听见门响，看见亲戚从外面走进来，脸上挂着长长的风尘和黯黯的微笑。中午杀一只鸡吧？有人说这几只鸡都肥得厉害，我看不行，我不这么看，它们瘦得只有一把骨头，没什么吃头，是的，有一种用豆腐做成的东西，名字叫素鸡，吃起来的感觉和真鸡差不多。是的，这就很好了。

回到屋里后，小毛驴很快又跟了进来。他说：

“我知道你不喜欢读书，我给你念一个短故事听听吧。”

于是，他从自己的枕头下面拿出一本书，书旧得让人吃惊。来到屋门口坐下，借着外面的清灰的光线，十分小心地翻了几下，翻到一篇《柳秀才》，很短，竖着看上去，还不到十行字。另外还有一些米粒大小的小字，他不打算去念，因为根本看不清楚。书上的纸又黄又酥，一不小心就会揪掉一片，落在地上，像晒了很久的烟叶。

念了一会儿，他忽然抬起头，他听到一声长长的叹息从门外传来。这以后，他放下手里的书，来到外面。岗上静极了，人们都还没有来。记不清有多少次听到过那种叹息的声音了，他特意看了看窗户外面，在他的印象中，仿佛总有一个人坐在这里。此外，还有一种不好的感觉一直笼罩在他的心头：他和那个人彼此应该是认识的。

他扶着门框，朝远处看了一会儿，然后低声对身边的小毛驴说：

“算了，别念了。”

三

近来时常发现丢东西，有些东西丢得莫名其妙。前几天刚丢了一辆平车，昨天，鬼头又来告诉我，说我们养的一头毛驴不见了。他去棚子里给驴添草，发现里面是空的，前天晚上他亲自送进去的一些饲料还原封不动地在石头槽子里堆着，看样子毛驴还没有来得及吃，就被人牵走了。可怜的驴，叫也不懂得叫，踢也不懂得踢，不知道被弄到哪里去了？也许已经被打杀了。鬼头对我说。看来我们得巡夜了。另外，伙房里好像也需要有人帮忙，做饭的毛猴不止一次地要求再给他配两个人，一个也行。

有一天岗上下雨，我找到负责财务和治安的会计，告诉他从下面的村子里找两个女人来帮忙，最好是两个精干利索的女人。我去的时候，会计一个人正在专心致志地掏耳朵，歪着头，像是在思考什么问题。他飞快地看了我一眼，又仿佛什么都没有看见一样。他总是这样，一没事的时候，就喜欢把耳朵里的那些乱七八糟的东西清除出去。我站在他的对面看着他，雨天里的潮气不住地从外面涌进来。又过了一会儿，他掏完了，历险似的松了一口气，看着我说：

“还是你有分寸，咱们这儿数你有分寸了，我就怕碰见那种没分寸的人。你刚才要是随便碰我一下，我肯定就完了，这辈子再休想听见什么了，可是你没碰，一下都没碰。谢谢。”

我看了看被雨溅湿的窗户，又把先前说过的话对他说了一遍。

“找两个女人?”他看着我。

“是的。”我说。

“还是找个老头吧。”他说。

“老头?”

“对，一个六十出头但离七老八十还很远的老头。”他说。“比如我四叔，今年正好61岁，年轻的时候还练过几年武，而且做饭也绝不比咱们的毛猴差。他最拿手的菜是黄焖鸡和炒土豆丝；此外，稀饭也熬得不错，既不稠又不稀，让人一看就想喝。”

我对他说，咱们这里不常吃鸡，一年里也是有数的几次，来了恐怕没有什么用武之地。而且鸡怎么吃不是个吃，非得黄焖?至于熬稀饭，我个人以为不需要什么特别的技术或过硬的手艺，一个人只要头脑正常，手脚能动，就都可以干。谁不会熬个稀饭?

他似乎没有听见我的话，用手慢慢地揉着一只耳朵说：

“每次掏耳朵的时候，我都要提前把门插好，就怕有什么没方向的冒失鬼突然从外面闯进来撞到我的身上。今天不知怎么忘了，幸好进来的是你。唉，数我的那几个孩子最讨厌了，专门在我掏耳朵的时候轮番往我的身上扑，好像成心要把他们的爹闹成一个聋子。不能不怕哟，人活一世闪失太多了，一不小心哪儿就不对了。我那不成器的姑夫，就是在掏耳朵的时候被他的孩子们闹聋的。”

我认识他的姑夫，站在人的对面，用最大的嗓门讲话。自己什么也听不见，就想当然地以为别人也都听不见。但不认识他的四叔，没有见过面，只觉得按道理应该姓赵，因为会计本人姓赵。

过了两天，这个61岁的姓赵的老头从下面的村子里沿着一条发白的小路上来了。手里提着一盏马灯，身后插着一根光滑的白木棒，他自己称之为哨棒。以后的几天里，我注意到他干得很好，每天提着他的白木哨棒在山冈上走来走去，异常警惕。到了晚上，还和白天一样，只是手里多了一盏马灯，在岗上的各个地方健步行走，连坟地那边也要去转一转。我把我的那种满意的心情对会计说了，会计也很得意，觉得他的四叔没有给他丢脸。老头对会计说，我不是怕丢你的脸，我是怕丢我自己的脸。会计笑着说，一样的，反正都是脸，我们的脸都没有丢掉。老头什么都好，只是一到了伙房里，就要和做饭的毛猴吵架。谁也不知道是为什么，连会计本人也感到奇怪。问老头和毛猴，两个人谁都不说。有一天午后，他们差一点打了起来，毛猴手里握着砍刀，会计的四叔拿着斧子，两个人像两只命中相克的动物一样长久地在烟熏火燎的伙房里对峙着。

我看看觉得不行，这样下去是要出人命的。不久，从下面的村子里又来了一个叫小沙的女人，在伙房里帮忙。从此以后，会计的四叔就再也不到伙房里去了，专门巡逻，提着白木哨棒，常看见他在坟地那边转悠，有时一个人长久地坐在那里吸烟，有时又好像在寻找什么，辨认什么。

夜已经很深了，远处的青石板只剩下一些轮廓，其余的好像都融化了。还有人在岗上说话，声音仿佛罩在雾里。

“这里每人只有一份口粮，他们来得这么勤，到底在吃谁?”

“吃我的那一份。”

“你哪有一份？你的那一份也是大家匀出来的。再说，他们两个如狼似虎的东西，你那一份哪够他们吃？见鬼去吧!”

不久，说话的声音被一阵嘤嘤咽咽的哭声代替了。接下来，又听见向地上泼水的声音，还有关门的声音和走夜路的声音。

夜里的星星虽然很耀眼，但还不足以照亮山冈。我在附近转了一会儿，正在往坡上走的时候，会计的四叔提着马灯过来了。他来到我的面前，用灯照了照我，然后对我说：

“回去睡吧，有我一个人转就行了。”

“估计没有什么事情，你也早点睡吧。”我对他说。

“我再到别处去转转。”

说完，他提着马灯走了，插在他身后的白木棒在寂静的岗上一闪一闪的。不久，马灯的光亮被一堵墙遮住了。

我回到旁边的屋里，很快就睡着了。

四

自从叫小沙的女人来了以后，经常有两个陌生的年轻人来看她。是兄弟两个，一个叫黑三，一个叫黑四。小沙已经是一个三十多岁的女人了，而他们两个才二十来岁，尤其是黑四，看上去可能才只有十八九岁。遇到中午或晚上，他们来了就直奔伙房，知道小沙准在那里。平时，他们就径直走进小沙住的房子里，有时，三个人在那里很久都不出来。谁也没有见过黑三黑四兄弟两个开口说话，甚至连他们的声音也没有听见过。不仅对别人不说话，也不看一眼，他们两个人相互之间也从来不说话，他们的目光只停留在小沙的身上。

有一天，我来到伙房，看见小沙提着一只桶正要出去打水。不可否认，她是一个十分丰满的女人，这也许是吸引黑三黑四兄弟两个的一个主要原因。毛猴看见我后，向我使了一个眼色。我走进里面，毛猴指了一下小沙的渐渐远去的背影，对我说：

"我见过的女人多了，从来没见过像她这样的女人。"

"她怎么了?"

"要是在古时候，我有一千个理由会认为她是狐狸变的，但现在这个时代，她显然不是狐狸，而且还是一个各方面都很正常的女人。"

我看着毛猴，觉得他似乎还有话要对我说。正在这个时候，小沙提着一桶水从外面回来了。看见我还在伙房里站着，她朝着我笑了一下。我对毛猴说，以后没水了应该他去，不要让一个女人去提水。

"我比毛师傅年轻，"小沙对我说，"还是我去吧。"

看见她回来，毛猴已转身到一边削土豆去了。这时，听见小沙这样说，他停下手里的刀，用一种怪异的眼神看着她。小沙显然不知道毛猴姓什么，误以为他真的姓毛。我看了看，觉得这样的事情没法纠正，连毛猴自己也不能站出来说自己不姓毛。将桶里的水倒进缸里以后，小沙又倒了一杯水，让我喝水。"喝水吧。"她说。我看见那个杯子很干净，还有一个粉红色的盖子，不像我们这里的其他杯子，我猜测可能是她自己的杯子。

回去的时候，看见有人正在坟地那边烧纸。坟前的砖头上摆着一些供品，有小孩子拳头一样大的梨，月饼，还有午餐肉罐头和一瓶酒。看不见烧纸的火光，只看见烟冒得很大。烧纸的人不是跪着，而是蹲在那里，像是在玩火的一个孩子。

会计，鬼头，还有几个搬石头的人，都在斜坡上坐着。他们好像在听会计说话。我走过去的时候，听见会计正对他们说：

“到了这年夏天的时候，山里的花儿全开了，可他们还在继续干那种费力不讨好的事情。”

“那个李跟车怎么样了？”有一个人问会计。“他还在到处拾柴火吗？我觉得他应该搬到另一个地方去。”

“每天晚上，他都能从窗户上看见一个身材矮小的老太婆，在院子里走来走去。”会计说。“老太婆的头发全白了，又白又稀，像扫地的笤帚一样。有时候用嘴噗噗地往他们的窗户上喷水，有时候又像在连夜搬运什么东西一样，就这样鼓捣，折腾。到后半夜的时候，就不见了。”

“不会走远，准是藏起来了。”有人皱着眉头说。

“有一天是个晴天。”会计说。“李跟车根据老太婆夜里消失的位置，用铁锹在院子里挖土，挖了两三尺深的时候，看见几缕笤帚一样的白头发；再挖，就什么也没有了。”

人们都不说话了，互相望着。

坡上很静。离他们最近的一个窑里正在冒着很浓的烟，有几个人的影子在烟雾中出没。

“我们和他们不一样。”过了一会儿，鬼头忽然说。“我们是在烧石灰。石灰的用途就是把所有的房子都变白。”

“我看不出变白和不变白有什么两样。”会计说。

"那当然，你是谁?"鬼头笑着对会计说。"在你的眼里，男人和女人也都是一样的，没有分别。"

"你他妈的再这样没大没小的顶撞我，小心我扣你的工钱!"

我看见会计的脸变得像沉淀的石灰一样白。

几个搬石头的人又去搬石头去了。鬼头推着一辆平车走进附近的烟雾里，很快也看不见了。

我和会计来到坡上，沿着一条起伏的土坎走了一阵。走着走着，会计忽然停住了，不再走了，眼睛看着山冈下面。

顺着他的视线，我看见有两个人正在那条发白的小路上走着。待他们再走近一些时，我认出是黑三黑四兄弟两个，他们一前一后地走着，相互之间不说话，也没有任何的交流。他们又上来了。

我看看会计，发现他慢慢地摇了几下头。

五

晚上，我们在灯下吃饭。黑三黑四兄弟两个也蹲在一边，一人端着一个碗，他们风尘仆仆，吃得又快又多，像是刚放出来不久。小沙站在距离铁锅不远的地方，一碗接一碗地给他们盛面条，她自己则不吃。小沙几乎忙了一个下午，午后刚过去一会儿，她就把锅里的水烧开了。

我从墙上摘下一串哗哗作响的辣椒，又去屋后的地里拔了几棵葱，回来的时候，天已经黑了。

我听见有很多的羊在黑暗中用颤抖的声音叫着。

我第二次走到伙房那边时，小沙和黑三黑四兄弟两个都已经不在了。伙房里亮着灯。

透过水蒙蒙的雾气，我看到会计的脸。

先是毛猴的声音：

“好歹我也是个厨师，我连这都不懂吗？”

接下来是会计的声音。会计在说：

“你是什么厨师？你顶多是个做饭的大师傅，伙夫！厨师是需要技术的，你有时连面条都煮不熟。”

我听见毛猴笑了一声。“你懂什么？”他说。“真正的厨师做出来的东西都是半生不熟的，那需要极高的火候和分寸，还要有悟性。你吃过什么？除了烩山药，你什么都没有吃过。”

穿过水蒙蒙的雾气，会计没有吃晚饭，就阴沉着脸从里面出来了。

又到了坡上的时候，会计坐下了。我也坐在他的旁边，看着岗上的星星。过了一会儿，会计忽然对我说：

“你以前认识那兄弟两个吗？”

“不认识。”我说。

“你听见过他们说话吗？”

“没有。”除了小沙，这里的人恐怕谁也没有听见过他们开口说话，连他们是什么声音都不知道。

“我倒是知道他们，但我听说他们兄弟早在两年前就都死了，一个是病死的，另一个是吊死的。”

“谁是病死的？谁是吊死的？”

“黑三是病死的，黑四是吊死的，据说两个人都和她有关。”

“小沙？”

他在黑暗中看着我，点了点头。

“他们从来不开口，是因为他们不会说人话。”他说。

一开始我以为他说的不过是一种气话，尽管我是那样的感到震惊和不可思议。那一刻，我仿佛明白了，会计为什么一直拒绝与黑三黑四兄弟两个在一起吃饭。他说每当他们来了的时候，他总是闻到那天的饭里会有一种难以去掉的死人味，有时很浓，有时若有若无。他用自己的那种眼光看着他们，但那兄弟两个却从来也不看他一眼。

我想起一件事，是毛猴曾经告诉我的。有一天，外面下着很大的雨，他和那个叫小沙的女人正在伙房里做饭。有一阵，他感到背后有些冷，回头去看时，发现伙房的门开着，接着又看到黑三黑四兄弟两个站在门口。不知道他们是什么时候进来的，既没有说话，也没有听到他们从外面进来时的声音和任何一点动静，他们就那样无声无息地站在门口，看着站在灶间的女人。小沙似乎也没有发现他们进来，她正在一个墩子上叮叮当当地切土豆。毛猴看着他们两个，但他们并不看他，仿佛他根本不存在一样。最让毛猴感到吃惊的还不是这些，而是他们的衣服。外面下着很大的雨，他们是冒雨进来的，既没有穿雨衣，也没有看见雨伞，但他们两个人的衣服却一点儿也没有被雨淋湿，是干的。毛猴还特别注意了一下他们的脚，看到他们的鞋也是干的，所站的地方也没有从外面带进来的泥水，只有一把剥下来的葱皮。看了一会儿，毛猴提着手里的一把菜刀，突然向伙房外面跑去，冒着雨跑回了自己住的小屋里。又过了一会儿以后，听见外面的雨渐渐小了，他戴了一顶草帽，慢慢地向伙房走去。伙房里只剩下小沙一个人了，她已经把水烧开了。毛猴来到灶前，看到很多的土豆正在锅里咕咚咕咚地翻滚着。

"放咸盐了没有?"毛猴说。

"还没有。"小沙说。

"放吧，该放了。"毛猴说。

于是，小沙开始往锅里放盐。毛猴又说：

"再放一点酱进去。"

"我来吧。"小沙说。"你到那边抽烟去吧。"

有一天午后，远远地看见小沙坐在伙房外面的一块石头上织毛衣，于是，我朝她走过去。她来了也有一段日子了，我问她对这里的印象如何，觉得怎么样，她说挺好的。不久，她又向我建议，伙房里应该装上纱窗和纱门，这样苍蝇就不会飞进去了。我看着她，女人到底是女人，她使我想起了毛猴。多年来，每到夏天，他总是受到无数苍蝇的围攻，但他并不与它们进行搏斗，仿佛它们根本不存在一样，他也从未想过应该安装纱窗纱门一类的东西。现在，刚来了一个女人，就想到了纱窗和纱门，这使我感到一种家庭般的温暖和清洁。现在看起来，毛猴是一个非常不讲卫生的家伙，他的围裙上至少能洗下十几斤油垢，原本薄薄的一条布围裙，经他一系，变得像一条油光光的上好的皮围裙。早在过来之前，我本打算有话要问小沙，现在看到她这样，我感到再很难说出口。于是，我的目光落到了她的那团毛线上面。我问她给谁织毛衣，她没有说给谁织，而是说：

"一点旧毛线，我把它编起来。"

她问我家在哪里，我告诉了她。接着又问起我家中的情况，女人，孩子，父母，房子和院子是不是很大，院子里一定种了不少树和青菜吧？在村里还有没有田地？人不在村里了，家里的人受不受别人欺负？

放在她腿上的那团毛线滚落下来，一直来到我的脚边。我捡起来，递给她的时候，突然对她说：

“经常来找你的那两个一声不吭的年轻人到底是什么人?”

我看见她的脸色变了。虽然手里还在继续编织着毛衣，但已不像刚才那么从容和有条不紊了。她看了我一眼，很快又把目光落在胸前的毛衣上。她的针法错了，她停下来，用一根多余的针将错误挑开。

过了一会儿，她对我说，她想回去，家里最近很忙。一开始我没有听懂，只以为她要回伙房去干活儿，后来才明白她是要回她自己的家里去，看我们能不能另外再找一个人。我对她说，我并没有说什么，只不过随便问了问那兄弟两个的情况。而她却说，她的两个孩子都在上学，男人又不常在家，家里不能没有人。说着，收起了毛衣。

她执意要走，看来是留不住了。于是，我叫来会计，给她结算了工钱。多给了她40块钱，不知她看出来没有，她既没说不要，也没有表示感谢。忽然想起她还有一个有着粉红色盖子的水杯，我曾经用它喝过一口水，就提醒她别忘了带上。她朝我笑了一下，说：

“那天已经打碎了。”

我和会计一直目送着她走下山冈，看见她在那条发白的小路上渐渐地越走越远，最后完全看不见了。

“如果有机会，”会计对我说，“应该派人去打听一下。”

“打听什么?”

“看看那兄弟两个，到底是活着，还是早已经死了，去村里一问就知道了。”

最后的两座窑正在熄火，岗上到处弥漫着烟雾。明天是八月十五，人们都想回家，只有会计不愿意回去，要留下来看门。临走的时候，毛猴对会计说，我们都走了，就剩下你一个人了，不怕鬼吗?

我就怕你，会计说，你走了，我就什么也不怕了。

年初，毛猴找了一个五十多岁的寡妇，还没有办手续，两个人就已经住到一起去了，据说两个人好得像胶一样。这天下午，他摘去了那件令人不堪入目的围裙，换了一身干净的衣服，很得意地从会计面前经过时，听到会计对他说:

“别太得意了，小心我派人去拿你们两个老货。”

六

男人走了两三天以后，天还阴得很厉害。有一天，一个人从外面走进来。那个人瘦弱，戴着一副眼镜，一进来就不停地咳嗽，咳嗽耽误了他说话。女人看了一会儿，忽然说道:

“你是石灰窑的会计吧?”

“怎么不是？正是。”

会计有些惊喜地摘下眼镜，当发现自己根本无法看清对面的女人时，很快又将眼镜戴上。他依然沉浸在那种惊喜之中。

“你是怎么看出来的?”会计说。

“我听他说起过你。”女人说。

“谢谢你们还说起过我。”会计说。“我这样的人，你们还说起过我。”

女人给会计让座，会计站在那里没有动。

“他病了，你不去看看他吗?”会计对女人说。

“刚走了两天，怎么就病了?”

会计的话使女人变得异常焦急起来。他坐了一会儿。不久以后，女人跟着会计出了门，他们沿着那条发白的小路往上走。走了不多久，女人忽然看见她的男人从对面的岗上也沿着那条发白的小路下来了。让女人感到吃惊的是，她看到她的男人的身边走着一个她没有见过的女人。

女人停下来，看了一会儿，问身边的会计：

“那个女人是谁?”

女人听见会计笑了一声，然后忽然就不见了。

女人被自己的一阵喊声惊醒了，睁开眼睛后，看到天已大亮了。她回味着那个梦里的那些情景，感到自己的心跳得很厉害。不久以后，她起来梳洗完毕，就出了门。她看到天有些晴了。

沿着那条发白的小路往上走的时候，女人有一种重温旧梦的感觉，沿途的一切景色都和梦里见到的一模一样，只是身边少了会计的那种窸窸窣窣的走路的声音。走了不多久，女人忽然看见她的男人从对面的岗上也沿着那条发白的小路下来了。男人走得很快，渐渐地过来了。女人停下来，她注意到他的神色有些疲倦而焦躁不安。

男人看见自己的女人站在路上，先是吃了一惊。之后，他告诉女人，他正想回去看看，却不想到在路上碰到了她。他的心里藏着一件事情，在岗上睡觉的时候，他梦见了自己的家和院落。院子里异常寂静，连一根麦秸和鸡毛也没有。但不久，他看见一个人的头从外面伸进了院子里，只是一个头，看不见头以下的身体。他顿时有些紧张起来。那时候，他还远远地听到了几声狗的吠叫，还有一阵清脆的响声，仿佛是一只碗在地上摔碎了。看着看着，那个头就不见了。他有些焦躁地向四处张望着，又听见有人在呼嗒呼嗒地拉风箱。

这会儿，他看见女人在看着他，在得知他没有生病以后，女人一下变得很轻松起来。女人告诉他，从家里出来的时候，她带了几个月饼，是给会计的，她知道他没有回家，十有八九没有吃上月饼。另外，她还把他们的一个平时不怎么听的收音机也带来了，也是给会计的。女人让男人把这些东西转交给会计，但并没有也不打算把自己做的那个梦告诉男人。女人了解自己的男人，说粗的时候也很粗，说心眼儿小的时候，也非常的小。

“已经用不着了。”男人说。

“怎么用不着了？”

男人告诉女人，他从家里来到冈上以后，就一直没有见过会计。头一天晚上，他听到有人在门外叹气，他以为是会计。出去看时，外面并没有人。冈上已经很冷了，尤其到了晚上，比下面的村子里要冷得多。第二天，鬼头来了。鬼头住在北边的一个村子里，沿着沟底过来的时候捡到一副眼镜。鬼头拿着那副眼镜让男人看，鬼头说这好像是会计的。男人也觉得像。现在，人们还没有来齐。

“不会是死了吧？”女人试探性地问道。

男人没有说话。他看看上面，又看看下面，整个一条长长的弯弯曲曲的小路上只有他们夫妻两个。不久，下面的路上又来了一个人。渐渐走近了，是一个提着包袱的孩子。孩子认出了站在路上的男人，一看见他便有些惊喜地说：

“我爹呢，他没事吧？”

“没事。”男人说。男人告诉女人，孩子是会计的一个儿子。

“我妈想让他回去。”孩子对男人说，“还说看看他够不够退休的条件，要是够了，就让他回去，让我来顶他。”

“你这么小，不好好念书，来这里做什么呢？”男人对孩子说。

“我很笨，总是念不好。”孩子老老实实地说道。“我喜欢石灰窑，冈上总是冒着很大的烟雾，像打仗一样。”

“我看可以。”男人说。“我代表石灰窑欢迎你。不过，你多大了？”

“14。”

“再过两年来吧，现在还不行。这个时候要了你，我们都得进去。”

“进哪里去？”

“还能有哪里，监狱。”

孩子被吓了一跳，又有些不解地看着男人。“这两年先在家里帮你妈做点事吧。”男人对孩子说。他们沿着小路开始往冈上走，女人走在后面。女人听到男人对那个孩子说：

“你小子还有点儿福，今天正赶上我们要吃好的。”

“吃什么好的？”

“馒头炖肉。”

“真的吗？我最喜欢吃炖肉了。”

又走了一会儿，男人放慢脚步，问身边的孩子：

“你妈一直不欢迎你爹回去，这会儿怎么又想让他回去了？”

“昨天晚上，”孩子说着，回头朝后面看了一下，压低了声音。“我爹好像回去了。在外面叫了几声，‘桂花，桂花……’”

“桂花是谁？”

"我妈。"

"你妈叫桂花？我记得她好像叫菊花还是桃花。"

"她就叫桂花。不管她是什么花，她都没有去开门。我爹就那样叫了几声，叫得软软的，小声小气的。后来，我去开了门，但外面没有人。我又等了一会儿，还是没有人。于是，我就回去了。快天亮的时候，我看见我爹手里拿着一本书，坐在那里，对我说：

'我知道你不喜欢读书，我给你念一个短故事听听吧。'"

"这就怨你们了，你们要是书念得很好，他就不光是给你们念一个短故事，而是要给你们念一个长故事了。"

"我们就是很笨嘛，就是念不进去嘛。"

"好啦，接着说吧。"

"今天早上一起来，我妈就对我说，'你去看看他，他要是能回来就让他回来吧，八月十五也没回来。'我就来了。"

"你看你妈说的是真话吗？"

"我看像真的。我爹呢，他没事吧？"

"没事。"

他们正走着，突然听到身边传来一阵女人的哭声，男人和孩子都被吓了一跳。回头去看时，见女人正在边走边摆弄那个收音机，那阵哭声就是从那个收音机里传出来的。路上还是他们三个人，并没有多余的人出现。

"关掉！把它关掉！"男人突然厉声说道。

女人抬起头，看见男人撇下身边的那个孩子，像一个很凶恶的陌生人一样向她走过来。

一九九九年十月

阴山南麓

一

“老乡，请问这是阴山吗？”

“不知道。”

“怎么会不知道呢，你们不是就住在这山下吗？”

“听不懂你们的话哩。”

一老一小，站在一条长满蒲公英和水稗子的路边，老的手上挽着一个大包袱，小的可能只有两三岁，手里竟然也提着一个小篮子，篮子里不知放着些什么，上面用一块旧花布盖着。看出那几个人还有话要问，老的忽然扯起小的，慌慌张张地走了。听见那个孩子说：

“姥姥，鞋里进去沙子了。”

“走快些，等到了你二姨家再说。”

一转眼，就看不见那一老一小了。视线尽头只是灌木，庄稼，再过去就是那山。

两辆汽车，六个人，三男三女，一出现，一下车，就把这个苦寒的地方给惊醒了，照亮了。鸡叫了一阵，从院子里飞到墙头上，拍着翅膀，那种像是白内障似的眼睛不知看着哪里。狗汪汪地叫着，却又不敢真的上前去，六个鲜亮的人尽管眼生，也不是那么可怕的，可他们身后的那两辆虎虎生威的越野车让它们感到畏惧和惊骇，这可能也是它们一直不敢扑上去的真正原因。刚一开来的时候，连地都在震动，摇晃，还有一种从来都没有闻到过的气味，全都轰轰隆隆地压了过来，这也就不难理解，几分钟前还一直以为自己不会飞的鸡们，为什么都一惊一乍地上了墙头。

一个魁梧的男人拿出一张地图，展开后看了看，接着又看看面前的山，对同行的另外几个人说："没错，就是这里。"

"老乡们真愚昧呀，"另一个人说。"世世代代住在这里，却不知道自己身在何方。"

"他们不需要知道。"一个女的说。

正是午后，迎着太阳打量，山像是镀了金，只是镀得不很均匀，有明有暗，有深有浅。地上，山间，开始有各种影子出现。

"这山上应该有动物吧，怎么什么也看不见呢？"

"它们应该是害怕了，知道姚总来了，隋教授来了，孙菲女士来了，都找地方躲起来了。"

"隋教授的隋是哪个隋，隋炀帝的隋？"

"正是，不然还能是哪个隋。"

"我还以为是随便的随呢。"

"帝王究竟算哪种人呢？最能随便的人，还是最不能随便的人？"

远远地看见一个人喘着气跑过来，在两辆黑亮黑亮的车前停住，笑着说：

“大家好！我是这个村的村主任，欢迎大家来观光。”

二

客人们拿着照相机四处活动去了，村主任开始找人给他们张罗晚饭。

有两只鸡还愣愣地站在墙头上没下来，村主任过来过去的时候，它们就用它们那圆圆的白眼睛看着村主任。看得村主任心里有些毛，有一回就停下来，看着它俩说：

“别看，一会儿就吃你们呀。客人点你们的名呢。”说完，还朝它们笑了一下。

这么多年，他还是第一次发现鸡的眼睛竟然那么圆，像圆珠笔前面的那个白圈圈。又想到，这可能是它们在所谓的故乡生活的最后一个下午了。

四个女人，三个男人，都是来帮忙做饭的。大锅，大勺，铜盆，塑料盆，葱，蒜，辣椒，在门前摆了一地。又让人在几棵白杨树之间拉起两根绳子，万一来雨，很快就能变成一个棚子。又在柱子上挂了两个灯笼。

听见那边的油锅滋啦滋啦地响了起来，在不断飘过来的油烟里，村主任产生了一种过年的感觉。不过，很快就又发现那是一种错觉，因为过年总是和冰雪和寒冷连在一起的，而眼下正是暖和的夏天，山上的树绿了，有的地方的草已有半人高。

一个女人忽然惊叫了一声，头发被火焰燎了一下。村主任过去看了一下，说：

“挺好看的，卷得弯曲了，省得你专门去烫头发了。”

另外两个女人，一个在和面，一个在切菜，都哧哧地笑着。

大约快五点的时候，两个男人开始捉鸡，他们问村主任要捉几只。村主任想了一下后说，他们六个人，其中三个还是女的，有两只足够了，一只熬汤，另一只和土豆炖在一起。

捉第一只的时候很容易，因为那只鸡还一直站在墙头上，像是睡着了，所以他们一回身就捉住了，正是村主任先前与它说过话的那只。第二只本来也在墙头上，但看到第一只被捉以后，就跳到了院子里，又飞又蹦，咯咯地叫着，怎么也不愿意被捉住，一个时期还上了树。从杏树上被捅下来，又飞到了一棵李子树上。后来又掉进一个水盆里，湿漉漉地爬出来，飞一样地从那几个做饭的女人中间穿过，溅了她们一身一脸的水。几经折腾，身上也掉下不少的毛，鸡毛到处乱飞。村主任分别从自己的头上和肩膀上捡到好几根鸡毛，拿在手里看了看，对那两个仍在摸爬滚打的人说：

“看看你们两个，连一个鸡也捉不住，还能做成个甚？平时还总不满意，总觉得是社会埋没了你们，社会埋没了你们么？”

两个人都没有作声，看那样子更像是根本就没有听见，他们一个蹲着，一个弯着腰，大气也不敢出，正从不同的方向慢慢地朝那只鸡围拢过去，向它接近。

看到那情况，村主任不仅马上闭了嘴，不再数落，就连自己喘气的声音也变小了。同时，他还向那几个干活儿的女人示意，尽量不要弄出太大的声音来。

鸡终于被逼到一个墙角里，再也没有希望跑了，喉咙里咕噜了两声后，闭上了眼睛。一个人上去摁住，又把它的两个翅膀交叉着扭到一起，拎了起来，说：

“叫你不听话！叫你再跑！”

拎着鸡走到一个正在拣沙葱和野蒜的女人身边，问："水热了没有？"

"早就热了。"女人低着头说。

就去杀鸡，杀完后放进一锅热水里，准备褪毛。

村主任叫住另一个刚才参与捉鸡的人，低声说，晚上我想给他们吃新土豆。新土豆？这时候哪有新土豆？对方有些迷惑不解地问道。村主任说，你不是种了十来亩么。对方说，我是种了，新的也当然比旧的好，问题是还不到时候。这会儿才六月，要再过两个月才能吃，你又不是不知道。村主任说，不白吃你的，人家会付钱的。对方说，这是钱的问题么？付钱也不能吃，不到时候。这个时候，就是皇帝来了，也没办法给他吃，要杀要剐只能由他。你要不信就去地里刨一窝看看，最大的也才只有核桃那么大，还又麻又水。你要是不怕把那几个人麻死，不怕人笑话，我这就给你刨去，他们才能吃多少，有一垄足够他们吃的了。

说着，伸出一只手在村主任的头上摸了一下。

"干甚？"

"我想摸摸你是不是在发烧，说胡话。当了干部，连季节也不分了。"

村主任很快就发现是自己的不对。啊，真是忙昏了头，和发癔症差不多呢。这季节确实还不到吃新土豆的时候，也许往南面的地方行，但他们这里却无论如何也不行。想起来它们刚开过花不久，还正在生长，那遍野的小白花也就是前两天的事。

既然新的还不到时候，那就只能给他们吃旧的了。想到这里，村主任又对那几个女人说：

"把山药的皮都去掉，去干净，别像在你们自己家一样，皮也不去，就直接扔到锅里了。”

几个女人没有说话，也没有人理他，因为就在他说那话之前，已经有一个女人在给土豆去皮了，她的脚边已堆了不少削下来的皮。

一个女人问他：“你今天不开会？”

他看了她一眼，正要说什么，一回头，却猛然看见那两辆汽车的周围不知什么时候聚拢了十来个孩子，有的用手在车身上和玻璃上摸，还有的把脸贴上去，好像在听什么声音。还有两个老人，也在车前站着，手里都拄着棍子，其中一个手搭凉棚，正透过玻璃往里面看。

村主任相信，再有十分钟，也许根本用不了十分钟，车一定会被弄坏。这感觉一出现，他就听见他的脑子里传来一阵房倒屋塌的声音。没有人用东西在他的头上打他，袭击他，但他却看见眼前金星乱舞，有数不清的绣花针一样的东西在飞来飞去，两三根绑在一起，跌下去了，又升上来了。他揉了一下眼睛，看见还有零散的金星粘在手上。他跑过去，大声地说道：

“不敢摸，摸坏呀！都离这车远一点儿！”

他乍开两只手，弓着腰，赶鸡上架一样轰着那些孩子。驱散了小的，剩下两个老的。村主任对他们说：

“您俩人给他们起个带头作用，去那边晒太阳多好。要是再能捎带着给他们讲个故事，把他们吸引住，那就更好了。”

“已经坏啦？”一个老人问。

“没坏，”村主任说，“这不是怕坏了么，坏了还了得？这么两个大家伙，这要是给人家闹坏了，咱们一村人绑在一起也赔不起呢。”

两个老人愣了一会儿，然后就都走了，一个往东，一个往西。

三

一个女人对村主任说：

“没酱油了。”

“你家里有没有？”村主任说，“回去拿一趟，到时候和你的工钱一并算。”

女人从凳子上站起来，摘下围裙，说：

“俺那可是好酱油。”

“赶快回去拿去吧，”村主任说，“我也没说你是赖酱油。”

回去拿酱油的女人很快就从坡下消失了。一直坐在旁边，先前参与捉鸡的那个男人先是冷笑了一声，然后对村主任说：

“每天喝糊糊，你相信她家里能有好酱油？”

“人家刚才在的时候你咋不说？”村主任说，“你甭管她。你到半山腰去一趟，把那桶泉水提回来，估计接了有多半桶了，一会儿炖鸡，沏茶，全靠它了。”

“一有个事，就总有人要浑水摸鱼。这会儿的人们，我算是服了他们了。”

先前参与捉鸡的男人自言自语地说着，慢慢地站起来，把一件衣服拿在手里，离开院子，下了坡，穿过一片稀稀落落的杨树林和杨树林那边的莜麦地，沿着山脚下的一条小路，朝山上走去。村主任站在这边的院子里，能看到他上山的样子，走得不是很积极，像是在不情愿地一下一下地往前拱。那件衣服一会儿拿在手里，过一会儿又出现在肩膀上，一下都没穿过。

就这样儿，还想当支委呢。村主任注视着那个越来越远，越看越渺小的背影，在心里想道。等哪天真的当了，可能就再也用不动了。

村主任望着对面的山，一点儿都没变，几乎还是他小时候见过的模样，从来也没觉得它有什么特别的，不料近些年却不断地有人专门大老远地跑来看，拿着照相机到处咔嚓咔嚓地乱瞄，乱拍。从那时候起，他发现，一个东西，一种事情，如果前一百年，前几十年，一点用处也没有，后面的年份里就很有可能会派上用场。那么，同样的道理，如果前面的年月里风光过了，热闹过了，到后面也就很有可能会一年不如一年，一出溜到底，很可能会变得连狗屎都不如，看都没人多看一眼。他想，这可能就是所谓的风水吧？前半年到你家，后半年去他家，一圈一圈地转着。这中间，无数个年头里，似乎还有一双高高在上的眼睛一直都在看着这一切。

山上的光线正在变深。

荞麦已经开花，满地的红秆绿叶。

莜麦像是青绿的湖水，风一吹，绿浪滚滚，燕子，石鸡，白头翁，画眉，在那涌动的麦浪上面飞来飞去。

不知什么时候，一个戴草帽的人出现在村主任的面前，向村主任说了一件事，也就是三两句话。村主任听着，眉心处开始抽搐，渐渐地拱起一个疙瘩。后来，村主任就和他相跟着一起走了。

四

晚上六点多钟的时候，那六个人陆陆续续地都回来了，他们看见村主任正站在桌子前等着他们。桌子看上去很大，是用两张桌子拼起来的，上面已摆了茶壶，茶杯。

他们开始解除身上的东西。六个人，至少有十个照相机，村主任看得有些傻眼，为甚要用那么多，一人一个难道还不够用么？其中更有一个照相机，把村主任吓了一跳，又大又重，有一个猪头那么大。村主任用自己的目光给它称量了一下，没有二三十斤，起码也有十几斤。而且，村主任越看越觉得它像极了一个猪头，尤其是镜头凸出来的那一截，酷似猪嘴的部分。

一个长得很好看的女人对村主任说：

“空气真好，你们一定能长寿。”

村主任笑笑，刚要说什么，那女的又说：

“我拍了你们的莜麦地，胡麻地，还有山上的青杨树，青杨树比竹子还漂亮呢，看——”

说着，朝着山麓的方向，举起相机，让村主任看。村主任心里一惊，他们又去胡麻地了？刚要凑过去看，但对方身上的一股浓浓的香水味飘了过来，像一道看不见的铁丝网，把村主任隔在了网的那一边。村主任尽量歪着头，表示自己在看，其实却什么也没看到。他又不敢太靠近她，唯一的收获只是鼻尖上多冒出一层汗。

那时候，夕阳正在坠落的途中，把山上的那一面映得通红，而站在山的这一面看，山峰的边角呈现出黄铜或赤金的景象。有羊群正从山上下来，在山间的细窄处走成一条弯弯曲曲的白线。等到了较为宽阔的地方以后，先前那道弯弯曲曲的白线开始断裂，散落。坐在院子里的桌子前朝山上观望，感觉那群羊并不是从山上，而是从天上一路斜坡下来的。

树下一字排开六个脸盆，盆里有清水，旁边还搭着谁也没有用过的新毛巾。看着他们洗完了脸，村主任就叫人往桌子上端菜。

“喝啤酒哇?”村主任征询他们的意见。

他们说好，这时候只想喝啤酒。

随着一阵通通的脚步声，两个年轻的后生扛来四捆啤酒。酒打开，倒满，白沫子溢得到处都是。几个女的一边尖叫着躲闪，一边用纸巾擦手，擦腿。座中有一个人叫小聂或是小宁，村主任始终没听清他的名字。叫小聂或小宁，其实也不小了，四十三四的样子，和村主任的年龄差不多。这个叫小聂或小宁的人说，他的车上还有二锅头和干红，如果有谁想要喝，可以随时去取。但没有人表示要喝。

太阳落下去不久，天稍微黑了一会儿，月亮就又升起来了。村主任正要合闸，打算让灯亮起来，被众人阻止住了。他们说不要灯，就在月光下喝酒，说话，没有比在月光下喝酒更好的了。村主任也就不再坚持，心想不亮灯更好，还省电呢。本来电线下午就已经拉过来了，上面坠了两个二百瓦的灯泡。

“古人就是在月光下喝酒的。”那个叫姚总的人说。

众人都点头称赞，又说了一些浪漫，意境高远之类的话。

月光下，没有古人，却有六七个村里的孩子七高八低地站在一边看着，村主任发现后，就过去驱散他们，让他们各回各家吃饭去。

还有好几只狗，先是在树下蹲着，看着，等后来开始吃饭的时候，就也开始活动，兴奋无比地摇着尾巴，在人的身后和桌子下面蹿来蹿去，寻找着想吃的东西。一个女的忽然惊叫了一声，说有一只狗在舔她的腿。

"它用舌头舔我。"她显得楚楚可怜地说道。

"这话说的，既然是舔，那就只能用舌头，"那个叫姚总的人说，"不然你让它用什么？用别的还能叫舔么？能用爪子舔你么？"

众人一阵大笑。那个女的说：

"姚总最坏了。"

小孩子可以驱散，几只狗却很难赶走。村主任像是和它们捉迷藏，打游击一样，不断地驱赶着喝喊着它们。村主任瞅准一个机会，踢了其中一只狗一脚，并警告道：

"不准舔客人的腿！"

也不知是不是刚才舔人的那一只，平白无故地挨了一脚，又钻到桌子下面去了。那个被狗舔过的女的摸着桌角的黄铜包钉，忽然说：

"这桌子不会是古董吧？"

"那也说不定，"那个叫隋教授的人说。"在这种地方，天高皇帝远，一个喂猪的槽子，喂鸡的碗，装小米的坛子，都有可能是古董呢。"

村主任站在旁边笑着，不说是，也不说不是，而是在不断地提醒他们，要他们多吃羊肉，羊是他们来了以后才现杀的。但是，让村主任没想到的是，有一个皮肤稍显黑的女的，却是一个吃素的，什么肉都不吃，除了不想杀生，更觉得不洁净。她提出想吃一碗干净的白米饭，可是却没有。村主任对她说，我让她们给你单独做一碗面吧。素女伸出一根手指，强调说：

"记住，是素面。"

众人喝酒说话的过程中，村主任兴冲冲地走过来，除了端来一碗素面，另外还有一盘土豆泥，都是专门为她做的。但是，吃素的女的看了看，说，算了，我还是吃面包吧。

为什么？连其他几个人也都觉得不解。原来，素面里放了葱花和芫荽，而土豆泥里面拌了当地的沙葱和野蒜，原本都是为了增色和提味的，却没想到正是这几样东西坏了事。素女乘此机会向大家宣讲修行知识，她解释说，葱，蒜，芫荽，辣椒，虽然不是肉，但却属于“小五荤”，同样不能吃的，吃了人就会不洁净。

村主任觉得自己遇到了一个从未遇到过的难题，他坐在一块石头上，捂着脸。他在想，到底该给她弄点什么吃才好呢。后来，他抬起头，看到了她脚上的高跟皮鞋，她挎着的皮包和腰间的一条装饰用的宽皮带，按常理，她的衣服下面应该还有一根真正顶用的窄皮带。那些东西，难道都是用纸做的么？如果都是真皮的，那一切又该如何解释？他觉得自己有些糊涂了。另外，一个人，每天开着汽车来来去去，难道真的就比一个吃肉的人要洁净得多？

月亮像一个明晃晃的银盘，挂在村子的东边，位置很低，更像是这个村子里自己的一件东西，悬挂、寄放在附近的天上。那个叫姚总的人歪着头看了几次，后来对众人说：

“真奇怪，在这地方，月亮好像离人间的距离更近一些。”

“没错，我也早就发现了，”被狗舔过的女的说。“和平时的那个不一样。”

“等再过两年退休了，住在这里也很不错。”隋教授说。“盖两间房，种一亩地。”

“那你来哇，”村主任对隋教授说。“到时候我要是还当着村主任，我帮你批地基。”

后来他们又说起了别的，有的话村主任插不上嘴，就那里站着，众人笑的时候便陪着他们一起笑。有一阵子，他觉得衣服的后面被拽了一下，以为是哪一只狗在扒他，便回手打了一下。不料，刚打完，就又被紧紧地拽了一下。正要看个明白，就听见隋教授对他说：

"村主任同志，有人找你呢。"

他回过头，看见村里的马焕正站在他的身后，刚才反复拽他的正是马焕。看到马焕的那张有胡子的红脸时，他忽然想起了什么。

"走，咱们找个地方去说。"他低声对马焕说。

五

他们走进院子拐角的一间西房里，一个老人正在炕的一侧躺着。村主任说：

"海叔，您睡您的，我们说点事。"

"六月天吃羊肉，自古以来也没这种事呢。"老人说，"都是冬天，过了小雪才杀羊。"

"客人们非要吃，能不满足他们么？"村主任说，"我也知道时令不对，可现在不讲那些。"

老人翻过身去，脸冲着墙，听不清在嘟囔什么，好像在说有什么东西乱了。

"你把俺家锁锁给抓起来了？"马焕呼哧呼哧地喘着气说。

"谁说的？胡说八道。"村主任说。

"那人在哪儿？这么黑了还没回去吃饭。"

"我让宝宝和六六看着他呢。"

"好好的为甚要看着他？"

"好好的？好好的我能找人看他么，钱多得没地方花么？就因为要看他，宝宝和六六一人还要挣三十块钱。本来一开始还想要五十呢，硬让我给压成三十。"

"俺不管你几十，俺只想知道为甚要把他抓起来？"

"还问呢，今天，要不是知道得及时，制止得及时，你那宝贝儿子就给你捅下大娄子了。"

"甚的大娄子？"

"他要拿刀砍人呢。"

"要砍谁？"

"就外面吃饭的那几个人。"

"为甚要砍他们？认也不认得。"

"他们来的时候，他们的车压了你们家的胡麻。我去看过，压确实是压了，不过就压倒两垄，而且有的已经又重新直起腰站起来了，应该还能活。真正压倒的，其实也不多，要是榨油，顶多能榨半碗油。就算是半碗，一碗油，锁锁他就至于要砍人吗。"

"谁说他要砍人？他们不是都好好的么？"

"唉，你这种当爹的，就知道你会护短，都已经提着刀出来了，要不是拦得及时，这会儿说不定已经出了人命了，你就哭去哇。"

"他不敢，俺知道他，他也就是嘴上说说。今年春天，有一回还叫唤着要砍他二姐夫哩，砍了么？至今也没有呀。前些天，还和他二姐夫两个人相跟着去了一趟锡林哩。"

"非得真砍了你才信？他说要砍他二姐夫，可能有他砍的原因，至今没砍，也一定有没砍的原因，今天没砍，不等于明天不砍。有你这种爹，这样的老丈人，他二姐夫被放倒，可能也只是个时间问题。”

“听你的意思，俺那儿好像没救了。”

“说老实话，我一看见他就头痛。”

“你先别头痛，你到底把他闹到哪儿去了？”

“哪儿也没闹。”

“总得有个地方哇？大队办公室？地窖里？”

“在杨巨财家的南房里。”

马焕听了，转身就往外走。村主任说：“你可不敢把他放开啊，到时候他再拿着刀出来，你们父子俩要负全责。”

但是马焕好像完全没有听见，等村主任紧跟着他来到院子里以后，马焕早已经不见了。

清白的月光下，那六个人还在喝酒，说话。

“村主任同志，”那个叫姚总的人招手叫道，“过来喝一杯酒，抽支烟。”

六

他喝了一杯他们递过来的酒，喝完后他们又给他倒了一杯，白沫子又溢到了桌子上。他习惯性地本想低头用嘴吸溜一下，觉得流了可惜，又怕他们笑话，便临时改用手，把那一堆白沫子捋到地上。一个眉毛又弯又细的女人给他扔过来一张纸，湿湿的，还很香。是她自己的纸，他想。村里的小卖部没有这样的纸。

那个被狗舔过的女人和隋教授分别往两边挪了一下，给他在中间让出一个位置。他坐下后，他们又给他点了一支烟。他其实不大会吸，但为了和他们说话，与桌子上的气氛相适应，他还是尽量咝咝地吸着。不过，吸着吸着，他忽然不再敢吸了，因为他看见那个皮肤微黑的吃素的女人手里拿着一把扇子，冷着脸，一下一下地煽着，每次烟雾快到她那里时便都迅速改变方向，往别人那里飘去。那时候，他想，人生最幸福的是什么？就是永远也不要和这样的女人在一个桌子上坐着。他注意到，那个被狗舔过的女人反倒是个随和善良的人。

“当村主任几年了？”坐在他旁边的隋教授问他。

“三年了。”他说。

“哦。是上面任命的还是选的？”

“算是选的哇。”

“这还不错。”隋教授接着向其他人说。“有的地方，一当就是二十年，三十年，统治得像国王一样，滋生黑暗那是必然的，想不黑暗也不行。”

“咱们这位村主任同志可不像那样呢，”那个叫姚总的人说。“你们看他的这件衬衫，穿了有两三年了吧？”

“有两三年了。”他说。

“我还有一个发现，”被狗舔过的女人说。“他系着皮带，但里面好像还有一根红裤带呢。”

这一回，他像是被抓住了把柄，发现了什么见不得人的隐秘，被说得更加有些不好意思了，用手挠着头说：“今年逢九哩，虚岁四十五，家里人非让系一条。”说完后他想，这个女人怎么能看到那条红裤带呢，是弯腰的时候，拿东西的时候，不小心露出来了？

那个眉毛又弯又细的女人向他打听一个传说，好像就发生在他们这里，就在村东的那个湖上。一个戏班子，赶在关城门前进了一座城里。一名鼓师因为拉肚子没有赶上，被留在城外。天亮，发现自己睡在水边，就是他们村东的那片湖水。他说，那个传说他也听说过。不过，那不叫湖，他们这里的人们都管它叫海。

叫小聂或小宁的说："海？那也能叫海？"

"那有什么稀奇的，"被狗舔过的女的说，"干旱地区，一个水泡子也常被叫作海。"

"在没有水的情况下，"隋教授说，"一滴眼泪就是一个湖。"

"都别吵吵，我还没说完呢。"眉毛又弯又细的女人说。"以后，每逢月明风清的夜里，水面上就会传来乐曲的演奏声，却只有丝竹箫管，没有鼓声。村主任同志，你听到过湖……哦，不对，应该是海，你听到过你们海面上的那种演奏么？"

"没有。"

刚说完没有，他就后悔了，他悄悄地掐了自己一下。真是愚蠢呀！还他妈村主任呢，其实却连个话也不会说。你就说你小的时候，童年的时候，曾经听到过水面上传来的那种演奏，那又能把你怎么样呢？能让你少一条胳膊还是缺一条腿？不，什么都不会缺。你那样说。只会有好处，坏处却一点点也没有。县长乡长，他们不是多次说过么，若先天不足，没有名胜古迹，故事，传说，神话，也是一种资源呢。上个月的三干会上，还给那些有文化的秀才们布置任务呢，让他们创作神话故事，以引起外界的注意。现在，人家自己主动问到一个，你却还含含糊糊。其实你那样说了，只会为你们这个偏僻闭塞的苦寒之地加分、增色呢，只会让你们的那个所谓的海更多一层幽深的神秘。这中间有什么坏处么，一毫一厘也没有呢。唉，人要是过分的老实了，恐怕就不能叫老实了，可能只能叫愚蠢。

他低着头掐了自己一会儿，等再抬起头的时候，一下就愣住了：马焕不知什么时候竟又来了，顶着一张赤红的脸，正站在他的旁边。

他站起身，拉着马焕，又朝不久前去过的那间西房里走去。

七

还在窗户外面的时候，马焕就看见他的儿子锁锁坐在炕的中间，另外两个人，宝宝和六六，坐在不同的两个方向，三个人谁也没说话。村主任没有说假话呢，锁锁确实没有被五花大绑，但是，锁锁的两个手腕上却各拴着一根绳子，而绳子的另一头，分别握在宝宝和六六的手里。一看见眼前的情形，马焕就都明白了，这就是怕锁锁跑了。

马焕想起以往看过的戏，戏台上的犯人有时候就是这样的呢，用绳子拴着，走来走去。不过，要比起林冲，比起那个叫苏三的女子，锁锁手腕上的那两根细绳子真不算个什么，既没有扛枷，也没有被那种白亮白亮的铁片子锁着双手。

“锁锁，”马焕对儿子说。“你饿不？想喝水不？”

“不饿，不喝。”锁锁看也没有看他。

“想不想去茅房？”

“不想。”

“去尿一点儿哇，小心憋坏了。”

“你想去你去。”

连着碰了锁锁好几个钉子，马焕一时不知该有些说什么好了。后来，他又问锁锁，如果他现在去找村主任，马上把他放开，他能不能乖乖的跟他回家，不再拿着刀出去？锁锁的回答很干脆：不能！只要放开他，他一定还要拿着刀去找他们。

马焕在地上转了几个圈，想不出任何一个办法，就又来找村主任了。

刚一关上门，马焕就对村主任说："唉，犟死了，咋说也不听，还要动刀。"

"所以说不能放他。"村主任说，"我就担心你把他放出来。"

"俺也不是不明事理的人呢，他真要把别人砍了，他也活不了呢。"

"你才反应过来？你这个儿，也该想个办法了，不能老是这样，外面一来了人，他就闹这么一出。你还记得不，去年夏天，县里周部长的女儿来玩，人家公主一样坐在车里，他呢，把他那张破脸贴在车窗上使劲往里看，硬生生地把人家给吓哭了，发誓以后再也不来了。人家不来了，他舒服了？这要搁在四十年前，不用公安局出面，公社武装部就把他收拾了，一绳子捆得他小鸡一样，扔进黑房子里，不给吃不给喝，看你还老实不老实。"

"上面三个姐姐，就他这么一个小子，是有点把他惯坏了。"

"他老这样，以后谁还敢来？咱们这个地方，也就这两天，草青了，树绿了，才有人来。等到了冬天，白毛旋风一刮，冷得连嘴都张不开，谁还来，请都请不来呢。"

"平时俺们也经常教育他哩。"

"就你们能教育了他？外面有人来，对各家都有好处呢，人家又不白来。比如今天，羊是武兴旺家的，鸡是王贵家的，就连酱油都是于彩霞从她们家里拿来的，这些都是要付钱的，这不是好事？就说今天，你家要是有独一份的东西，比如说龙肉，我也一样敢给他们上，那价钱得是羊肉的多少倍？”

“你净说没的，俺家哪有龙肉？”

“我就是打个比方。可是，你家锁锁却是一个不折不扣的破坏者。幸好一拨一拨的人们之间互不认识，也不通音讯，要是通着，那就全完了，没一个人会来。你就没想过让他出去闯闯，在外面找个事干？”

“闯闯？闯不起哩！俺就这么一个儿，万一有个三长两短，那咋办？你忘了宋喜的二儿子，也说要出去闯闯，结果出去没一个月就死了。那几天，俺眼皮子老跳，耳朵里总听见一句话：叫你乱跑，叫你再闯！那话要不是老天爷说的，就一定是阎王爷说的。”

“你咋净看那些不好的例子呢？闹好了的，成功了的你都不看。”

“俺不想让他好？依俺的心思，俺还想让他以总统主席为榜样哩，可那能挨得上，榜得起么？人得实际。就像你，你是村主任，你最多能把乡长当成你的榜样，能干到他那个水平就已经不得了啦，你总不能把省长当成你的奋斗目标哇，啊？北京热闹不热闹？上海大不大？再热闹，再大，那和咱又有甚关系？蛋的关系也没有。”

“谁说让他去那种大地方了，小地方，眼前也行吗。我有个主意，让他到硫磺沟煤矿去哇，我的一个连襟在那儿管点事，我要和他一说准行。”

“德龙，俺就那一个儿，你让他去硫黄沟，那不是绝俺的后么？”

“你这是甚的话，那么多人在那工作，难道都是成心去送死的？”

“可俺就是怕呀，就是担心呀。”

“那就哪儿也别去了，就留在村里祸害哇。”

“听你这话，俺家锁锁好像是一个炸弹？”

“你没觉得他有点儿那个意思么？”

“他炸过？他也没有真的炸过呀。”

“炸弹，并不是因为爆炸了以后才叫炸弹，没爆炸以前，也叫炸弹，没有别的名字。”

“德龙，好口才哩！怪不得那年能选上村主任。”

“讽刺我？我也是让你们逼的。我做这些图了个甚？人家在那里大吃大喝，可我到现在连一口水都没顾上喝。今天一天，好几家都有收入，有我一分么？你儿子闹着要杀人，为了看住他，宝宝和六六一人还要挣三十块钱，那六十块钱到底从哪儿出，我都没想出来。”

“人是俺家的人，那六十块钱俺出。”

“你能有这份心就了不得了。”

“锁锁说你骂他是二不愣，神经圪蛋。”

“你是他爹，你公心一点儿说，他是不是个二不愣，是不是个神经圪蛋？”

“唉，是肯定是哩，可这要是叫开了，怕连个对象也找不上呢。”

“你以为是今天才开始叫的？人们一直都在那么叫他，恐怕只有你这个当爹的不知道。”

八

月亮已经升高，他们还在喝酒，说话。

村主任在旁边站了一会儿，终于瞅准一个插话的空隙，问他们晚上的住宿如何安排。那个叫姚总的人说，给他们安排三间房，其他的就不用管了。

两个女人关心能不能洗澡，村主任说没问题。那个皮肤微黑的素女问能用山泉洗么，最好是泉水。村主任面露难色地说，用泉水恐怕不行。要是四十年前来，那一定没问题，别说洗澡，撑船都不是个事。那时候的泉水从半山腰涌出来，像一根柱子一样，每天哗哗的，日夜不息，堵都堵不住。现在呢，你说它没水吧，它还有一点儿，说它有吧，却只能慢慢地滴答。在下面接一个木桶或者铁桶，一天一夜的时间，差不多能滴满一桶。”

说完这话以后，村主任看到三个男人倒无所谓，但那三个女人的脸上都不同程度地掠过一层阴影般的失望，这让村主任心里也有些歉疚和不好受。他对他们说：

“不过，你们放心，等你们走的时候，每人给你们带一桶泉水。”

“你拿什么给我们带？”两个女人刚要说好，那个叫小聂或小宁的对村主任说。“一天一夜才滴答一桶，我们六个人，那不得要滴答六天六夜？”

“我说的桶，”村主任说，“不是我们平常接水用的那种大木桶，那也没法带。我说的是一种白塑料桶，专门装水用的。”

“能有一饭盒吧？”叫小聂或小宁的人冷笑着说。

村主任也听出了那话里的揶揄之意，不过没往心里去，只是笑着说："比那多。"

一时间，忽然有些冷场，凄清，坐在清白的月色里，竟有一种冰凉沁骨的感觉。那个眉毛又弯又细的女的交叉起两只胳膊，抱了一下自己的肩膀，她的脸在月色里变得更加雪白。村主任有些吃惊地看着，脸真白呀！感觉宛若仙人。心里想，自幼在这山脚下长大，见惯了皮糙肉厚，身材没样儿的女人。在他们这个地方，人与人没什么太大的差别，所谓的不同，也无非就是表妹比表姐年轻几岁，三姐比二嫂顺溜一些。

忽然，眉毛又弯又细的女的吃惊地说道：

"你们听，有演奏的声音，好像就在他们的那个海面上——"

众人便都屏住呼吸开始仔细谛听。过了一会儿，那个叫姚总的人应该是听到了什么，但是却说："可能是谁家电视里的声音吧?"

九

夜已经很深了，村主任才开始回家。

六个人，三间房，三男三女，他们到底怎么睡呢?

一路上，村主任的脑子里都被这个问题占据着。月亮停在正中，到处都青蒙蒙的。路上没有遇到人，草丛里不时传来蛐蛐的叫声，青蛙在看不见的地方嘎嘎地叫着。

六个人，三间房，如果一人一间，就会有三个人没地方去，显然不对。大家都聚在一起，让另外两间房空着？更不可能。三个人一间，六个人两间，又有一间会被空下，那又何必多要一间?

从海边的那个沙窝前经过的时候，他猛然拍了一下自己的头。愚蠢呀！怎么能说自己从来没有听到过海上的那种演奏呢，明明听到过的呀。有的老年人也听到过，他记得，他们管那种演奏的效果叫深吹细打。他的眼前浮现出一个多年以前的情景：三个七八岁的孩子，就坐在这个沙窝前，好像就要睡着了，在昏昏暗暗的天色中，迷迷糊糊地听见有笙管笛子的声音在前面细声细气地吹奏。感觉有两扇门很快就要在水面上打开了，就要有人从那门里走出来了，却一直没见打开。

也许后来打开了，但他们可能早已经睡着了。

六个人，三间房，最合理的安排就是两个人一间，可是，剩下的那一男一女又该怎么办？

回到家里后，他还在想。后来，他的脑子里忽然哗地一亮，像是有一扇窗户打开了，他觉得自己终于知道他们要怎么睡了，他坐在那里笑了。

他的外甥女，十五岁的女中学生小慧，做完功课后从里面出来，看到他的那种神情，说：

“舅舅，你笑得很猥琐呢，想到什么了？”

二〇一四年五月十四日

烈日，亲戚

一

东胜庄的大姑姥姥对于小青说，往后别让你妈给我买点心了，乱花钱。真要是想买，还不如买两瓶去痛片呢。

窗户上糊的全是纸，有点儿发黄的麻纸，麻纸上有褪了色的公鸡，小猫，小鸟，小花和鱼。整个窗户上没有一块玻璃，所以屋里的光线总是像晚上，于小青一来了的时候就感觉到了，感觉不是走进一户人家，却是顺着一个暗暗的斜坡到了地下。外面那么火辣的天气，热气像海水一样在颤动，摇晃，可一走进大姑姥姥的家，脸上顿时就凉了下来。

看见于小青有些疑惑，大姑姥姥就又说，点心好不好，当然也好，可要是和去痛片比起来，那还是不能比呢。

这话，于小青一开始不信，也听不大懂，但后来终于信了。她推开大姑姥姥家的那扇黑漆漆的木门，从外面的烈日下走进来的时候，看到的第一个情景就是大姑姥姥盘腿坐在炕上，一只手伸开，手掌里堆着满满一把白色的药片。大姑姥姥的上半身慢慢地摇晃着，感觉像是坐在一辆车上或船上，隔一会儿，拿一片药放进嘴里，仔细地含着，抿着，不用牙嚼，就等它自己融化，一融化干净，马上再拿一片放进嘴里。

如果有人来和她说话，大姑姥姥就一次拿三四片去痛片放进嘴里，含着，用舌头按住它们，不让它们在嘴里乱动乱跑，因为它们要是乱跑乱动，就会影响她说话。也不能总按着，偶尔也会解放它们一下，用舌头推着，让它们从一个腮帮运动到另一边的腮帮上去。做这些的时候，完全只靠舌头在嘴里悄悄地做，并不影响她和人说话。

嚼碎了吃？那多可惜哩。大姑姥姥说。

至于于小青说的用水一下送下去，大姑姥姥更是觉得不可思议，用水一下送下去，好好的东西，那不都糟蹋了么。

一个上午或者一个下午的工夫，那满满一把去痛片，大姑姥姥都要把它们含化了。

二

忽然听见一阵通通的很有力气的脚步声从外屋传来，很快就见一个身体很结实的姑娘走了进来，于小青看见她的短头发像草一样，身上背着一筐干牛粪，一进来就先擦汗，抬起一只手在脸上抹。大姑姥姥把她叫住，指着坐在炕沿上的于小青，说；

叫姐姐。

却不叫，也不说话，只是使劲地看着于小青，笑着，筐子还背在身上。

大姑姥姥对于小青说，她叫顺顺，是体仁舅舅的女儿。

就给我留下这么一个愣女子。大姑姥姥说。

体仁舅舅就这一个孩子？于小青问大姑姥姥。

小的那个跟她妈走了，大姑姥姥说。走时还不到一岁。

顺顺那时候多大？于小青问。

五六岁？六七岁？大姑姥姥说。记不清了，反正是没有妈也能活了。

顺顺使劲地看着于小青的脸，又使劲地看着于小青身上的衣服，看着看着，忽然伸出手在于小青的裤子上摸了一下。

不敢摸！大姑姥姥呵斥道。看你那脏手。

没事，于小青对大姑姥姥说。让她摸吧。

那也得把手洗净了。大姑姥姥说。

三

大姑姥姥说，顺顺小的时候，每逢头发长了，大姑姥姥就领着她，到处去央求人给她铰头发。别人有事，正在忙，她们就在一边等着，等到人家忙完了，就赶快把顺顺推过去。慢慢地看得多了，大姑姥姥发现铰头发也不是个多难的事，就不再到处去找人了。顺顺的头发一长了，大姑姥姥就用家里裁衣服的剪子给她铰一下。

于小青说，真不知道大姑姥姥还会剪头发。

大姑姥姥说，铰短为原则，反正她也不懂得好看不好看。

于小青说，可以给她留得稍微长一点儿，毕竟顺顺是个姑娘，头发总得到了脖子那儿才好看一些。

大姑姥姥说，不行，你不知道，一长了就长虱子，虮子，我又看不清，她也不会捉。

不到一天工夫，顺顺就已经喜欢上了这个以前从没见过面的姐姐。于小青按住她的脖子，给她洗头发。顺顺弯着腰，水盆放在原来的猪圈的墙上。于小青看见她的胸前鼓鼓囊囊的，比于小青自己的胸前还要饱满。

第一盆水完全不能要了，于小青把顺顺的头发捞出来，看见水面上漂了一层虱子，有的还活着，还在游动。于小青屏住呼吸，忍住恶心，把盆里的水倒掉。

顺顺说，姐姐，洗完了？

于小青说，别动，还没有呢，还没开始呢。

换了第二盆水，把头发放进去，水面上还有虱子，不过已经少多了。这一盆水不能再倒掉了，于小青就捞鱼一样在水里捧起两捧水，撒出去。干黄滚烫的泥地，水一上去，立即传来一阵哒哒的响声，很快就渗没了。

于小青抓着顺顺的头发，心里想，那么热的地，鏊子一样，那些虱子肯定也都熟了。这么一想之后，她不禁干呕了一声。

找了半天，大姑姥姥家里只有一块灰黄色的肥皂，于小青就拿着那块肥皂在顺顺的头发上反复地蹭。黄浓的阳光照在背后，有针扎的感觉。顺顺好像也觉得有针在背后扎，不时地伸上来一只手，在背后抓挠。于小青问她干什么，顺顺说又痒又扎哩。于小青说，坚持一会儿，一会儿就洗完了。

顺顺说，我能坚持。

头发上终于有白沫起来了，于小青一边揉搓，一边问顺顺，你还知道坚持？坚持是啥意思？

顺顺低着头，脸朝着水，可能有水流进眼睛里去了，吭哧了半天没有说话。她的头摆了两下，接着又伸上来一只手揉眼睛。于小青用干毛巾给她擦了一下眼，她马上就不再揉了。这时候她告诉于小青说，坚持就是能忍住的意思。

又说，别人拿火烤你，你没跑。

于小青活动了一下自己的有些酸痛的腰，说，谁拿火烤过你？

顺顺想了一会儿，说，王志强。

四

洗完头，又洗脖子。

把顺顺身上的那件贴身的小褂脱去，看了一眼顺顺的脖子，又用手摸了摸，于小青心里不禁叫了一声苦。顺顺脖子里的脏和黑，不是短时间里能积攒起来的，摸上去感觉又粗又涩，一看就知道比头发要难洗多了。先用刚才涮过头发的那盆水洗了第一遍。顺顺一会儿说疼，一会儿又说痒，不住地动来动去，远没有洗头的时候那么听话那么配合。要不是于小青按得紧，好几次都想从于小青的手下逃脱出来。

于小青一边使劲地搓，一边说，车轴也没你这么黑呢。

于小青没有发现，顺顺的眼泪其实已吧嗒吧嗒地掉到了水盆里。

于小青说，你这哪像个姑娘。

直到忽然看见顺顺的两个肩膀一抽一抽的在动，于小青才发现顺顺哭了。她停住手，问顺顺，怎么哭了？搓疼了？

顺顺点点头。

于小青说，不搓不行呀，不使劲也不行，不使劲根本洗不净。你忍一忍行不行？你刚才不是还说你能坚持么，再坚持一会儿。等洗完了，顺顺就是一个干净漂亮的大姑娘了。

宽宽的背，厚厚的肩膀，没洗以前，头发看上去又厚又多，现在则看上去顺溜多了，头发似乎也比先前精简了不少。于小青一边洗着顺顺的脖子，一边看着她的身体。女人的头发好像也不能太多，太多太厚了，会给人一种不洁的感觉。如果不是今天给顺顺洗头，她还一时不会有这样的一种认识。脖颈，肩膀，后背，腰，腰以下的部分……需要清洗的地方太多了，会没完没了地洗下去。但于小青决定洗完脖子以后就不再往下洗了，一来是顺顺不愿意再坚持了，二来她自己的腰也又酸又困，好像要断了一样。

几只鸡卧在窗台下，在黄白的阳光里闭着眼睛。

五

村里有一个在水泥厂工作的人，说是要送给大姑姥姥一盒去痛片，大姑姥姥吃完晌午饭就去了。等她顶着大太阳，拿着药回来以后，看见顺顺站在家门口笑着。大姑姥姥的心情也很好，一边晃动着手里的药，一边看着顺顺，说，这回像个人了。

于小青也注意到，自从洗完头发和脖子以后，顺顺就一直笑着，在院子里走来走去，不时地用手摸着光滑湿润的头发。

大姑姥姥放下药后，又出去了，院子里又剩下她们两个人。

于小青说，顺顺，你妈呢？

顺顺说，走了。

于小青说，知道她去哪了么？

顺顺说，不知道。

于小青说，奶奶没有告诉过你么？

顺顺说，告诉过，我忘了。

堂屋的门口本来是一片阴凉地，她们坐了一会儿，于小青觉得身上很热，一抬头，发现太阳不知什么时候已经移过来了，她和顺顺正坐在晃眼的光线里。顺顺却好像并没有发现热，低着头，往碗里剥豆子。于小青把身下的小板凳往里挪了挪，挪到亮光照不到的地方，又让顺顺也挪了过来，两个人的脚对齐了那条划分出明暗的分界线。

于小青问顺顺，头发洗干净好不好？

顺顺说，好。

于小青说，那以后就要经常洗呢。经常洗，头上就没有虱子了。

顺顺说，为啥？

于小青说，为啥？你经常洗，它们就不敢再来了，因为你一洗，它们就都没命了，就都活不成了。

顺顺眨着眼睛想了一会儿后，说，水淹死了？

于小青愣了一下，说，对，也能这么说，水把它们淹死了。另外呢，是因为你干净了，它们也就不来了，它们不喜欢干净，喜欢不干净。你要是不干净呢，它们就互相传话，招呼同伴，一传十，十传百，说快走哇，有一个特别好的地方，最适合咱们去住了。众人听了，就纷纷地都来了。你知道它们说的那个特别好的地方是哪儿么？

顺顺说，不知道。

于小青说，怎么能不知道呢，就是你的头发呀！它们说的要来住的那个地方就是你的头发里，大队人马哗哗地就都来了。也可能最早先来的是一对夫妻，两口子，要在你的头发里住下来，开荒种地，安家落户，生孩子，过日子，孩子长大了再生孩子。

虮子。顺顺说。

于小青说，对，一茬一茬的虮子，一代又一代的虮子。小时候叫虮子，长大了就都成了虱子了。

我不想让它们来住。顺顺说。它们咬人。

于小青说，所以那就要经常洗头，梳头，你干净了，它们就不来了，再看见你，它们就会绕着走，去找别的不干净的人。它们说，啊呀，情况有变，形势很不好呢，不能再去顺顺那里住了，顺顺现在干净得不得了，咱们去了，要吃的没吃的，要喝的没喝的，都会活不下去呢。就再也不会来了。

它们去哪儿了？

去……去找别的那些不干净的人去了。

说着这样的事，顺顺却不知想起了什么，忽然说，奶奶有一筐去痛片呢。

于小青吃了一惊，说，在哪儿？我怎么没看见？

看见姐姐这样问，顺顺就歪着头开始想。

六

半夜里，于小青忽然醒了，一种热乎乎的东西流到了她的腿上，用手一摸，又湿又黏。她急忙坐起来，寻着火柴，点亮了灯。把灯拿过来一照，看见身下的褥子上全是血。一开始她吓了一跳，以为是自己的，再一细看才看清楚，都是从睡在她旁边的顺顺的身下流过来的。她用手推顺顺，顺顺却没有反应，睡得死沉死沉。她又叫了两声顺顺的名字，顺顺睡得还是像先前一样那么踏实，一点儿没有听见。

于小青伸手在顺顺的露在外面的背上狠狠地打了一巴掌，顺顺终于醒了，揉着眼睛，迷迷糊糊地坐起来。

这么大的姑娘了，来了月经，也不懂得把自己拾掇干净一点。于小青对顺顺说。你看看，你看看血流到哪儿了？

刚坐起来的顺顺惊恐地看着于小青，好像完全不知道发生了什么。后来，她一低头，忽然看见了旁边褥子上的血，顿时就慌了，赶紧伸出两只手，去抹于小青褥子上的那些血。

于小青说，别抹，手能抹干净么？

顺顺停住手，不再继续抹了，但是两个手上已沾满了血。

于小青对顺顺说，你自己的身底下说不定更多。

这时，大姑姥姥也醒了。大姑姥姥对于小青说：

快去拿草纸，地上的那个板箱里。

于小青从炕上下来，打开大姑姥姥说的那个板箱，拿出一摞枯黄的草纸。

也打过，大姑姥姥说。因为这事，也没少打过她，可就是记不住。

把草纸放到枕头边，于小青先端来半盆水，把顺顺的那两只沾了血的手洗干净，怕她到处乱抹。接着就用草纸擦拭褥子上的血，一张纸上去，一下就湿成一团，两张也能洇过来。擦了一会儿，总算不像一开始那么湿了，草纸虽然很吸水，但是却留下了擦不去的血迹。于小青把染了血的褥子从炕上撤下来，放到地上。顺顺的褥子上当然也有血，但顺顺不愿意换，于小青就把好几张草纸摞起来垫到她的身下。

于小青又端来半盆水，要给顺顺清洗一下她的腿，可是顺顺用被子把自己捂得紧紧的。大姑姥姥也说，算了，给她拿草纸擦一下垫一下就行了。

大姑姥姥又问被子染了没有？于小青看了一下说，被子没染，好好的。

撤掉了褥子后，就剩下席子，于小青就把被子的一半铺在炕上，当褥子用，另一半盖在身上，像一个又能打开又能合上的合页，她一会儿就要睡在那个合页里。铺被子的时候，于小青特意让被子与顺顺身下的褥子拉开了一点儿距离，距离也不需要多大，有半尺宽就足够保证顺顺那边的血不会再渗过来了。

大姑姥姥对于小青说，咱们换一下，你到我这边来，我到你那儿去，我挨着她。

于小青说，不用啦大姑姥姥，我这就挺好。

大姑姥姥对于小青说，两年前顺顺开始来月经，因为不会处理，一来了就慌了，常常弄得家里到处都是血，墙上，炕沿上，常有血手印子。自从顺顺来了月经，大姑姥姥经常去供销社给顺顺买草纸，可是顺顺从来不懂得用，大姑姥姥今天刚教完，她明天就又忘了。最关键的是，她啥时候来，从来不说，只是一个人在那里偷偷地鼓捣，因为不能及时发现，想帮她都帮不上。每次血一来了，就到处拽棉花，她以为只有棉花才能把血止住并擦干净。家里的两个棉袄，一条棉裤，里面的棉花差不多快要被顺顺拽光了，掏空了。

大姑姥姥，于小青，顺顺，她们三个人重新躺下。

吹灭了灯以后，屋里又黑了。不一会儿，顺顺就又睡着了。

大姑姥姥说，你看看这愣的，一翻身又睡着了，倒好像这血是咱们两个流的，和她一点儿瓜葛也没有呢。

愣成这样儿，将来谁要？没人要。

黑暗中，大姑姥姥又说。

我明天好好教教她。于小青说。

教了也记不住。

于小青盯着麻纸的窗户，外面的树头浅浅地映在窗户上。

你老也不来，一来了就碰上这事，大姑姥姥说。半夜三更的，这要是个外人，会让人家笑话呢。

于小青问大姑姥姥，顺顺十七了？

虚岁十八了。大姑姥姥说。

大姑姥姥对于小青说，她不敢让顺顺出聘，连个月经也不会弄，这要是将来到了婆婆家里，给人家闹得到处都是血，这儿染一下，那儿抹一把，满世界都是，那还不让人家把她打死，嫌弃死？正常的媳妇，当婆婆的都看不顺眼，更何况是她这样的。

不放心呀。大姑姥姥说。

有一个四十多岁的羊倌，见过顺顺，不嫌顺顺傻，也不嫌顺顺愣，说愿意娶顺顺，还专门托人来说过。可大姑姥姥觉得，都四十好几了，年龄也太大了一点儿，等顺顺到了三十多岁的时候，他已经六七十岁了，还能放动羊？还不得靠顺顺养活他？到时他一死，顺顺不就成了一个前不着村后不着店的寡妇？那就更没人要了。还有邻村的一个哑巴，年龄倒是不大，二十七八岁，也不用担心吵架，可是脾气暴躁，性格不好，据说打人时下手很重，大姑姥姥又担心顺顺过去后会挨打，受气。

咋都不合适。大姑姥姥说。

慢慢碰吧，于小青说。说不定就碰上了合适的，年龄不大，人又老实，能对顺顺好的。

能有那样的？那我倒不愁了。大姑姥姥说。

七

于小青问顺顺，知道你爸爸在哪吗？

顺顺想了一下后，说，在河北。

于小青吃惊地说，你还知道河北？

顺顺没说话，却忽然害羞地笑了，眼睫毛也不再眨动，黑黑的一圈，全都垂了下来。但是后来，又像是忽然想起了什么，说不在河北，在辽宁。

于小青问，你去过辽宁？

顺顺摇摇头。从顺顺的那些隔三过二的话里，于小青听明白一点，大姑姥姥曾经打算领着顺顺去一趟辽宁，但是后来不知为什么没有去成。再问顺顺，顺顺当然也说不清楚。

八

十多年前的一天，在得知体仁舅舅被捕的消息后，大姑姥姥开始觉得头疼，当时她正在村口站着，一个人刚推完碾子，碾了一点儿黄米，出了汗，还以为是风吹着了。当天晚上，在公社信用社工作的刘文焕给了她两片去痛片，吃完，头不疼了。可是没想到，第二天，头又开始疼了。

等刘文焕天黑下班回来后，就又去找刘文焕要了两片。

谁也没有想到，这一吃，从此就再也离不开了。

先是每天三五片，吃了一段日子，觉得不顶事，就逐渐增加，十来片，二十来片。直到后来每天一把，甚至两把去痛片，就用自己的手抓一把，从没数过，也不知是多少片。

于小青说，大姑姥姥这十多年吃了不少去痛片了吧。

大姑姥姥说，少说也有一麻袋了。

平时，村里的人有人会给她一个小纸包，里面包着三五片或者十来片去痛片，大姑姥姥就把它们都小心地攒起来。人们都知道她爱吃去痛片，自己吃不了的，就都给了她。大姑姥姥说，这些年下来，人情也不知欠了多少了，还也还不清了。

九

大姑姥姥说，县里的徐政委在村里蹲点，来家里吃派饭的时候，问她有什么要求和需要解决的困难。大姑姥姥说，我也没出息，也不怕他徐政委笑话，就告诉徐政委说，别的也没有，平时就喜欢吃个去痛片。没想到徐政委就记住了。等到再一次从县里来的时候，真的给她拿来两瓶去痛片。他以为这两瓶药不少了，够她吃一年半载的，其实还不够大姑姥姥三五天吃的。

就那也得感谢人家呢，对不对？大姑姥姥对于小青说。多大的干部呢，别说给你两瓶，两片也得接住呢，也得记住人家的好呢。

徐政委来家里吃派饭的时候，也曾经打听过体仁舅舅的情况。后来回了一趟县里，又来的时候，很惭愧地告诉大姑姥姥，说并没有打听清楚，很多人都不知道。

大姑姥姥告诉徐政委，原来听说是十年，可现在已经十多年过去了，人还是没影儿。

徐政委一时也不说话了，低下头猛烈地吃饭，呼呼地喝粥，鼻尖上出着汗，一筷子夹起一大团切成细丝的金黄的腌萝卜。

大姑姥姥站在锅前，手里拿着盛饭的勺子，等着徐政委递过来的空碗。

徐政委一边埋头吃饭，用碗挡住脸，一边含糊不清地说，大娘呀，这世界上有些问题可不好闹呢，那是人世间最麻烦的问题，非常复杂，比您这一锅糊糊还要复杂得多，里面到底有些啥，谁也说不清。您这锅里都煮了些啥，您肯定清楚，可那种事不清楚呢。要是单纯的刑事问题，那倒不难了，一是一，二是二。比如，你按到一个女人，那就是强奸犯，没说的，这种事板上钉钉，你抵赖也没用，谁说也没用。你偷了一口袋莜麦，或者一个电动机，那就是盗窃犯……这些都好认定，判几年也是有规定的。唯有……唉。

大姑姥姥站在锅前，手里拿着勺子，听徐政委说话。

徐政委放下碗，抬起头，对大姑姥姥说，大娘呀，能不能再给我切一个酸萝卜？

听见徐政委这样说，大姑姥姥放下手里的勺子，立刻到门口的酸菜缸里去捞萝卜。

吃完饭，徐政委掏出三角钱，四两粮票，放在炕上。

徐政委对大姑姥姥说，明天就不来吃饭了，要集中回去参加学习。

大姑姥姥吃惊地说，不是说要住到明年秋后才走么？

徐政委说，是紧急通知，所有下来蹲点的都必须回去。

大姑姥姥说，回去就再不来了？

徐政委说，说不上来，也许还会来，不过最早也得过了年以后了。

事实是，过了年也还没有来，这会儿，夏天早已过去了一大半，眼看又要秋天了。

十

大姑姥姥积攒的去痛片，不是顺顺所说的一筐，而是满满的一笸箩，那也非常的多呢，一根筷子插进去，转眼就看不见了。那么多的白花花的药片，有的已经发黄。于小青想挑出来，扔掉，手却被大姑姥姥按住了。

大姑姥姥说，不敢扔，都能吃。

于小青说，都黄了，早就失效了，变质了。

大姑姥姥说，比这更黄的，大姑姥姥也吃过，不妨事。

于小青说，大姑姥姥，真的不能吃了。

大姑姥姥说，能吃。

又说，就不该让你看见了。

于小青说，大姑姥姥，您就不怕吃出毛病?

大姑姥姥说，大姑姥姥吃了十来年了，你看大姑姥姥吃出毛病来了么?

那倒是，大姑姥姥身板笔挺，除了头疼和偶尔的心绞，好像再没有别的毛病。昨天从自留地里回来的时候，还能挑着一担南瓜忽悠忽悠地往家里走。顺顺也有一股蛮力气，一口袋南瓜，往肩上一搭，大踏步地就走了。作为年轻人的于小青，反而肩膀被压得生疼，走不了几步，就得放下来歇息一阵。

顺顺把一口袋南瓜扛回去，又返回来接她。

十一

半夜里，听见哧的一声划火柴的声音，于小青就知道大姑姥姥又醒了。

每天夜里，大姑姥姥都会准时在这个时候醒来，划火柴不是为了点灯，而是为了抽烟。

黑暗中，看见于小青的脸在动，胳膊也在动，大姑姥姥就说：

聒醒你了？

于小青也学着大姑姥姥的样子，翻过身趴着，脸放在枕头上。大姑姥姥吸一口烟，她前面的那个小红点就亮亮地闪一下。

于小青说，大姑姥姥，半夜还起来抽烟？

大姑姥姥说，睡得乏累了，吃两口烟，歇一会儿再睡。

于小青笑着说，睡觉就是为了解乏的，还能睡乏了？

能，你年轻，还不知道。大姑姥姥说。睡得那个乏累呀，就像翻山越岭，走了几十里的山路，身上还背着孩子，手里拿着东西，越走越走不动，越睡越乏。

于小青说，吃完烟就不累了？

大姑姥姥说，嗯，就像在树底下坐了一会儿，觉得歇过来了。

常年烟熏火燎的屋里，墙早就不白了。正面的墙上钉着一个很旧的小相框，镶在里面的两三张照片看上去比相框还要旧，黄黄的，灰灰的，有一种很久远的味道。而照片里的人呢，比照片本身还要旧，表情都呆呆的，穆穆的，有的站着，有的坐着，黑衣服褪成了灰的，蓝帽子褪成了白帽子，气氛很像是刚刚办完一场丧事回来。于小青白天的时候在相框前看过一阵，那里面的人谁也不认识，好像只有大姑姥姥的轮廓还能辨认出一点点。

她们在黑暗中趴着，于小青听见大姑姥姥长长地出了一口气。

于小青说，大姑姥姥，您一定很想体仁舅舅吧？

大姑姥姥吧嗒了一下嘴，把烟锅从嘴上拿开，说：

不想他。

于小青心里想，大姑姥姥说的不一定是真话呢，不想还能每天半夜爬起来抽烟？

大姑姥姥趴在枕头上，慢慢地抽着烟，她的脸一会儿被映红一下，很快又隐没在黑暗中。于小青说要给她捶捶背，她没让。

旁边的顺顺，呼呼地睡着，大半个身子都露在外面。

于小青对大姑姥姥说，我明天就要走了，该回去了。

大姑姥姥听了，叹了一口气，说，想走就走吧，也没啥好招待你的，还净让你遭遇一些不好的事情。

于小青说，没有不好。

大姑姥姥说，好不好也就是个那了，还得你担待。

听见有狗在很远的地方叫了几声。

除了那几声狗叫，整个村里再没有一点儿声音，就像一潭深水上面飞走了两只鸟。

十二

大姑姥姥站在门外，于小青朝大姑姥姥招了招手，就出来了。顺顺一直跟着，手里提着大姑姥姥捎给于小青母亲的一点扁豆面。

青蓝的天上，一丝云彩也没有。

天是蓝的，地是黄的。

一个女人领着一男一女两个孩子，在她们的前面走着，一看也像是走亲戚的，每个人的手里都提着一个包袱，女人身上背着的那个包袱最重，像是粮食。

她们走着，那个梳着两条细辫子的小女孩忽然告状说：

妈，他把我的那块糖也吃了。

走在前面的那个瘦女人说，你的糖咋就到了他手里？

小女孩说，他说我拿不动，他要替我拿着。

一块糖，你拿不动？瘦女人说。你也是贱得不行，和你那两个姑姑一模一样，吃了活该。

小女孩忽然哭出了声。

瘦女人看见小女孩哭了，就说：

一会儿回去了，我拧死他，早就想拧死他。

听见这话，那个小男孩抬起头仰望了一下身边的瘦女人，跟着又看看那个小女孩，他的嘴像青蛙一样鼓起来又瘪下去，连着鼓了四五次，后来终于从嘴里吐出一块早已融化得黏黏糊糊的糖，放在手心里，递给小女孩。小女孩一开始只是看着，泪还挂在脸上，好像不想要，但后来还是伸出手拿了过来。

小男孩仰起头对瘦女人说，我没吃她的，我就是替她抿了一下。

瘦女人唰唰地走着，说：

人家的糖，用你抿？你给二舅爷爷鞋里放蛤蟆的事，我还没和你算账呢；好，又在门口挖坑，把人家四姑父闪进去。

已经走到村口了，顺顺还不回去。于小青站住，对顺顺说：

回去吧，姐姐要走了。

顺顺靠上来，一只手提着那个装着扁豆面的小小的面口袋，另一只手紧紧地抓住了于小青的一条胳膊。

于小青说，顺顺回去吧，等有空我再来。

顺顺抓着于小青的胳膊，还是没有松开。

那一大两小的三个人往北面的一条小路上走了。在他们的两旁，一边是开着蓝色小花的胡麻地，另一边是开满白花的荞麦地。

于小青摸了摸顺顺的头发说，记住姐姐跟你说的话了吧？以后不要再从棉袄棉裤里揪棉花了，那不干净。再有血来的时候，不要怕也不要慌，每个女人都会来，又不是只有你一个人来。

顺顺吃惊地说，姐姐也流血？

于小青说，流，我和你也是一样的。

顺顺说，奶奶就不流血。

于小青说，奶奶是老了，年轻的时候也流过。

顺顺说，真的呀？

于小青说，真的。顺顺要记住，来了，先拿草纸垫在裤子里，不能垫一两张，一两张不顶事，最少也得五张以上，五六张，叠整齐，摞起来，记住了吧？奶奶不是给你买了那么多纸么，那都是给你用的。于小青边说边用手比画着，让顺顺看。

顺顺点点头。

于小青趁比画的工夫从顺顺的怀里抽出自己的胳膊，对顺顺说，快回吧，奶奶还在等你呢。

顺顺放下手里的那个小小的面口袋，就转身往回走。

刚走了两三步，又回过头，看着于小青。

于小青朝她挥挥手，说，快去吧。记得洗头，哪怕一个月洗一回。

顺顺就又转过脸去往前走，走了十几步，又回过头。

于小青说，赶快回去吧。

一辆拉着草垛的马车这时候忽然出现在她们刚刚走过的那条路上，在把那条本来就不太宽的路遮挡得严严实实的同时，把顺顺也遮挡住了，于小青只能看见马车正在向村口这边走来，却再也看不见顺顺的身影。

等马车走过，看见路上已经没有人了。

二〇一五年五月二十日

编后记

除了另外三部长篇小说以及部分短篇小说由于版权等原因未能收入外，这次编辑出版的作品系列囊括了我目前面世的全部作品，共计有长篇小说六部、中篇小说四十四部、短篇小说三十七部。在各册的编排上，力求和谐。不过，因篇幅字数的差异，有时又确难做到内容与风格上的高度一致甚至相近，如此，同一册之中，有时会有完全不同面目的作品并存。阅读一本风格内容相近的书犹如在一个熟悉宁静的地方漫步，反之，则如同在同一座山上浏览四季；对于阅读者来说，很难说哪一种方式更好。也许，这中间并不存在可比性。此外，部分篇章中偶有另造之词句，我视之为自己之词句，更视之为一个写作者对于语言、对于表达所做之努力或曰贡献。我不喜并厌恶被无数人咀嚼过无数遍的词句及语言，故在与各册编辑商榷后，使它们得以保留。保留它们，也意味着保留了我之所思所想，更是一次与它们生离死别之苦痛的避免。

这套作品系列，贯穿了我迄今为止的写作生涯，从最早到最近。

感谢此系列最早的策划者续小强、孟绍勇二位青年才俊，感谢北岳文艺出版社，感谢北岳文艺出版社众位编辑朋友在此系列的编辑、校阅、出版过程中付出的大量艰辛的劳动和努力，她们认真、求真、严谨细致的工作作风和编辑精神给我留下了深刻难忘的印象，也使我深为感动。

吕 新

二〇一七年十月二十四日